DZIESIĘĆ SŁÓW O OJCZYŹNIE

CZY
LI NI
GDZIE

CZYLI NIGDZIE pod redakcją Kai Puto

Alfred Jarry powiedział ponoć na premierze absurdalnej sztuki *Ubu Król*: „Rzecz dzieje się w Polsce, czyli nigdzie". Wydarzyło się to w 1896 roku. Od tamtej pory Polska wróciła na mapę, a o jej właściwości spierały się mniej lub bardziej emocjonalnie kolejne pokolenia twórców. W cieniu nierozwiązanego do dziś konfliktu Sienkiewicz kontra Gombrowicz Polskę odwiedzali — w najróżniejszych okolicznościach — pisarze z całego świata. Za nic mieli odwieczny spór o polskość, a czasem nawet o nim nie słyszeli. Pisali o Polsce z własnych, nierzadko zaskakujących perspektyw. Właśnie dlatego w serii wydawniczej Czyli Nigdzie prezentujemy książki o Polsce widzianej oczami obcokrajowców.

1. Ołeksij Czupa, *Dziesięć słów o Ojczyźnie*
2. Doina Lungu, *Symfonia złoczyńcy*

Ołeksij Czupa

DZIESIĘĆ SŁÓW O OJCZYŹNIE

tłumaczenie
Katarzyna Kotyńska

KORPORACJA HA!ART
KRAKÓW 2016

Ołeksij Czupa, *Dziesięć słów o Ojczyźnie*,
tłumaczenie Katarzyna Kotyńska, Kraków 2016

Wydanie I
Printed in Poland
ISBN 978-83-65739-00-1

Redakcja serii *Kaja Puto*
Redakcja *Filip Fierek*
Korekta *Kaja Puto, Regina Warska*
Projekt okładki *Michał Krenz, Anina Takeff*
Projekt serii *Michał Krenz, Anina Takeff*
Skład i łamanie *Małgorzata Chyc* | www.bymouse.pl

Dofinansowano ze środków Ministra Kultury i Dziedzictwa Narodowego

Ministerstwo Kultury i Dziedzictwa Narodowego. NARODOWY PROGRAM ROZWOJU CZYTELNICTWA

Wydawnictwo i księgarnia *Korporacja Ha!art*
pl. Szczepański 3a, 31-011 Kraków
tel. 12 426 46 03 (księgarnia), 12 422 25 28 (biuro)
korporacja@ha.art.pl, www.ha.art.pl

Druk i oprawa *Drukarnia Read Me*
ul. Olechowska 83, 92-403 Łódź

Fundacja Korporacja Ha!art prowadzi księgarnię w Bunkrze Sztuki

GALERIA SZTUKI WSPÓŁCZESNEJ BUNKIER SZTUKI

Intro

Ptakowi, który pod koniec grudnia, po nadzwyczaj ciepłej jesieni, w końcu wyruszył na zimowisko z wybrzeży Skandynawii do Azji Mniejszej czy nad Morze Śródziemne, wieczorna Warszawa może wydać się co najwyżej ogromnym żółto-czerwonym jabłkiem, nieco niestarannie zawiniętym w śnieżnobiałą serwetkę i niemal dokładnie wpół przewiązanym ciemną wstążką Wisły. Światła okolic Rynku Starego Miasta zlewają się w jedną jaskrawą plamę, z której aż do przedmieść rozchodzi się blask, miejscami tylko przerywany czerwonymi rozbłyskami elektrowni i nierównymi plamami zasypanych śniegiem kwartałów ulic. Dziewiczej bieli jest tam znacznie więcej niż żółci, a blask słabnie dopiero przy granicach miasta, nie mając już sił na dotarcie do nieruchomych i niemych zimowych pól.

Jeśli obniżyć pułap i przelecieć nad centralną częścią miasta, jabłko znika, pękając równo wzdłuż linii Wisły i zostawiając swoją mniejszą część gdzieś z lewej strony. Pojawia się natomiast zapach jabłkowego soku, który trysnął w powietrze z pęknięcia, a miasto nabiera wyglądu ogromnego akwarium, na którego dnie troskliwy właściciel porozstawiał ozdobne wieże, kościoły, place o różnych kształtach i równiutkie uliczki; w ciemnej, zimnej wodzie przemieszczają się, chaotycznie połyskując łuskami, dziesiątki tysięcy zadbanych rybek najrozmaitszych gatunków. Wzburzają wodę zbiornika w przedświątecznym podnieceniu, a woda wylewa się na przedmieścia, które momentami aż od tego czernieją.

Radosne przedświąteczne fale przebiegają przez akwarium z boku na bok, grożąc rozbiciem na kawałeczki ścianek, co wytrzymały próbę czasu, miastem wstrząsa dreszcz niczym od trzęsienia ziemi i święto za każdym razem prawie przemienia się w tragedię, ale ostatecznie dobro zwycięża zło, jak nakazał Bóg, troskliwie urządzając tę planetkę. Warszawa zawsze wychodzi z tego cało, nawet jeśli trochę poturbowana przez turystów.

W akwarium rzeczywiście jest mnóstwo osobników, ale nas w tej chwili tak naprawdę interesuje tylko pewna trójka: Ołena, która spokojnie, o niczym nie myśląc, łapie językiem płatki śniegu, stojąc pod oknami jednego z domów przy końcu ulicy Jezuickiej, Roman, który stoi jakieś piętnaście metrów od niej i bezradnie patrzy na wieże katedry Świętego Jana, i wściekła Agnieszka, która już od paru minut usiłuje przebić się przez mur turystów z kwadratowej klatki Rynku Starego Miasta do swojego samochodu, zaparkowanego na małym trójkątnym placyku zaraz za Jezuicką.

A więc wszyscy są, wszyscy gotowi, film zacznie się za kilka sekund, jak powiedziałby Jim Morrison.

1. Ratunek

À propos, jeszcze słówko o Morrisonie. Romanowi, wpatrującemu się w wieczorne niebo nad Warszawą, w głowie przez ostatnią godzinę rozbrzmiewa wciąż jedna i ta sama piosenka: „*People are strange, when you are stranger, faces look ugly…*". I trudno coś dodać, sto procent racji. Już całą dobę stoi na ziemi obiecanej Unii Europejskiej, a wszystko tak samo jak w domu, w mieście, w którym żył od dziecka: języka ukraińskiego nie usłyszysz, więc zwyczajnie nie da się wypatrzeć w tym tłumie kogoś, kto mógłby pomóc, Roman i jego problemy absolutnie nikogo tu nie interesują, a tutejsi dresiarze niczym nie różnią się od tamtych. Sprawnie zabrali wszystko.

Krew na twarzy dawno już zaschła, pulsujący ból pod żebrami stopniowo przeszedł w ciągły i prawie niewyczuwalny, a Ołence wciąż jeszcze nic nie powiedział. Ledwie przekroczył próg toalety publicznej, trzech buców kilka razy celnie przyłożyło mu pięściami w splot słoneczny i głowę, po czym zabrało torbę ze wszystkimi pieniędzmi i komórką. Nie zdążył nawet pisnąć. Dobrze, że paszporty z wizami szczęśliwym trafem parę minut wcześniej przełożył do wewnętrznych kieszeni kurtki. Można więc w razie czego iść do ambasady, tam dadzą pieniądze na bilet do domu. Ale problem w tym, że właściwie to ledwie wczoraj stamtąd wyjechali i tak w ogóle to wybierają się do Pragi. Zresztą, która instytucja państwowa pracuje w Boże Narodzenie?

Romanowi od długiego patrzenia w górę zdrętwiała szyja. Pokręcił głową i odwrócił się, żeby podejść do Ołenki i w końcu jej o wszystkim powiedzieć, ale zrobił to jakoś niezgrabnie i ramieniem solidnie walnął kobietę, która szybkim krokiem szła od strony Rynku. Uderzenie przewróciło ją i siedziała teraz w zaspie, usiłując zrozumieć, co się stało. Zobaczyła Romana i w jej oczach zapłonęły błyskawice.

Roman, zbity z tropu, rozważał całą sytuację. „Pięknie mnie Europa wita: okradli, forsy brak, pysk pobity, mieszkać nie ma gdzie, zimno, a na dokładkę ta pani zaraz wrzaśnie na całe miasto i razem z Ołenką zamiast w pociągu do Pragi, który za godzinę odjeżdża z Warszawy, spędzimy tę noc w najlepszym razie na komisariacie". Tymczasem Polka, trzymając się jego wyciągniętej w milczeniu ręki, wstawała ze śniegu. Rzeczywiście miała zamiar krzyczeć, jej twarz wyrażała jasną i nieskrywaną wściekłość. Błyskawice z oczu przeskoczyły na usta, kobieta nabrała pełne płuca powietrza, a wtedy Roman zdążył złapać ją za rękę i zaczął delikatnie i cicho, niemal szeptem, ale przekonująco mówić:

— Niech pani posłucha, ja naprawdę bardzo, bardzo przepraszam. Przykro mi, że tak wyszło, nie chciałem zrobić pani żadnej krzywdy, po prostu pani nie widziałem. Proszę wybaczyć, jeśli sprawiłem ból albo niewygodę, to przez przypadek. Bardzo proszę nie robić zamieszania, ja i bez tego mam poważne problemy, jeśli pani się do tego dołoży, to może mnie to dobić. Dobrze?

Gdzieś w połowie tego wyrafinowanego przemówienia Roman pojął, że ona go nie rozumie, bo odruchowo mówił po ukraińsku i nawet nie próbował przejść na kulawy angielski, którego resztki jeszcze pałętały się po jego głowie po skończeniu studiów. Ta myśl go zmroziła. Ale kobieta słuchała go uważnie, zupełnie jakby coś sobie przypominała, a maska wściekłości niepostrzeżenie i bezgłośnie odfrunęła gdzieś w bok, odsłaniając całkiem sympatyczne rysy twarzy.

— Dobrze? — powtórzył pytanie.

Roman uśmiechnął się do niej niepewnie, ale przypomniał sobie, że ma posiniaczoną twarz, więc zwinął uśmiech i bezradnie spuścił wzrok. Śnieg, którego kobieta wciąż nie strzepnęła z dżinsów, miejscami zdążył już stajać i zostawić po sobie ciemne plamy. „Ma ciepłe uda" — przeleciało Romanowi przez głowę, a w ślad za tym: „Niech to diabli, co też ja".

Podniósł wzrok i spojrzał na nią, jak gdyby chciał zapytać: „To co, może ja już pójdę?". Polka w końcu się odezwała:

— Pan jest Ukraińcem?

— Co?! — mało nie krzyknął Roman. — Niech to diabli, pani mnie rozumie?

— Tak, rozumiem. Proszę nie przywoływać diabła, ostatecznie mamy dziś Wigilię.

— Dobrze, jasne, przepraszam! Po prostu mam poważne problemy, a nie znam polskiego, i prawdę mówiąc, chyba zaraz oszaleję.

— A co się stało? Mogę jakoś pomóc?

Mówiła z wyraźnym akcentem i powoli, ale dość poprawnie. Najwyraźniej, zanim coś powiedziała, litery układały się w jej głowie w słowa, słowa — w zdania, a potem wszystko to podlegało kontroli pod kątem efektywności i precyzji, i dopiero wtedy wypychała z siebie te sznureczki dźwięków, które Romanowi w jego aktualnym położeniu wydawały się wprost cudem Bożym, mimo jego otwartego sceptycyzmu wobec Sił Wyższych. Roman spojrzał w stronę Ołenki, która wciąż stała pod oknami niedaleko nich, zastanowił się sekundę i wypalił:

— Stało się to, że ja i moja przyjaciółka, to ona, stoi tu niedaleko, powinniśmy za godzinę jechać do Pragi. Ale pobili mnie wasi zasrani hopnicy i zabrali mi torbę z pieniędzmi, biletami i całą resztą rzeczy. I teraz nie wiem, co robić.

— Co to „zasrani hopnicy"?

— No, drobne złodziejaszki. Okradli mnie w biały dzień, akurat w wasze, kurczę blade, katolickie Boże Narodzenie!

— Jeszcze raz pana proszę, bez przekleństw! — podniosła głos.

— Przepraszam, przepraszam, to z rozpaczy, zazwyczaj nie przeklinam.

— A co z dokumentami?

— Na szczęście mam.

— Czyli sytuacja wygląda tak: pobili pana ci, jak ich... — Jej i bez tego powolna ukraińszczyzna potrzebowała długiej przerwy, kobieta zastygła niczym posąg, przypominając sobie usłyszane przed chwilą słowo, a potem z trudem się przez nie przedarła i z polskim akcentem na przedostatniej sylabie wyrzuciła z siebie: — Hopnicy, tak? Nie macie pieniędzy ani noclegu.

— Dokładnie — potwierdził Roman.

— A dlaczego pana przyjaciółka tam stoi i do nas nie podejdzie? Ja bym się zaniepokoiła, gdyby mój, hmm... przyjaciel... tak długo rozmawiał z piękną kobietą.

„Ktoś tu jest skromny" — pomyślał Roman i znów obróciwszy głowę w stronę Ołenki, wyjaśnił:

— Jest niewidoma. Sama do nas nie podejdzie. A poza tym już godzinę temu mnie pobili, a ja wciąż nie wiem, jak jej powiedzieć, że znaleźliśmy w takiej sytuacji. Nie umiem dobrać słów, rozumie pani?

Polka świsnęła ze zdziwieniem, jej oczy na nowo ożyły, a twarz przybrała dziwny, przebiegły wyraz. Pogrzebała w kieszeni, wyciągnęła paczkę papierosów z mentolowymi kapsułkami, przypaliła jednego zapalniczką, aż jego koniuszek zaskwierczał, zgniotła kapsułkę kciukiem i palcem wskazującym — i ciepło i radośnie, jak wydało się Romanowi, uśmiechnęła się do tych pstryknięć. Wypuściła dym, poczęstowała papierosem Romana. Odmówił. Zapachniało tytoniem i miętą. Polka zmierzyła chłopaka długim, przenikliwym spojrzeniem, potem krzywo rzuciła okiem w stronę Ołenki. Ołena z zimna przytupywała już w miejscu, raz po raz uderzając nogami w ogromny plecak oparty o ścianę domu.

— Jestem Agnieszka — Wyciągnęła do niego w końcu rękę, wypuszczając gęstą chmurę dymu i pary.

— A ja Roman.

— Aha, Roman... Piękne imię.

— W moim obecnym położeniu być mną — niepięknie.

— Tak więc, Romanie... — Agnieszka zignorowała jego komentarz i niespodziewanie, bez zbędnych ceregieli, przeszła na ty. — Mogę ci pomóc, przynajmniej spróbuję. Mam puste mieszkanie. Możecie się tam na kilka dni zatrzymać. A potem zobaczycie. Co ty na to?

— Jasne, że się zgadzam. Niespecjalnie mam wybór. Ale skąd taka dobroć? — zapytał.

— No jak to, dzisiaj Boże Narodzenie, czas cudów, bajek i takich tam. Poza tym mam z Bogiem skomplikowane stosunki i dużo w tym roku nagrzeszyłam. Może kiedyś taki uczynek zostanie mi policzony w niebie. A może i nie. Przyjmij, że po prostu chcę ci pomóc, z dobrego serca.

— Bardzo dziękuję! Jasne, że się zgadzam! A to daleko?

— Nie, to Praga. Jestem samochodem, za jakiś kwadrans będziemy na miejscu.

— Co?! Praga? — Roman nie uwierzył własnym uszom.

— Tak, to taka dzielnica Warszawy, za Wisłą. Nazywa się Praga. A o co chodzi? — zapytała Agnieszka.

— Właśnie mieliśmy dziś jechać stąd do Pragi. Tyle że czeskiej.

— A, co za różnica... — Ze zmęczeniem machnęła ręką Polka. — Przed losem nie uciekniesz, Romanie. Pisana wam była dzisiaj Praga i najwyraźniej nikt ani nic temu nie przeszkodzi.

Roman nie był nastawiony tak filozoficznie i refleksyjnie, ale słowa Agnieszki miały pewien sens. Tak czy siak, przyjął jej propozycję ze stoickim spokojem, z jakimś dystansem. Zapewne z powodu emocjonalnego szoku po wydarzeniach tego dnia. Czuł się zmarznięty i zdruzgotany, oboje z Ołenką zdążyli porządnie skostnieć przez ostatnie kilka godzin i nie jedli od rana. Nic więc dziwnego, że chęć dostania się do jakiegoś ciepłego mieszkania, gdzie może nawet znajdzie się coś do jedzenia, bardzo szybko rozbiła w proch resztki zdrowego rozsądku i typowej dla pewnej kategorii mężczyzn nieumiejętności pogodzenia się z sytuacją, w której to kobieta rozwiązuje wszystkie problemy. Wszystkie podejrzenia zbladły, miłość własna została powściągnięta i osiadła w ciszy jak muł w zmąconej rzecznej wodzie. Pozostała tylko wdzięczność.

— Dobrze, Agnieszko. Bardzo ci dziękuję. Niech ten uczynek zostanie policzony w rachunku grzechów. Zaraz pójdę, wszystko opowiem Ołence i przyjdziemy do samochodu. Gdzie stoisz?

— Nie, zrobimy inaczej. Samochód mam tu niedaleko, lepiej sama do was zaraz podjadę. A przyjaciółce lepiej nic teraz nie mów. Po pierwsze to byłby duży szok, po drugie jeszcze nie będzie chciała nigdzie pojechać, wyłącznie z powodu babskiego uporu. A ona musi się ogrzać i przespać, nawet stąd widzę, że jest cała sina z zimna. Masz tu termos z herbatą, daj jej trochę, a ja zaraz po was wrócę, zawiozę do tego mieszkania, a potem już się zobaczy.

— Przecież ona się zorientuje, że dojechaliśmy do jakiegoś mieszkania, a nie na dworzec!

— Nie zorientuje się, uwierz mi.

Agnieszka podała mu termos i nie czekając na odpowiedź, ruszyła ulicą w stronę całego rzędu zaparkowanych na placu samochodów. Roman wrócił do Ołenki i dotknął jej ramienia.

— Hej, mała. To ja. Trzymaj, przyniosłem ci herbatę. Bardzo zmarzłaś?

Ołena natychmiast obróciła się na dźwięk znanego głosu, a na jej twarzy zabłysnął uśmiech, trochę wprawdzie zaniepokojony i zmęczony. Wyciągnęła do Romana rękę, dotknęła jego kurtki i momentalnie się uspokoiła. Z uśmiechu zniknęły odcienie zdenerwowania. Skoro Roman jest obok, to znaczy, że wszystko w porządku.

— Gdzie tak długo byłeś, Romczyku? Zmarzłam wprost niewyobrażalnie. Nie spóźnimy się?

— Po taksówkę długo dzwoniłem, ci Polacy z ich świętami... ledwie się dodzwoniłem, i jeszcze zanim mnie tam zrozumieli... Ołenko, napij się herbaty, przyniosłem ci, żebyś się trochę rozgrzała.

— Tak, daj, bardzo dziękuję. Dobrze, że postanowiliśmy jechać bez rzeczy, prawda? Teraz byś musiał jeszcze i walizy ciągnąć, mój biedaku, nie tylko mnie.

— Ołenko, przestań, proszę.

— No dobrze, już dobrze, nie burcz.

Niewidoma dziewczyna otuliła dłońmi kubeczek od termosu i westchnęła z ulgą i zadowoleniem:

— Boże, Romku, jak mi dobrze... jeszcze nawet nie spróbowałam tej herbaty, a już mi od niej tak cieplutko!

A potem wypiła kilka małych łyczków, sprawdzając smak gorącego napoju. Z kubeczka unosiła się para. Do Romana doleciał zapach cytryny. „Pewnie Agnieszka bardzo lubi taką herbatę, skoro ciąga ją ze sobą w termosie po mieście. To przecież niewygodne" — przeszło mu przez myśl.

Warszawa świętowała Boże Narodzenie, wszystko wokół wirowało i drżało, nad miastem przelatywały ptaki i lampiony, śnieg mokro uginał się pod nogami, jego Ołenka piła herbatę. „Scena jak z jakiegoś pięknego filmu" — pomyślał Roman i jak zawsze w takich sytuacjach czuł gorycz, że ona tego wszystkiego nie widzi i pewnie nigdy nie zobaczy. A Ołena od razu poweselała, siorbiąc herbatę Agnieszki. Kiedy obejmował ją w pasie, czuł lekkie dreszcze, jak gdyby strząsała z siebie mroźne powietrze, a na jej jeszcze przed chwilą opanowanej przez zimno skórze rozkwitały ciepłe, wonne kwiaty. Od takich myśli robiło mu się całkiem dobrze i nawet fakt, że zamierza przemilczeć coś bardzo ważnego, w zasadzie go nie martwił. Ołenka piła herbatę dużymi już łykami, zachłannie, chyba parząc sobie gardło i język, chociaż na mrozie płyn trochę ostygł, więc wszystko mogło być w porządku.

Koło nich zatrzymał się samochód. Jasny stary opel, wyglądał zupełnie nieźle. Za kierownicą siedziała Agnieszka. Konspiracyjnie kiwnęła głową do Romana.

— O, czy to nasza taksówka? Chwała Bogu, bo już się zaczynałam martwić — zawołała Ołena w stronę samochodu i zrobiła kilka niepewnych kroków w jego stronę.

Ale Roman szybko chwycił ją pod rękę i poprowadził dalej. Zdecydowanym ruchem otworzył drzwi, wsadził Ołenkę na tylne siedzenie, a sam obiegł samochód z drugiej strony i usiadł obok niej. Agnieszka od razu ruszyła, a Roman odwrócił się do swojej dziewczyny i ze zdziwieniem zauważył, że zdążyła już przysnąć z odrzuconą do tyłu głową. „Nieźle małą zmorzyło. Agnieszka miała rację" — pomyślał tylko.

Samochód minął bramę, a potem wyskoczył z wąskiej uliczki na świątecznie przystrojony plac przed zamkiem, gdzie kilka godzin wcześniej Roman i Ołenka robili sobie wspólne zdjęcia na pożegnanie Warszawy, kilka razy skręcił i wreszcie wyjechał na most przez Wisłę.

Roman, odkąd sięgał pamięcią, zawsze lubił mosty. Zachwycał go nie tylko aspekt czysto estetyczny — zgrabność i siła tych konstrukcji, wypromieniowywana przez nie pewność, możliwość zanurzenia się na chwilę w złudzeniu lotu nad taflą wody — ale też most jako odwieczny symbol jedności i zgody. Najpotężniejszy most, który dotychczas widział, łączył brzegi Dniepru — więcej nawet, niż łączył: spinał je niczym stalowa szekla, wbity głęboko w ziemię, nie dając dwóm częściom Ukrainy rozejść się w różne strony i jako tako utrzymując ję razem. Rzecz jasna, chodziło nie o jeden jedyny most, raczej o cały system mostów, ściągających starą jak sam świat, niezagojoną ranę na ciele jego kraju grubymi chirurgicznymi nićmi, od granic Białorusi aż do samego Krymu, który też już ledwie trzymał się całości, dyndając jak wahadło na cienkiej nitce Przesmyku Perekopskiego. Ukraina ostatnio wywierała przygnębiające wrażenie i gdyby nie było tych mostów, które wyraźnie dawały do zrozumienia, że chwilowo wszystko pozostaje mniej więcej w normie, to można by pomyśleć, że w pół roku uciekliby stamtąd wszyscy normalni ludzie.

Most, przez który wiozła ich Agnieszka, nie budził w Romanie takich emocji. Wcale nie był pewien, czy Polacy mają taki sam kompleks rozdwojenia. Czyli Wisła raczej nie jest dla nich tym ostatnim, niezaprzeczalnym świadectwem braterstwa, a równocześnie wszechobecnym przekleństwem przepołowienia. „Oni nie muszą udawać wzajemnego podobieństwa, chociaż są różni. Nie muszą grać różnych, będąc jednej krwi. Może dlatego wszystko przychodzi im trochę łatwiej — bo nie tracą tyle co my czasu na szukanie porozumienia. Ale, niech to diabli! Nawet litra dnieprowej wody nie wymieniłbym na całą Wisłę!" — myślał.

Niespodziewana rozpacz rozstania z Ukrainą ukłuła go mocno i celnie. Roman poczuł, jak mięśnie jego twarzy same z siebie ściągają się w bolesnym grymasie i przez jakieś pół minuty nawet nie mógł nic zrobić z tym mimicznym skurczem. Ból skamieniał, wczepił się w jego skórę, ale wkrótce odpuścił. Roman znów spokojnie wpatrywał się w czerń za oknem samochodu.

A pod nimi rzeczywiście panowała czerń. Most był długi i dobrze oświetlony, ale zimowa, wieczorna Wisła wypromieniowywała taki magiczny mrok, że dobiegające z góry światło rozpuszczało się w nim i na powierzchni wody widać było tylko ledwie dostrzegalny, rozmyty blask. Na drugim brzegu, do którego szybko się zbliżali, niespodziewanie wyrosły gotyckie kontury kościoła, podświetlone reflektorami, i teraz mknęli ku nim, zostawiając je wprawdzie nieco z prawej strony.

Roman spojrzał na Ołenkę — najwyraźniej mocno spała, ciężko oparta o jego ramię. Musnął palcami jej policzek. Policzek był ciepły — dziewczyna już się rozgrzała i teraz przelewała w ten sen nie zimno, tylko zmęczenie ostatnich dni spędzonych w drodze. Roman uśmiechnął się. Zawsze się wzruszał, kiedy patrzył, jak Ołenka śpi. I nawet obecność w samochodzie obcej kobiety, która od czasu do czasu spoglądała na nich w lusterku wstecznym i choć milczała, to przecież widziała wszystko, nie przeszkodziła Romanowi pochylić się nieco i leciutko pocałować Ołenki w nos.

Most się skończył, Agnieszka skręciła w prawo i przejeżdżając koło kościoła, który teraz wydawał się tak wysoki, że aż drapał ostrymi wieżami czarne niebo, cicho rzuciła w stronę tylnego siedzenia:

— To już Praga.

— Ładnie tu — powiedział Roman, spoglądając przez okno.

Polka nic nie odpowiedziała, tylko dodała gazu, a szmer kół jej opla na asfalcie wyrównał się i podniósł o kilka tonów. Od tego monotonnego dźwięku Romanowi też zachciało się spać. Po tłumach ludzi w centrum Warszawy ulice Pragi zdawały się całkowicie bezludne, jakby wymarłe. Tylko gdzieniegdzie widać było nieliczne grupki, ale nawet one wyraźnie miały zamiar jak najszybciej zniknąć z ulicy i spędzić wieczór w cichym gronie rodzinnym.

Przez okna samochodu widać było, że znów zaczął padać śnieg. Agnieszka włączyła wycieraczki, ale w zasadzie zaraz potem niespodziewanie zatrzymała samochód i wyciągnęła kluczyk ze stacyjki, gasząc silnik.

— Koniec, jesteśmy na miejscu — poinformowała.

Roman wysiadł z samochodu i rozejrzał się dookoła. Stali przed kilkupiętrowym domem na dość czystej i ruchliwej ulicy. Agnieszka otworzyła mu drzwiczki, Roman wyciągnął Ołenkę i wziął ją na ręce.

— Chodźmy — zawołała go Polka, zatrzaskując drzwiczki i znikając w prostokątnym wejściu w podwórze.

Roman posłusznie poszedł za nią, lekko niosąc na rękach Ołenkę, i uśmiechnął się do siebie na mimowolne wspomnienie zdania „Miłość nie ciąży". Agnieszka przytrzymała mu drzwi do klatki schodowej, po czym weszli na trzecie piętro. Polka zatrzymała się na korytarzu, pogrzebała w torebce i już po chwili wydobyła stamtąd podzwaniający lekko klucz na dużym kółku. Trzy razy obróciła go w zamku (Roman uznał, że to dziwne — aż trzy obroty?), zawiasy zaśpiewały ochryple i wreszcie mogli wejść.

W przedpokoju światła nie było — włącznik pstryknął bez efektu, pozostawiając gości w ciemnościach, które po dobrze oświetlonych ulicach, w dodatku zasypanych śniegiem, wydały się gęste i niespodziewane. Agnieszka mruknęła pod nosem i pewnym krokiem ruszyła w głąb mieszkania, po drodze zgrabnie odsuwając coś z przejścia. Po kilku sekundach pstryknął inny włącznik i do przedpokoju wlało się żółte światło z pokoju po lewej.

— Romanie, wejdź tutaj — zawołała.

Roman ostrożnie wniósł Ołenę do pokoju i położył ją na kanapie, którą Agnieszka właśnie przykryła kocem. Dziewczyna natychmiast obróciła się we śnie na bok, twarzą do ściany, i spała dalej. Polka otworzyła drzwiczki stojącej obok szafy, wyjęła jeszcze jeden koc i starannie Ołenę przykryła. Potem dała Romanowi znak, by szedł za nią, zgasiła światło w pokoju, przymknęła drzwi i już po kilku sekundach siedzieli przy małym starym stole w kuchni. Agnieszka otworzyła szufladę, pewnie szukając herbaty i cukru, a Roman oglądał pomieszczenie. Ta kuchnia budziła w nim jakieś dziwne uczucia — mimo że stara i bardzo zaniedbana, widać było, że to właśnie ten fragment mieszkania miał dla jego właścicielki największą wartość sentymentalną. Malutki stolik, przy którym można siedzieć tylko we dwoje, bo dla trojga byłby już przymały, całe rzędy najróżniejszych filiżanek, kubeczków, kufli i kieliszków w starej szafce za szkłem, kilka pustych butelek po winie za kuchenką gazową, w szufladzie zapasy herbaty i kawy, lodówka obklejona magnesami, na parapecie kilka miseczek z cukierkami i stosy książek. Przytulny kącik.

— Podoba ci się — z uśmiechem stwierdziła Agnieszka, przechwyciwszy jego wzrok.

— Tak, podoba. Przytulnie tutaj — odpowiedział Roman. — Słuchaj, może ci w czymś pomóc?

— Nie trzeba, sama zaparzę, siedź.

Agnieszka zgrabnie krzątała się koło kuchenki. Nalała wody do małego starego czajniczka, dodała cukier i herbaciane liście, wyciągnęła z torebki cytrynę, szybko odkroiła połowę i ją też dorzuciła do czajniczka. Jej ruchy były płynne i zwinne, zdawało się, że tańczy, przygotowując tę herbatę, a Roman nie mógł oderwać od niej wzroku. To znaczy dopiero teraz zrozumiał, że nie mógł, bo oczu nie spuszczał z niej właściwie już od chwili, gdy zatrzymała samochód przed domem. Przyglądał się jej fryzurze, patrzył na jej ręce, usiłował dojrzeć rysy twarzy, ale do tej pory najczęściej stała odwrócona do niego tyłem, więc głównie świdrował wzrokiem jej plecy i ramiona. Polka robiła przyjemne wrażenie.

Wreszcie woda zagotowała się i Agnieszka usiadła przy stole, dokładnie naprzeciwko Romana. Nalała gorącego napoju do filiżanek, nie wstając z krzesła, zanurzyła rękę w misce z cukierkami, wzięła ich pełną garść i położyła na stole.

— Częstuj się — skinęła do Romana.

— Dziękuję. — Wziął jeden cukierek i rozwinął go z szelestem. — Nie warto było się przejmować parzeniem, pewnie i bez nas masz dziś co robić. A jeśli chciałaś mnie poczęstować, to można było zwyczajnie napić się herbaty z termosu przecież jest prawie pełen. Ołence bardzo smakowała, swoją drogą.

— Nie, nie można było — zaprzeczyła Agnieszka. — Tam jest środek nasenny.

— Co?! — Roman zakrztusił się herbatą.

Jego krzesło z łoskotem poleciało w bok, a cień wyciągnął się prostopadle do całej wyłożonej kafelkami podłogi. Roman już prawie skoczył w stronę pokoju, w którym spała Ołenka, ale Agnieszka uspokajająco podniosła rękę.

— Romanie, usiądź. Musimy porozmawiać.

— Idź do diabła z twoją rozmową, nafaszerowałaś Ołenę środkiem nasennym!

— Jeszcze raz cię proszę, nie przeklinaj. To moje leki, nic się twojej Ołence nie stanie.

— A dlaczego miałbym ci zaufać? — zapytał Roman.

— A choćby dlatego, że w tej chwili jesteś ode mnie całkowicie zależny. To wielkie szczęście — ufać temu, od kogo się jest zależnym. Więc lepiej ufaj.

— Dobrze, przyjmijmy, że tak. Co dalej?

— Na początek usiądź.

Roman, wbrew swojemu gniewowi, usłuchał i przysiadł na brzeżku porzuconego przed chwilą krzesła. Patrzył wilkiem na Agnieszkę, czując się jak zwierzę zapędzone w róg. „Jakby co, biorę Ołenę i jedziemy do szpitala. Jeśli ta idiotka spróbuje mi przeszkodzić, trzeba będzie użyć siły" — rozstrzygnął. Chłopak złym spojrzeniem przeszukiwał kuchnię, wbijając silne złością dłonie w kant stołu. Polka przechwyciła jego wzrok, oceniła sytuację, wstała ze swojego miejsca i stanęła między Romanem a małą szafką, na której leżały noże i widelce. Pokojowym gestem uniosła dłonie i mówiła dalej:

— Proszę, posłuchaj mnie. Środek w herbacie jest silny, ale na pewno nie zaszkodzi. Ołena będzie się czuła wyspana i wypoczęta. Jeśli wypiła cały kubeczek, to pewnie pośpi aż do rana. Więc zamiast dramatycznie wymachiwać rękami lepiej byś mi podziękował, że zorganizowałam ci aż tyle czasu, żebyś mógł wymyślić, jak Ołenie wyjaśnić wszystko, co się z wami dzisiaj stało.

— Ona i tak mnie zrozumie.

— To dobrze.

Agnieszka milczała jeszcze przez chwilę. Roman w napięciu badał ją wzrokiem, patrzył, jak leciutko drży jej dolna warga, jak palce to splatają się, to wygładzają sweter, to nerwowo łapią zapalniczkę, którą już parę minut temu wyjęła z torebki, chociaż zapomniała wyciągnąć papierosy. Wyraźnie chciała coś powiedzieć, ale nie miała odwagi. Roman czuł się jak w pułapce.

— Po co nosisz przy sobie środek nasenny? — zapytał. — I to jeszcze w herbacie — dodał po kilku sekundach.

— Nie w herbacie. Po prostu wrzuciłam do niej kilka tabletek. Mam problemy z zasypianiem, zażywam leki. Nigdy nie wiem, gdzie będę nocować, więc zawsze mam je przy sobie. A dziś dodatkowo ulubioną, gorącą herbatę w termosie, bo zimno. A poza tym to bardzo pomaga, jeśli ktoś na jakiejś imprezie czy gdzieś usiłuje mnie poderwać wbrew mojej woli. Proponuje się takiemu drinka, głupek z uprzejmości się zgadza i parę minut później śpi jak dziecko, bo w jego szklance wylądowała tabletka. Wieczór uratowany.

— Aha, jasne.

Roman nie wiedział, co teraz powiedzieć. Zamarł i ucichł, wprawdzie ta cisza była ostra, nawet groźna. Czuł, że byłby zdolny do wszystkiego, dosłownie do wszystkiego, gdyby trzeba było wyrwać się razem z Ołenką z tej pułapki.

— Dobrze. Widzę, że się uspokoiłeś. — Podniosła na niego wzrok i teraz patrzyła na jego rozciętą wargę. — Co sądzisz o literaturze?

— Zależy. Dobrą lubię, złej nie — odpowiedział ze zdziwieniem, cokolwiek zaskoczony pytaniem. — Tak w ogóle to nie pamiętam, kiedy ostatnio miałem w rękach jakąś książkę.

— A to dlaczego?

— No — zaczął tłumaczyć — zajmowanie się Ołeną wymaga bardzo dużo czasu i energii. Mogę sobie pozwolić tylko na krótkie czytanie, a nawet i na to krótkie brakuje sił. W mojej sytuacji łatwiej i przyjemniej jest słuchać muzyki. To kosztuje znacznie mniej wysiłku. A po co w ogóle pytasz? — zjeżył się.

— Aha, rozumiem. No a co sądzisz o pisarzach? — ciągnęła dalej Agnieszka, ignorując jego pytanie.

— Nie znam osobiście żadnego pisarza.

— Ja jestem pisarką — poinformowała z ironicznym uśmiechem.

— Ty?

— Ja.

— Wydaje mi się, że pisarze są dość podstępni i podli.

Agnieszka opadła na podłogę i wybuchnęła śmiechem, oparta o ścianę koło szafki z nożami. Roman natychmiast złapał się na tym, że to, co widzi i słyszy przed sobą — a widzi i słyszy miłą i młodą kobietę o pięknych rękach, troskliwą i dobrą, ze ślicznym łagodnym śmiechem — w żaden sposób nie łączy się w jego wyobraźni z osobą, która wzięła i tak po prostu, bez zastanowienia i chwili wahania, napoiła jego ukochaną jakąś chemią.

— Z czego się śmiejesz? — spytał naburmuszony Roman.

— Ja nie jestem podła. Ołena naprawdę potrzebowała solidnego snu, a ty czasu na solidne przemyślenie sytuacji.

— O czym tu myśleć?

— No właśnie. Chcę teraz z tobą bardzo poważnie porozmawiać.

— Jaka znowu poważna rozmowa? Nawet godzina nie minęła, odkąd się poznaliśmy — spytał z kompletnie nieskrywanym sarkazmem.

— Co nie zmienia faktu, że siedzisz już u mnie w domu, tak? I w dodatku pijesz herbatę w mojej kuchni.

Roman, nie znajdując odpowiedzi, wzruszył ramionami.

— Większość tematów do poważnych rozmów pojawia się między ludźmi nawet nie w pierwszej godzinie, tylko w pierwszych pięciu minutach znajomości. Wszystko, co potem się między nimi zdarza, to skutek pierwszego wrażenia.

— Dobrze, załóżmy, że to prawda. I o czym to zapragnęłaś ze mną poważnie porozmawiać?

— No, nie do końca porozmawiać, raczej coś zaproponować. Ale może najpierw zadasz mi kilka pytań, żeby się przekonać, czy można mi zaufać. Myślę, że masz o co pytać.

Roman zamyślił się, w końcu znów normalnie usiadł na swoim krześle, wypił z filiżanki kilka łyków i podsumował:

— Hm, nie wiem nawet. No, załóżmy, że uwierzę, że Ołenie nic od tej herbaty nie będzie... w takim razie chwilowo najbardziej interesują mnie tylko dwie sprawy.

— Jakie?

— Po pierwsze, czy mnie też nie wrzuciłaś do herbaty czegoś na sen albo jakiejś innej trucizny, a po drugie, skąd tak dobrze znasz ukraiński? Czy tu u was, w Polsce, wszyscy mówią po ukraińsku?

Agnieszka spojrzała na niego przepraszająco i trochę się zmieszała.

— Nie no, nic ci nie wrzucałam, wystarczy. A z ukraińskim to proste — mam jakieś tam ukraińskie korzenie, babcia stamtąd pochodzi, do tego kiedyś pół roku mieszkałam we Lwowie i jeszcze czasem tłumaczę znajomych ukraińskich pisarzy. Dlatego coś tam umiem.

— A inni Polacy nie znają ukraińskiego?

— Podejrzewam, że niektórzy znają, ale to nie jest ani standardowa, ani niezbędna Polakowi wiedza. Podejrzewam, że większość co najwyżej zrozumie ze słuchu niektóre słowa.

A ta wasza cyrylica dla nich niewiele się różni od chińskich hieroglifów.

— No dzięki!

— Przepraszam, ale tak to wygląda. Nie sądzę, żebym się bardzo myliła.

— Jasne. W pewnej chwili nawet przeszło mi przez głowę, że więcej ludzi mówi po ukraińsku u was niż w samej Ukrainie.

— Wiem, znam te wasze problemy — powiedziała ze współczuciem Agnieszka. — To co, tyle? Ukraiński w moim wykonaniu już cię nie dziwi?

— Nie. Dziwi tylko, jak to się stało, że się spotkaliśmy — uśmiechnął się Roman.

— Oooo, jaki banał! Romanie, każdy mężczyzna mówi to każdej kobiecie, która mu się chociaż trochę podoba, myśląc, że ją to wzruszy.

— Nic z tych rzeczy! — zaprotestował, ale Agnieszka przerwała mu gestem.

— Dobrze, nieważne. Ważne jest co innego: powiedz, jakie są twoje dalsze plany? Co zamierzasz robić, jak to rozwiązać?

— No — zrobił pauzę Roman — przeczekamy z Oleną święta, potem pójdę do ambasady, niech nas chociaż do domu wyprawią. Olenie wszystko jutro opowiem. I tyle, do Nowego Roku nic więcej nie planuję.

Agnieszka popijała herbatę, nie spuszczając wzroku z Romana, któremu aż niezręcznie się zrobiło pod jej spojrzeniem. Wreszcie zebrała się na odwagę:

— Posłuchaj teraz, jaka jest moja propozycja.

— Dawaj — zareagował bez entuzjazmu.

— Zostajecie i mieszkacie tutaj, jak długo zechcecie. Wizy macie, dokumenty w porządku? No to choćby na całe pół roku zostańcie, nie ma sprawy. Ale pod jednym warunkiem — od czasu do czasu ty i ja będziemy spędzać razem cały dzień i dużo rozmawiać. Napiszę o tobie książkę.

— To jakieś szaleństwo! — Roman znów zerwał się na równe nogi.

— W żadnym razie — skontrowała Agnieszka. — To mieszkanie jest wolne, nikt wam nie będzie przeszkadzał.

— Nie mieszkasz tu? — zapytał.

— Nie. Przyjeżdżam raz w tygodniu powycierać kurze i sprawdzić, czy wszystko w porządku. Mówię poważnie. Jeśli z powodu tej waszej męskiej pychy martwisz się pieniędzmi, to przestań, nic od was nie wezmę, a nawet będę ci płacić za nasze rozmowy. Przyjmij, że zawrzemy kontrakt na serię wywiadów.

— Agnieszko, czy ty słyszysz samą siebie? — wypalił zdumiony Roman, który nie był pewien, czy właściwie rozumie to, co mówi w jego ojczystym języku ta dziwna Polka.

— Zaczynam wątpić, czy ty mnie słyszysz. Daję wam pieniądze tylko za to, żebyś ze mną od czasu do czasu porozmawiał. Daję wam mieszkanie na dowolny okres, na jak długo zechcesz, i niczego od was nie wymagam. Poza tym pomyśl o Ołenie. Przecież nie wyjechaliście z Ukrainy tak po prostu — niemalże stwierdziła fakt.

— Dlaczego tak sądzisz? — spytał zaskoczony Roman.

— Sam się zastanów. Dokumenty macie, ale żadnych rzeczy, mówiłeś tylko o małej torbie z pieniędzmi i telefonem. To jasne, że tak jadą ci, którzy chcą zacząć życie od nowa. Trafiłam?

— No, skoro tak — niechętnie zgodził się Roman.

— Nie zdziwię się, jeśli zwyczajnie nie macie dokąd wracać. A nawet jeśli macie, to słyszałam, że z Europy do byłego ZSRR dobrowolnie wracają tylko wariaci i ludzie zmęczeni rozstaniem z Ojczyzną, co w praktyce na jedno wychodzi.

Zdziwiony Roman zamilkł, zastanawiając się nad tym, o czym rozmawiali. W jej propozycji było dużo racjonalizmu i zwykłej logiki, ale jak zawsze miał opory, by zrobić coś wbrew sobie, a tym bardziej wbrew własnej dumie. W zgodzie na taki układ — żyć na cudzy rachunek w obcym kraju — było coś takiego, nieprawdziwego i nieprawdopodobnego, co mimo woli budziło poważne podejrzenia. Z drugiej strony, Agnieszka, świadomie czy nie, trafiła w dziesiątkę — oboje z Ołeną wyjechali z Ukrainy po jesiennych wyborach, tak jak najbardziej lekkomyślni marynarze, którzy jako pierwsi opuszczają okręt, kiedy na burcie pojawia się pierwsze pęknięcie. Sprzedali przy tym wszystko, co mieli, a w razie powrotu długo byliby zależni od rodziców. A to jeszcze większy cios dla dumy niż mieszkanie tutaj na warunkach zaproponowanych przez Agnieszkę. Ale coś mu w tym planie nie na żarty nie pasowało, nawet czoło zmarszczył wśród tych rozmyślań. Polka obserwowała tę mimiczną grę na jego twarzy i w końcu nie wytrzymała:

— No to co powiesz? Zgoda?

Milczał jeszcze przez kilka chwil, aż w końcu zrozumiał.

— Załóżmy, że się zgodzę. Ale skąd ci przyszło do głowy, że można o mnie napisać książkę? Przecież jestem nikim. Był mały kawałek życia, kiedy byłem kimś, w dzieciństwie — cały świat kręcił się wokół mnie, tak, pamiętam. Tak, skończyłem szkołę, studia, urządziłem mieszkanie, które dostałem w spadku. Ale przez te wszystkie lata nie znalazłem żadnego prawdziwego przyjaciela, zresztą nieprawdziwego też nie. Absolutnie nic nie osiągnąłem — przepracowałem kilka lat w przeciętnej firmie jako przeciętny pracownik z przeciętną pensją. Jestem pewien, że większość moich kolegów nieprędko zauważy, że odszedłem z pracy, a moi byli sąsiedzi — że się wyprowadziłem. Nikim nie zostałem. A dokładniej — zostałem nikim. I do dziś tym nikim byłem, aż spadłem jeszcze niżej, bo teraz jestem w dodatku pobitym bezdomnym.

— Oj, Romanie, może już bez katastrofizmu, dobrze? Jesteś w obcym mieście, nie znasz języka, wpadłeś w kłopoty, w dodatku nie sam, tylko z ukochaną, która swoją drogą nic o tych kłopotach jeszcze nie wie, a na dokładkę jest niewidoma. I zjawia ci się z pomocą dziwaczna ratowniczka, której ty, wychowany we współczesnym świecie cynik, nijak nie umiesz uwierzyć. Znakomite zawiązanie akcji do dobrej książki.

— Chcesz wykorzystać sytuację, w której się znalazłem?

— Tak, chcę. Ale z jednakową korzyścią dla nas obojga. Ja mam pieniądze i chcę kupić od ciebie tę historię. Korzyści są oczywiste — ty łapiesz do tego wszystkiego dystans, jakby to nie było twoje, taki rodzaj psychoterapii, do tego prawie bez wysiłku możesz żyć w Europie ze swoją ukochaną, a ja mam znakomitą fabułę do poruszającej, lirycznej powieści, którą już dawno chciałam napisać, bo piszę głównie na tematy społeczno-polityczne i już się zaczęłam obawiać, że którejś nocy wysadzą mi drzwi i zwyczajnie zgarną jako wroga ludu.

— A co z Ołeną? — spytał zbity z tropu Roman.

— A co takiego z Ołeną?

— No, tak marzyła o Pradze. Ja zresztą też. Ale tam, marzyłem! Przed Nowym Rokiem muszę się stawić w nowej pracy, mam podpisaną umowę!

— A to właśnie Praga. Losu nie oszukasz. Jeśli chodzi o całą resztę — twoja decyzja. Jeśli będziesz chciał, po prostu dam wam pieniądze na bilety do Pragi i jutro stąd wyjedziecie. I wszystko w twoim życiu będzie tak, jak planowałeś. W waszym życiu — poprawiła się Polka.

Roman zamyślił się głęboko. Wśród codziennej bieganiny, w gonitwie między pracą, gdzie szefem był niewiarygodnie śliski typek, a domem, w którym czekała Ołena niemogąca poradzić sobie w wielu sprawach bez jego pomocy, nic się ostatnio nie działo. Już od kilku lat czuł się, jakby wpadł w bagno, które każdego dnia wciąga go coraz głębiej. Właśnie dlatego w końcu przystał na prośby Ołeny, żeby wyjechać gdzieś do pracy do Europy: żeby nie zacząć gnić za życia w tym niemal apatycznym kraju, na tym niemal pozbawionym perspektyw stanowisku. I proszę, Europa od razu pierwszego dnia dała mu po głowie. O pożyczeniu od Polki pieniędzy i wyjeździe do Pragi zgodnie z wcześniejszymi planami Roman już nawet nie myślał. Czasem bywał nad wyraz przesądny, co ogólnie nie przystawało do jego charakteru zdeklarowanego realisty. Dlatego podejmowanie drugiej próby w sytuacji, w której, zdawało się, same okoliczności mówią, że nie warto, nie leżało w jego charakterze. Wariant z Czechami był już dla niego skreślony, pozostawała decyzja, czy wracać do domu, czy próbować się wywinąć i zostać tu, w Warszawie.

Romanowi dawno już skończyły się argumenty przeciwko propozycji Agnieszki, ale wciąż jeszcze się wahał — zbyt dziwne było to wszystko. W końcu Agnieszka wyjęła z torebki papierosy, wyciągnęła jednego, pstryknęła kapsułką w filtrze, zapaliła i spojrzała na niego spode łba.

— A co do tego, czy Ołena ma o wszystkim wiedzieć, czy nie — to twoja sprawa. Jest ślepa, nic nie zauważy. Możesz jej wszystko opowiedzieć, możesz powiedzieć, że już jesteście w Pradze, a ona przespała całą drogę. Mnie wszystko jedno. Ale uwierz mojemu kobiecemu doświadczeniu — jeśli jej wszystko opowiesz zgodnie z prawdą, to od razu, od pierwszego dnia, kiedy ambasada będzie otwarta, zacznie cię terroryzować żądaniami, żebyście stąd wyjechali. I za którymś razem poddasz się i ustąpisz. Wrócisz do Ukrainy i będziesz z nią żył w bardzo trudnych, jak rozumiem, warunkach. Więc pomyśl. To akurat ten przypadek, kiedy jedno może myśleć za dwoje.

Romanowi przypomniało się, jak wybuchowa bywa Ołena wbrew swoim fizycznym ograniczeniom i ogólnie łagodnemu charakterowi, i w myślach zgodził się z Agnieszką.

— Czyli co, mam skłamać? — powiedział.

— Kochasz ją, Romanie?

— Tak, kocham.

— No to będziesz musiał skłamać. Miłość trzyma się właśnie na kłamstwie, prawie zawsze. Od drobnego kłamstewka do kłamstwa, że miłość wciąż trwa. Taki krąg.

— Dobrze, zgadzam się — poddał się wreszcie, kiedy wszystko przemyślał.

— No i świetnie, pół godziny cię urabiałam. Jak jakiegoś chłopaczka. Masz tu mój numer na wszelki wypadek. — Wyciągnęła notesik i starannie wypisała na kartce swój numer, imię i nazwisko. — Kiedy będę chciała się z tobą spotkać, wrzucę liścik do skrzynki pocztowej przy drzwiach wejściowych, tam wszystko będzie napisane, jasne?

— Jasne — przytaknął Roman.

— Masz tu pieniądze. — Agnieszka bez przeliczania wyciągnęła z portfela zwitek banknotów i położyła je na stole przed Romanem, obok klucza. — Na początek wystarczy. Przed Nowym Rokiem jeszcze się na pewno spotkamy. Zejdź może później do sklepu, kup coś do jedzenia, tu obok. Gaz działa, ciepła woda jest całą dobę, w drugim pokoju stoi telewizor, ale na nic ci się nie przyda — nie rozumiesz po polsku. Zresztą chyba nie działa — przypomniała sobie. — Herbaty i kawy, nie wiem, co tam wolicie, tak samo jak cukru, jest w tym mieszkaniu pod dostatkiem, a z resztą dasz sobie radę. Wszystko jasne?

— Wszystko. Bardzo ci dziękuję.

— Nie dziękuj, jesteśmy kwita. Mało, że podarowałeś mi pomysł na książkę, to jeszcze zrobiłam dziś taki dobry uczynek, że przy rachunku grzechów mogą mi go policzyć za dziesięć.

— Myślę, że to mogłoby wyrównać cały rachunek — zażartował Roman.

— O nie, nawet sobie nie myśl. Pisarze bardzo dużo grzeszą. Dobra, idę, czekają na mnie. Do usłyszenia, Romanie. Wesołych świąt — rzuciła Agnieszka, wstając, zamachała paluszkami i zniknęła w korytarzu.

Drzwi za nią trzasnęły, potem Roman usłyszał, jak na ulicy odpala i rusza z miejsca jej opel, i dopiero wtedy spojrzał znowu na stolik, na którym zostały pieniądze, klucz, dwie filiżanki — jego z resztką herbaty i jej, pusta, ze śladami szminki na brzeżku — i zaimprowizowana wizytówka Agnieszki. Nazywała się Kochanowska.

„Dziwna ta Kochanowska" — przebiegło Romanowi przez myśl.

Ludzie w ogóle są dziwni.

2. Złudzenie

Tak też się zdarza, choć bardzo rzadko. Idzie sobie człowiek jako tako pewnie swoją ścieżką, czasem jeszcze kogoś prowadzi, ale w końcu robi jeden nieostrożny krok i już leży w głębokiej dziurze, po uszy w gównie. I szarpie się na wszystkie strony, macha rękami i nogami, bardzo ostrożnie zużywając resztki powietrza, i wyszeptuje w otaczającą go zgniliznę wszystkie modlitwy, jakie zna, i jeszcze własne wymyśla. A aniołowie niebiescy zbierają się gdzieś tam w górze, jak ochroniarze w supermarketach, i śmieją się z niego przy swoich kamerach przemysłowych, aż ich brzuchy bolą. I tylko raz na milion przypadków któregoś z tych skrzydlaczy rusza sumienie, więc po cichutku odłącza się od wesołej anielskiej kompanii i słysząc za plecami kolejne wybuchy śmiechu, leci na pomoc, nieoczekiwanie pojawia się na ekranach, od czego jego zawstydzeni anielscy koledzy cichną, spuszczają głowy i idą na papierosa. A on bez szczególnego wysiłku wyciąga człowieka z gówna, załatwia jego sprawy, wszystko za niego robi i rozstrzyga. Potem pije z nim herbatę i znika niespodzianie, zostawiając na stole swój numer, pod który można zadzwonić w razie kłopotów.

Tak właśnie do ludzi przybywają aniołowie stróże.

Roman nie mógł przestać myśleć o Kochanowskiej. Już czwartą godzinę leżał koło Ołenki, obejmując ją i nasłuchując, czy nie przestała oddychać od tego środka nasennego. Ale nie, mała spała mocno i spokojnie — nawet nie drgnęła, kiedy ją rozbierał i przenosił z kanapy, szykując pościel, i z powrotem, na świeże poduszki i prześcieradła.

Po wyjściu Agnieszki Roman prawie godzinę badał nowe mieszkanie. Były tylko dwa pokoje: ten, w którym teraz spała Ołenka, w końcu korytarza po lewej, i nieco większy, prawie przy samym wejściu do mieszkania, po prawej. Tutaj było chłodniej, pewnie dlatego Agnieszka położyła Ołenkę w tym pierwszym; na dodatek zalegało tu całe mnóstwo najróżniejszych książek, które nawet nie mieściły się na półkach, tylko stały w wysokich stosach przy najdalszej ścianie. Był też telewizor, za którym Roman znalazł wielką walizę z kilkudziesięcioma płytami ze starym rockiem i muzyką klasyczną oraz odtwarzacz. Niestety nie działał. Tak samo jak telewizor.

Duży pokój miał jeszcze balkon, dość przytulny i sympatyczny, jak na gust Romana: z małym fotelem, krzesłem i stolikiem między nimi. Z balkonu można było patrzeć na zaśnieżoną ulicę, na podłodze leżało z dziesięć zapalniczek i kilka napoczętych paczek papierosów różnych marek. Najwyraźniej zostały po ostatnich gościach Agnieszki.

— Wyciągnęła z gówna, załatwiła wszystkie moje sprawy, wszystko za mnie załatwiła i rozstrzygnęła — powiedział sam do siebie, powtarzając własne myśli.

Potem jeszcze raz przeszedł mieszkanie, przytrzymując się ścian — właśnie tak będzie tu już jutro chodzić Ołenka — i odsunął albo raczej przerzucił spod nóg wszystko, co mogło jej przeszkodzić lub zrobić krzywdę, po czym szybko się umył i wskoczył do niej pod kołdrę.

Z ulicy co jakiś czas dobiegały radosne okrzyki i trąbienie klaksonów, ale potem i to ucichło, tylko pojedyncze samochody szurały oponami po asfalcie. Już czwartą godzinę Roman nie mógł wyrzucić z głowy Agnieszki Kochanowskiej, wciąż o niej myślał i z ogromną wdzięcznością przypominał sobie, co zdążyła dla nich zrobić już w pierwszych godzinach znajomości. Nagle przyszło mu do głowy, że teraz będzie żył wśród jej rzeczy i myśli, które pewnie wciąż unoszą się gdzieś pod sufitem i kryją po kątach. „Trzeba ją będzie spytać, od jak dawna nie mieszka tu na stałe, kiedy już się spotkamy. A obiecała, że spotkamy się przed Nowym Rokiem" — pomyślał i w końcu się wyłączył, wyczerpany, jakby dopiero ta myśl przyniosła mu ulgę.

Ołena zawsze budziła się pierwsza. Także i tym razem, zaledwie kilka godzin po tym, jak Roman zapadł wreszcie w sen, zaczęła słyszeć, co dzieje się w mieszkaniu. Dla niewidzących przebudzenie oznacza zupełnie co innego niż dla widzących. Ci, którzy widzą światło, przechodzą do niego z ciemności, a niewidomi przechodzą z jednego mroku, totalnego, w którym nie ma niczego poza tym, do mroku, który można usłyszeć, rozpoznać zapachem i zbadać dotknięciem opuszków palców. Leciutko pachniało cynamonem, Roman oddychał obok, poranek zdawał się taki, jak w ich mieszkaniu, które opuścili kilka dni temu, i Ołena w pierwszej chwili pomyślała, że całe to zamieszanie z wyjazdem do Pragi było tylko snem, z którego pora się otrząsnąć.

Kiedy się jednak wsłuchała, zrozumiała, że to chyba nie tak. Nie było słychać kuchennego zegara, nie skrzypiała podłoga w przedpokoju, było natomiast kilka innych dźwięków, jeszcze niezidentyfikowanych, nieposmakowanych, niedosłyszanych, które jednoznacznie uświadomiły jej, że nie są z Romanem w domu.

Ołena czuła się straszliwie głodna, wypoczęta i radosna. Przeciągnęła się, aż kości zatrzeszczały, i odetchnęła głośno. Potem odruchowo, z przestrachem zasłoniła usta: zapomniała, że obok śpi Roman, który jeśli raz się obudzi, zważywszy jego lekki sen, to już nie zaśnie.

Nie chciało jej się już dłużej leżeć w łóżku, więc wyślizgnęła się z objęć Romana i postanowiła zbadać mieszkanie, w którym się teraz znajdowali. Po omacku, trzymając się szafy, wyszła do przedpokoju, znalazła łazienkę i toaletę, obeszła dookoła kuchnię, gdzie zatrzymała się na dłużej przy oknie. Węchem i dotykiem badała wszystko, co przy nim leżało, i przykładała ucho do szyby, za każdym razem słysząc z ulicy niewyraźne dźwięki obcego języka. „Praga!" — pomyślała z radością Ołena i niczym podczas orgazmu wpiła palce w serwetkę przykrywającą parapet. A za szkłem rozbłyskiwał w porannym słońcu świeży warszawski śnieg, jeszcze nietknięty przez dozorców i pługi.

Ostatnio Ołenie bardzo zależało na wyjeździe z Ukrainy. Roman mówił jej, że z każdym dniem czuje się coraz bardziej osaczony, a chodząc po mieście, ma wrażenie, że musi rozrywać porozciągany wszędzie drut kolczasty. I rwie go, i sam się o niego kaleczy, oczyszcza przejście, a rano tego drutu jest jeszcze więcej, i coraz trudniej i boleśniej się przez niego przedzierać. W takich przypadkach zazwyczaj mówią, że „tylko ślepy by nie dostrzegł". Ołena nie mogła widzieć zmian, ale wyczuwała je dość dobrze. Zmieniły się nastroje ludzi, zmienił się ton rozmów w komunikacji miejskiej, głosy radiowych prezenterów zaczęły brzmieć fałszywie, ulice zalała gęsta, śmierdząca depresja. Ostatnie krople nadziei wyparowały po październikowych wyborach do parlamentu, kiedy stało się jasne, że Ukraina celowo zapędzana jest w kozi róg i że można już tylko wiać. Ołenie przede wszystkim żal było Romana, bo dla niej samej nie miało znaczenia, gdzie mieszka, z jej ślepotą wszędzie należało się choćby mizerne, ale zawsze jakieś wsparcie państwa, choćby moralne, ale zawsze jakieś wsparcie otoczenia. A Roman musiał w istocie radzić sobie za nich dwoje i mimo że nigdy nie mówił, że mu ciężko, i na nic się nie skarżył, Ołena już od dawna wyczuwała w nim głębokie, zapieczone zmęczenie, którego nie umiała zetrzeć ani wymyślanymi od ręki bajkami, ani śpiewem, ani pieszczotami — tymi niewieloma rzeczami, z którymi dobrze sobie radziła bez cudzej pomocy.

Roman był z wykształcenia architektem. Po studiach poszedł do pracy, do firmy przygotowującej projekty dla wszystkich, którzy chcieli coś zbudować. W ostatnich latach klientami byli przede wszystkim ludzie, którzy składali zlecenia w jakiś sposób związane z mistrzostwami Europy w piłce nożnej. Nie, jasne, że nie chodziło o hotele czy stadiony. Tym zajmowali się bardzo poważni gracze. Dla biura Romana zostawało to, na co ci poważni gracze nie zamierzali tracić czasu. Projekty supermarketów, kin, nocnych klubów, parkingów, budek z hot dogami i kebabem w miejscach potencjalnego gromadzenia się turystów — oto czym zajmowała się ich firma.

Kilka razy udało im się odebrać konkurencji zlecenia z samego Kijowa, co dla małego biura z Dniepropietrowska stanowiło niewątpliwy sukces. Niestety, odkąd Roman pamiętał swoją pracę w tej firmie, tylko od czasu do czasu trafiały im się wartościowe, dochodowe i ciekawe zlecenia. W takich okresach biuro ożywało, wszyscy po pracy chodzili na piwo, czasem nawet spotykali się w weekendy. Ale takich zleceń Roman pamiętał może z pięć. Całą resztę stanowili drobni, szarzy klienci, tak śliscy i czasem nawet pokręceni, przybierający takie pozy, że praca dla nich stanowiła wyłącznie męczarnię.

Nie wiadomo, czy to była karma Romana, czy karma ich firmy, ale przez cały czas, prawie sześć lat, załoga trwała w przekonaniu, że „firmę zaraz zamkną i wyrzucą nas w diabły". Roman uważał, że jest to przede wszystkim bezpośredni skutek złej polityki kadrowej. Właścicielem był pewien deputowany rządzącej wówczas partii, który, rzecz jasna, posadził na fotelu kierownika swojego synalka. Synalek, równieśnik Romana, był śliski, paskudny, w dodatku tak narcystyczny i tępy, że brak słów. Ten bufon na wszystkich się darł, wszystkimi pomiatał, nikogo nie słuchał i pchał łapy pod spódniczkę każdej z trzech dziewczyn, które dla niego pracowały. Słowem — nic nowego, jeśli chodzi o styl zarządzania.

Roman, podobnie jak wszyscy w zespole, wiedział doskonale, jaki jest powód ich porażek, ale milczał jak stary partyzant. Nie chciał kłopotów. Chciał spokojnie pracować, spokojnie żyć i niespecjalnie zastanawiać się nad tym, jakie to w rzeczywistości trudne.

Ale wszystko kiedyś się kończy. Po mistrzostwach świata liczba zleceń nagle zaczęła oscylować wokół zera. Biuro przez trzy miesiące siedziało niemal bezczynnie, zupełnie jakby podczas tych mistrzostw wszyscy do tego stopnia stracili pieniądze i siły, że nikt już nie chciał więcej budować.

A potem przyszły wybory i pokazały, jaka jest wola ludu. Po ogłoszeniu przez Centralną Komisję Wyborczą oficjalnych wyników Roman położył Ołenkę do łóżka, ukołysał ją do snu, a potem wyszedł po cichutku na ulicę i upił się przy pierwszym napotkanym kiosku z alkoholem niemal do nieprzytomności. Losy kraju były dla niego zupełnie jasne. Padał zimny, zacinający deszcz, jesienna wilgoć przenikała do kości i pierwszy raz w życiu naprawdę zaczął się o siebie i Ołenkę martwić.

Następny poranek, skacowany i żółty, samoczynnie podpowiedział rozwiązanie. Kiedy Roman wyszedł rano po wodę mineralną, tuż koło własnej bramy natknął się na ogłoszenie o pracy na budowach w Europie. Zawierało adres i numer telefonu. Roman zadzwonił, umówił się na spotkanie i już pół godziny później wyszedł na ulicę, zajęty tylko jedną kwestią: jechać do Pragi czy do Monachium? Po naradzie z Ołenką postanowili czmychnąć do Pragi, zawsze to swój świat, wydawało się, że tam będzie łatwiej.

Potem było kilka rozmów z rodzicami, kontakty z agencjami nieruchomości i wynoszenie na pchli targ rzeczy, których nie dałoby się ze sobą zabrać.

Tak więc wszystko rozstrzygnęło się dość szybko: sprzedali, co tylko mogli, poczynając od mieszkania, a kończąc na starym, ledwie działającym komputerze, dostali wizy z prawem do pracy, pożegnali się ze wszystkimi i bez wahania pojechali do Pragi z przesiadką w Warszawie.

Ołence zdawało się, że praskie powietrze jest świeże i apetyczne, nawet pobudzające, i gdyby Roman akurat nie spał, to długo by mu nie dała spokoju. Wolni ludzie kochają się dłużej i bardziej smakowicie, wiedziała to od dawna. „Zresztą, co mi to przeszkadza, że Romko śpi? Nic a nic. Będzie nawet lepiej" — pomyślała w tej samej chwili Ołena i już chciała wracać pod kołdrę, gdy w przedpokoju rozległy się jego kroki.

— Hej, mała, to ja — powiedział, podchodząc do niej bliziutko. — Dzień dobry. Dawno się obudziłaś?

— Hura, Romku, jesteśmy w Pradze! Żebyś ty wiedział, jaka ja jestem szczęśliwa! — Jak dziecko rzuciła mu się na szyję i całowała jego twarz, pełna blasku i wdzięczności, od czego Romanowi wszystko się w środku rozpadło w gruzy. Już prawie zebrał się na odwagę i zamierzał powiedzieć wszystko zgodnie z prawdą, żeby ich związku nie plamiło żadne kłamstwo, ale teraz, kiedy patrzył na jej twarz, na której mięśnie mimiczne grały uwertury i symfonie długo wyczekiwanego, autentycznego szczęścia, opadły mu ręce.

— Tak, Ołenko, to Praga — szepnął Roman, krzywo uśmiechając się sam do siebie.

— Pięknie tu, prawda?

— Pięknie, mała. Dużo śniegu. Wyspałaś się porządnie?

— Porządnie — uśmiechnęła się Ołena. — Tylko dziwne, że jedyne, co pamiętam, to taksówka w Warszawie, a potem już nic.

— Wcale nie dziwne, byłaś bardzo zmęczona i strasznie zmarznięta, więc wyłączyłaś się na całą podróż. Zaniosłem cię do pociągu, potem z niego wyniosłem, od razu miałem farta i trafił mi się jeden Ukrainiec, który wynajął nam mieszkanie niedaleko Starego Miasta i jeszcze obiecał pracę. No i jesteśmy.

— Jaką pracę, Romku, jakie mieszkanie? Przecież miałeś umowę z firmą w Pradze, prawda?

— No miałem — tłumaczył — ale pomyślałem w końcu, że będę cię musiał zostawiać całymi dniami samą w obcym mieszkaniu, w obcym kraju... jaki sens miałby nasz wyjazd, gdybym nie miał dla ciebie czasu? Wiesz przecież, że na początku w nowej pracy trzeba zasuwać za trzech...

— Prawda — zgodziła się Ołena.

— No właśnie. A ja wysiadłem z pociągu i prawie od razu wpadłem na tego człowieka, który zaproponował nam wynajęcie mieszkania, a potem, kiedy usłyszał, że mówię po ukraińsku, stwierdził, że jesteśmy rodakami, i do reszty zmiękł. Pogadaliśmy sobie i okazało się, że może mi zaproponować pracę, nie aż tak dobrze płatną jak tamta, na którą się umawiałem, ale czasu dla ciebie będę miał mnóstwo. Wstępnie się zgodziłem. W każdym razie jest parę dni na zastanowienie.

— Jaki ty jesteś troskliwy i mądry, Romciu. — Ołena pocałowała go w usta.

— Jestem, jaki jestem — odpowiedział gorzkim żartem. — Wiesz, przygotuję ci teraz kąpiel, a sam wyskoczę do sklepu, kupię coś do jedzenia, bo wcześniej nie zdążyłem. I coś przygotuję dobrego, co ty na to, mała? Przecież od wczoraj nie jadłaś, pewnie głodna jesteś?

— Oj tak, bardzo głodna. Konia z kopytami zjem! Ale co tam, poczekam — uśmiechnęła się do ukochanego. — A wykąpałabym się z przyjemnością.

Dwadzieścia minut później Roman wybiegł z klatki w zaśnieżoną od wczoraj Warszawę. Jedno małe kłamstewko pociągnęło za sobą drugie, to zaś kolejne, i oto już cały kłąb toczył się za nim ulicą, której nazwy jeszcze nie znał, z dzikim łoskotem krusząc płyty chodnikowe i bruk na jezdni, rozbijając zamarznięte witryny i wybijając wielkie kawałki cegieł z narożników starych kamienic. Romanowi naprawdę zdawało się, że kłamstwo burzy świat i strąca go do piekieł, ale kiedy obrócił głowę i zobaczył, że ulica jest cała, że na oko nic się nie zmieniło, nieco się uspokoił. „Dobra — powtarzał sam sobie — skłamałem, ale dla niej. Powrót do domu by ją dobił, dlatego musimy tu żyć, tym bardziej że Agnieszka o wszystko zadbała". Zatrzymał się, przewijając w głowie ostatnie myśli. „A więc to tak. Wychodzi na to, że teraz żyję według zaproponowanego przez nią scenariusza".

Roman ruszył dalej, zastanawiając się nad całą sytuacją. Najbardziej go dręczyło, że okłamał Ołenę pod wpływem jakiejś kobiety, którą znał od niecałej doby — to nie było do niego podobne. Ale co się stało, to się nie odstanie. Nie miał w zwyczaju długo rozmyślać nad przeszłymi uczynkami, niezależnie od tego, jakie były.

Jakieś sto metrów od ich domu znajdował się bardzo wygodny minimarket, w którym można było zrobić zakupy, nie nawiązując bezpośredniego kontaktu ze sprzedawcami, co bardzo spodobało się niemówiącemu po polsku Romanowi. Wybrał produkty, przygotował torbę, spojrzał na ekran, ile to wszystko kosztuje, zapłacił i wyszedł. „Tu będę przychodzić" — zadecydował.

Polacy powoli wypełzali ze swoich rodzinnych nor po Bożym Narodzeniu, zalana słońcem ulica ożywała. Romanowi Praga się podobała. Przede wszystkim przyciągała wzrok przyjemna dla oka zabudowa, gdzie wszystkiego było pod dostatkiem i wszystkiego bez przesady. Nowoczesne budynki i stare kamienice z końca zaprzeszłego wieku, domy z okresu międzywojennego i bloki mieszkalne z czasów komunizmu stały obok siebie, czasem nawet przechodząc w siebie nawzajem, ciągnęły się wzdłuż chodników ściana przy ścianie, od czego ulice wyglądały dziwnie, choć ładnie. Roman lubił taką różnorodność, a poza tym, po kilku wizytach w miastach ukraińskiej Galicji, miał ogromną słabość do brukowanych uliczek, więc teraz, idąc wyłożoną nierównymi kamieniami ulicą, czuł spokój i lekkość, nie zważając na to wszystko, co działo się równocześnie w jego głowie.

Dom, do którego wczorajszego wieczora los zaprowadził jego i Ołenę, miał naprzeciw siebie niezwykły punkt orientacyjny, dzięki któremu zawsze można było znaleźć drogę — gotycką bramę, która o poranku skojarzyła się Romanowi z wejściem na Cmentarz Łyczakowski we Lwowie. Nawet podszedł do niej i zaczął się zastanawiać, zbity z tropu, czy to możliwe, że będą przez pół roku mieszkać z widokiem na miasto umarłych? Kiedy jednak przeszedł przez ulicę i zatrzymał się pod szyldem, zdołał w polskim napisie rozróżnić słowa „fabryka" i „wódka". Bardzo go to uspokoiło.

Z podestu trzeciego piętra dostrzegł w półmroku klatki schodowej biały prostokąt papieru przyczepiony do drzwi ich mieszkania. Złapał kartkę, przysunął do oczu i przeczytał: „Jutro o 18.00 będę na ciebie czekać przed klatką". Bez podpisu, ale i tak było jasne, kto przyszedł, kiedy Roman wyskoczył do sklepu.

Ołena wciąż pluskała się w wannie. Mogła tak leżeć godzinami, to nieruchomo, to robiąc falę od brzegu do brzegu, nic dziwnego — jak to zodiakalna ryba. Roman minął łazienkę i wszedł do kuchni, rozłożył zakupy na półkach lodówki i w szafce, wyciągnął butelkę wina, odkorkował, nalał do dwóch kieliszków i postawił przed sobą. Wyjął z kieszeni liścik, przeczytał jeszcze raz i wyrzucił do śmieci. Odpędził niewesołe myśli, a potem wszedł do łazienki, gdzie pod przezroczystą kołderką wody przyczaiła się na dźwięk jego kroków Ołenka.

— Hej, mała, to ja.

— Cześć, Romku, wróciłeś? — Ołenka znów zaczęła płynnie poruszać nogą, rozsuwając pianę. Rozłożyła ręce na brzegach wanny i swobodnie zsunęła się w jej głąb. — Co masz dobrego? — zapytała Romana.

— Ano, na razie tylko schłodzone wino — odpowiedział, chwytając jedną z jej rąk i ostrożnie podając kieliszek. Jej palce ścisnęły delikatną szklaną nóżkę, a potem jednym zgrabnym ruchem przesunęły ją tak, by dłoń objęła czaszę od dołu. — Zaraz coś przygotuję. Zanim wyjdziesz, obiad będzie gotowy.

— Dobrze, kochanie. To co, za nasze praskie szczęście? — wygłosiła toast Ołena.

— Tak, właśnie tak — mruknął Roman i w małym pomieszczeniu, między obłoczkami pary, rozległ się delikatny dźwięk zetknięcia dwóch kieliszków.

— Jutro wieczorem mam spotkanie z właścicielem mieszkania, pewnie chce porozmawiać o pracy — dorzucił nieco później.

— Cóż, w porządku. — Ołena wypiła łyk wina i skinęła głową. — Nie pójdę z tobą, lepiej zostanę. Znajdzie się tu jakaś muzyka, prawda?

— Jest odtwarzacz i mnóstwo płyt, ale nie działa. Chociaż jeśli to nic poważnego, to do jutra go naprawię.

— I świetnie. A jutro rano, bardzo cię proszę, przejdź się ze mną po mieście! — poprosiła Ołenka.

— Dobrze. A dziś nie chcesz?

W tej samej chwili Ołena niezgrabnie przesunęła się w wannie, od czego resztki wciąż jeszcze zimnego wina prysnęły na jej wznoszące się ponad wodą piersi. W ślad za zimnymi kroplami trunku przez ciało Ołeny przebiegła fala, wygięła je ku Romanowi tak, że na moment ból objął ściśnięte dolne żebra, a wszystkie zakończenia nerwowe natychmiast zaczęły ją palić niczym wystawione wprost na słońce. Romanowi od tego jednoznacznego kociego wygięcia też po plecach przebiegł dreszcz, bo w ogóle podobało mu się, kiedy w Ołence odzywało się coś takiego zwierzęcego, niezrozumiałego, co potem trudno było powstrzymać. Uwielbiał to jej prężenie się, mruczenie nad uchem, pazurki wbite w odsłonięte części ciała — a takich części zawsze było pod dostatkiem, jeśli byli sami — w chwilach, kiedy czy to ze złości, czy z podniecenia traciła panowanie nad sobą.

Ale istniała jeszcze jedna rzecz, która naprawdę odbierała mu rozum. Ołenka rozumiała piękno inaczej niż zwykli ludzie: obrazy wzrokowe były w jej mózgu zastępowane przez obrazy dotykowe i smakowe i dlatego jej pobudzenie było bezpośrednim skutkiem dotknięć i prób smaku. Tak oto właśnie za każdym razem na nowo poznawała jego ciało niczym kociak, centymetr po centymetrze, najpierw ledwie muskając samym koniuszkiem nosa skórę w najbardziej nieoczekiwanych miejscach, które natychmiast rozgrzewały się w słodkim przeczuciu, potem weryfikowała wrażenia, próbując jej smaku, aż wreszcie dotykała go palcami — paznokciami albo miękkimi opuszkami, w zależności od nastroju. Od tego naprawdę można było stracić głowę. A teraz Ołena głaskała go nosem pod żebrami i w głowie wirowała mu już gorąca pewność, że poznawanie Pragi trzeba odłożyć na następny dzień, a obiad — co najmniej do wieczora.

Następnego ranka spacerowali po mieście. Roman kompletnie nie orientował się w okolicy, więc chodzili na oślep, ale bardzo ostrożnie, jak zwiadowcy na tyłach wroga. Praga pełna była zaniedbanych budynków, ale w tych niemalże ruinach wciąż żyli i kochali się ludzie, a Romana zawsze zachwycało takie zwycięstwo życia nad śmiercią. Wszystkie te zabudowania fabryczne z popękanymi fasadami, nadgryzione zębem czasu domy i często podobni do nich mieszkańcy — to wszystko trzymało się chyba na słowo honoru, ale przecież się trzymało, i zrozumienie tego faktu napawało Romana lekkością, sam nie wiedział czemu. Praga podobała mu się, podobała mu się bez dwóch zdań.

Podobała się również Ołenie. Zachwycał ją zalew nowych, jeszcze niesłyszanych dźwięków, smaków i zapachów. Oddychała szybko i radośnie, kategorycznie twierdząc, że powietrze jest tu bardziej smakowite niż w Ukrainie, że okna otwierają się ze znacznie przyjemniejszym i bardziej melodyjnym dźwiękiem, że wszystko pachnie jej tu kawą i owocami. Roman na głos zgadzał się z nią, ale w myślach sformułował wniosek, że widzący zwracają uwagę przede wszystkim na aspekty wizualne, prawie nie zastanawiając się nad innymi wrażeniami. Okna otwierały się tak samo, pachniało benzyną i śniegiem, który od Wigilii trochę już stopniał i pociemniał. Ale równocześnie dało się wyczuć też coś nowego, na razie nie do końca wiedział co.

Ołena mocno trzymała go za rękę, już dawno nauczyła się swobodnie chodzić obok Romana, więc jeśli ktoś specjalnie się nie przyglądał, mógł nawet nie zauważyć, że jej oczy są niewidzące i prawie nieruchome. Warszawa po najbardziej świątecznym dniu powracała do codziennego rytmu, nieco wprawdzie przylukrowanego — czuć było, że nadciąga jeszcze Nowy Rok, ludzie wyglądali i zachowywali się dość swobodnie. Ten spacer przypomniał Romanowi dziesiątki innych jego spacerów, kiedy przyjeżdżał do nowych miast i zaczynał poznawać je właśnie tak, na oślep, używając jedynie własnych zmysłów i chęci, a nie przewodników turystycznych. I trzeba powiedzieć, że ta metoda podobała mu się znacznie bardziej niż nudne, skalkulowane i wyrafinowane przemierzanie wyznaczonych tras w tłumie takich samych żałosnych poszukiwaczy wrażeń, którzy pstrykaniem swoich aparatów zdrapują z naprawdę pięknych i tajemniczych miejsc całą ich aurę — jak pozłotkę z biżuterii.

Kiedy w pewnym momencie skręcili z małego skwerku w ulicę po lewej, natknęli się na zaparkowanego jasnego opla. Roman tylko mruknął, bo nie był pewien, czy to samochód Agnieszki, ale na wszelki wypadek zapamiętał sobie, że stoi na ulicy Namysłowskiej. Potem, kilka godzin później, jeszcze raz wydało mu się, że go widzi, tym razem niedaleko ich tymczasowego mieszkania. Po tym zdarzeniu myślał o Agnieszce już niemal bez przerwy i siedząc w mieszkaniu nad zepsutym odtwarzaczem, co chwilę podnosił wzrok na zegar ścienny, z nieskrywanym rozdrażnieniem zauważając, że od poprzedniego sprawdzenia czasu minęły zaledwie dwie czy trzy minuty.

Tak czy siak, dzień toczył się po równi pochyłej ku swemu logicznemu zakończeniu. Toczył się wprawdzie jak balonik — nierówno, chwiejnie, czasem przystając i dopiero po krótkim wahaniu ruszając dalej. Warszawę ogarnął szary, wilgotny zmierzch, ulice najpierw zatopiły się w nim, a potem wynurzyły z mulistego, miejskiego dna, rozbłyskując neonami reklam i żółtym, ciepłym światłem okien w domach. Praga jako pierwsza wzięła na siebie ten atak na mrok: najpierw gdzieś na przedmieściach rozbłysła elektrownia, potem okolice dworca, potem fala światła przebiegła po całej Pradze, nie omijając w zasadzie żadnego zakamarka, dalej przerzuciła się po trzech mostach przez Wisłę i radośnie spadła na uliczki Starego Miasta, rozbijając ciemności w pył, wypierając je dalej na zachód, na nieruchome, zasypane śniegiem pola, i pozostawiając tylko nieoczekiwane jej odłamki w szczególnie starych i ciasnych podwórkach. Warszawa, oświetlona i piękna, zadrżała pod krokami dzikich zwierząt, które, znudzone, wyrwały się z biur i ciasnych mieszkań do wodopoju knajpek, kawiarni, zaśnieżonych placów i gościnnych mieszkań przyjaciół.

Roman poczuł te magiczne wibracje, zobaczył tę falę światła na własne oczy — przebiła mu piersi, wywróciła wszystko w środku i nagle jego samego też coś pociągnęło na ulicę, ogromnie zachciało mu się zmieszać z tym tłumem, przyłączyć do karnawału, założyć jakąś maskę, za którą nikt go nie rozpozna. Zresztą i tak nie było nikogo, kto byłby w stanie to uczynić, z wyjątkiem Agnieszki. Znów niecierpliwie spojrzał na zegar — jeszcze piętnaście minut. Ołena przysnęła w fotelu koło niego, Roman nie budził jej, postawił tylko przy niej odtwarzacz i przysunął stosik płyt, wybrał jedną na chybił trafił — jakąś klasykę, niespecjalnie się na tym znał — i włączył. W pokoju rozległy się czułe dźwięki skrzypiec wspieranych przez fortepian, od czego Ołena uśmiechnęła się przez sen. Roman wyregulował głośność, ucałował rękę Ołenki i podszedł do okna. Na dole, przy wejściu do klatki, przytupywała Agnieszka, zupełnie jakby tańczyła w świetle latarni do śpiewanej przez nią samą melodii. „Idę, już idę" — pomyślał Roman, szybko założył buty, szczęknął zamkiem i z tupotem zbiegł po schodach na ulicę.

3. Nawyk

Agnieszka Kochanowska lubiła irysy. Nie była to rzecz, która charakteryzowałaby ją najcelniej, ale odkąd pamiętała, kiedy ktoś ją komuś przedstawiał albo tylko o niej opowiadał, mówił: „To jest Agnieszka. Lubi irysy". I to wystarczało. Nigdy nikt jej o nic więcej nie pytał, zupełnie jakby to upodobanie do małych, słodkich i lepkich cukierków tłumaczyło absolutnie wszystko. Wiadomo, z czasem rozmówca zyskiwał znacznie większy zasób wiedzy o lękach, życzeniach i zainteresowaniach Agnieszki, ale na początek wystarczała wiedza na temat irysków. I nawet teraz, kiedy mała dziewczynka stopniowo przeistoczyła się w dojrzałą, doświadczoną kobietę, do której już tylko niektórzy mówili po imieniu albo żartem po nazwisku, a większość, zwracając się do niej, dodawała „pani", dorosłe dziecko wciąż we wszystkich możliwych i niemożliwych kieszonkach, zakamarkach i schowkach miało tajne zapasy irysów.

Już nawet nie pamiętała, z iloma mężczyznami rozstała się dlatego, że śmiali się z jej nałogu. Początkowo każdego z nich to bawiło, przewidywalnie i banalnie żartowali, że od irysów skóra Agnieszki zrobiła się słodka i delikatna, i choć rzeczywiście miała słodkawą skórę, szczególnie na nadgarstkach i po wewnętrznej stronie ud, tuż nad kolanami, z czasem tak jej to obrzydło, że każdy kolejny chłopak, który na widok zjadanych irysków wspominał o jej słodkiej skórze, natychmiast tracił wszelkie szanse i w życiu Agnieszki rozpoczynał się kolejny etap aktywnych poszukiwań. W końcu, gdzieś głęboko we własnym wnętrzu, Agnieszka pewnego dnia zrozumiała, że może z powodu cukierków bez trudu i wysiłku rzucić jakiegoś kolejnego faceta, ale na pewno nie przestanie jeść irysów. Znacząco skomplikowało to i bez tego niełatwe stosunki z płcią przeciwną, w zamian nakreślając w jej charakterze wyraźnie, czarno na białym, kilka ostrych jak noże nawyków, z którymi zetknięcie przeżyłby chyba tylko człowiek bezgranicznie Agnieszce oddany. Oprócz irysów były jeszcze książki i koty.

— Jestem Agnieszka. Lubię irysy. A poza tym lubię książki i koty — poinformowała kiedyś kolejnego amanta, chyba miał na imię Jacek, który robił do niej słodkie oczy w jednym z warszawskich klubów.

— Słodycze, książki i koty? Oj, ale fajnie! — ożywił się.

— Jesteś pewien? — spytała z ironią Agnieszka, przypalając papierosa od wyciągniętej przez Jacka zapalniczki.

— Jasne, a co w tym dziwnego? Ja też je lubię — wyjaśnił.

— A, to dobrze, miło cię poznać — podsumowała, zamawiając piwo.

Chłopak wykazał się większą wytrzymałością, niż sądziła. Mieszkał z nią całe półtora miesiąca, ale w końcu pewnego ranka uciekł z jej mieszkania na Ząbkowskiej, naprzeciwko starej fabryki wódek Koneser, nawet nie zostawiając liściku. Słodyczy okazało się zbyt wiele. Nie mógł wprost uwierzyć własnym oczom. Kochanowska wydawała na irysy wszystkie pieniądze; książek było tyle, że któregoś dnia wręcz złamał kostkę, kiedy potknął się o leżący na podłodze stos, idąc pod prysznic od łóżka, na którym rozciągnęła się osłabła od pieszczot Agnieszka; a jej uosobienie miłości do kotów, bezczelny, wielki Piłsudski, ciągle sikał mu na ubranie i do butów, w dodatku kładł się w nocy między nimi i uparcie spychał nieszczęsnego kawalera na brzeg kanapy, skąd ów spadał nad ranem wśród przekleństw.

— Wyrzuć tego koszmarnego kota! — krzyczał do niej z podłogi niemal każdego ranka, rozcierając stłuczenia, ale zaspana Agnieszka tylko odwracała się do ściany, a Piłsudski kładł się obok i mruczał jej w plecy.

— Kochanie, ciebie znam od miesiąca, a jego od bardzo dawna, mam wrażenie, że od zawsze — spokojnie tłumaczyła potem Agnieszka przy śniadaniu — i pewnego dnia ty uciekniesz, nie zostawiając po sobie śladu, a on nigdzie nie ucieknie, co najwyżej kiedyś wyniosę go w pudełku po butach i zakopię tu na podwórzu. Dlatego bardzo proszę, mój drogi, zostawmy ten temat, nic z tego nie będzie.

— No ale... — zaczynał zbity z tropu „kochany i drogi", ale szybko milkł.

Piłsudski w takich chwilach uśmiechał się do niego szczególnie drapieżnie i jednoznacznie. Wkrótce stało się tak, jak zapowiadała Agnieszka — ten, którego imienia ostatecznie nie zapamiętała, uciekł, a Piłsudski wciąż z nią mieszkał.

Historia pojawienia się tego kociska w życiu Agnieszki jest prozaiczna i prosta. Pewnego razu, jakieś siedem czy osiem lat temu, kiedy jeszcze nie do końca określiła, jakie miejsce mają zajmować mężczyźni w jej życiu, ktoś sprawił jej ból. Prawie całymi dniami chodziła wtedy po swojej dzielnicy Warszawy, moknąc do kości pod kwietniowym deszczem, w nadziei, że zachoruje i umrze. Kochanowska, podobnie jak większość twórczych jednostek w jej wieku, wręcz upajała się swoją tragedią. To nieszczęście czyniło ją szczęśliwą — dzięki świadomości, że umie tak ostro, szczerze i głęboko czuć. Piła swoją samotność i swoje rozstanie, wprost się w nich nurzała, nie zwracając uwagi na nic, co działo się na świecie poza granicami jej osobistego dramatu, i planowała tak właśnie przeżyć resztę życia — wśród bólu i wrażliwości.

Ale plany planami, a życie życiem, co zresztą nie jest niczym dziwnym w wieku „dwadzieścia i trochę". Pewnego dnia niedaleko domu, tam, gdzie przed wojną była stara mleczarnia, a potem, już dużo później — bar, w którym spotykali się wieczorami chyba wszyscy mężczyźni z jej ulicy, znalazła małe tekturowe pudełko, starannie ustawione pod okapem, w suchym miejscu. W kartonowej pułapce, sądząc po dźwiękach, siedział przestraszony kociak. I rzeczywiście, kiedy Agnieszka zdjęła pokrywkę, zobaczyła mały, szarobury, puszysty kłębek, który piszczał tak, że aż jej się serce krajało. Nie, nieszczęśliwa miłość nie została z punktu zapomniana, skąd! Ale teraz Agnieszka miała towarzysza niedoli — tego właśnie kota. Łzy chwilowo zostały osuszone, serce mocno zaszyte nićmi troski i czułości, a kocurek — uroczyście zaniesiony do domu, umyty, wyczesany i nakarmiony połową serdelka oraz mlekiem. Przez kolejny rok praktycznie nie rozstawała się z kotem, którego nazwała Piłsudskim — za długie wąsy i stanowczy charakter, prawie codziennie się upijała i nie potrzebowała nikogo więcej. Dopiero rok później, następnej wiosny, znów uznała, że warto żyć, i ruszyła w miasto jak wcześniej, a wyrośnięte już, szarobure kocisko z zuchwałą miną rozbójnika siedziało na parapecie i patrzyło, jak jego piękna pani radosnym, ale wciąż jeszcze niezbyt pewnym krokiem podąża ulicą.

Z książkami było tak samo jak z irysami. Nie mogła ich wyrzucić ze swojego życia, a w dodatku na pierwszy rzut oka wszystkim wydawało się to zaletą. Dopiero poznawszy Agnieszkę Kochanowską bliżej, można było zauważyć, że jej miłość do książek jest fanatyczna i niepokojąco zbliża się do religijnej żarliwości. Jej mieszkanie na Ząbkowskiej składało się z dwóch dużych pokojów, długiego przedpokoju, kuchni, łazienki, WC i balkonu. Najstarsi przyjaciele Agnieszki zawsze pamiętali, że idąc do niej na noc, lepiej umyć się w domu, bo często zdarzało się, że nawet głęboka wanna była zawalona książkami, które zostały kupione kilka godzin wcześniej na pobliskich straganach i których chwilowo nie było gdzie odstawić; wiedzieli, że w kuchni znajdują się całe stosy książek, których można używać zamiast stołków, a czasem nawet zamiast łóżek. Mało kogo to dziwiło, ale kiedy znajomi chcieli kogoś przyprowadzić do Agnieszki po raz pierwszy, woleli takiego gościa uprzedzić, żeby uniknąć niezręczności.

Pewnego dnia sytuacja osiągnęła stan krytyczny, zza książek właściwie nie było już widać mebli, a Agnieszka prawie przestała jeść, zanurzona w czytanie po same uszy i na długo, bez najmniejszej chęci powrotu. Najbliżsi przyjaciele, których było wówczas troje, zamierzali nawet zaciągnąć ją do psychiatry i w ogóle coś z tym zrobić, bo jak wiadomo, kto siedzi cały czas nad książkami, to i zwariować może. Ale ku ich ogromnemu zdziwieniu problem rozwiązał się w zasadzie sam. Ktoś na górze albo specjalnie przełączył jakiś pstryczek, albo przypadkiem zahaczył o niego łokciem — i Agnieszka prawie zarzuciła czytanie, by zacząć pisać wiersze. Pisanie szło jej lekko i z polotem, wiersze poruszały do głębi kompletnie obcych ludzi, a bliskich przyjaciół, których w większości dotyczyły, rozmiękczały na amen, choć trzymali się ze wszystkich sił, żeby nie przesadzić w pochwałach, i tylko od czasu do czasu dawali do zrozumienia, że Kochanowska pisze coś wartościowego.

A Kochanowska pracowała nad sobą, dużo pisała, nie zawracając sobie głowy zgłębianiem teoretycznych opracowań na temat poezji, a zamiast tego, ujmując ekspresją i umiejętnością czytania swoich wierszy na głos, stopniowo przełamywała strach przed dużą widownią, która po zawalonym książkami mieszkaniu zdawała jej się całymi milionami ludzi, i wreszcie osiągnęła stan, w którym zaczęto o niej mówić i liczyć się z jej opinią w niektórych kwestiach.

Kiedy Agnieszka miała dwadzieścia siedem lat, znalazł ją przedstawiciel poważnego wydawnictwa i zaproponował kontrakt na kilka książek. Zgodziła się, wreszcie złapała równowagę między czytaniem i pisaniem, na poważnie zajęła się prozą, czytając przy tym co roku dziesiątki grubych tomiszczy, a do tego zaczęła intensywnie tłumaczyć z niemieckiego i ukraińskiego.

„*Self-made woman*, praktycznie od zera" — w zachwycie mówili za jej plecami przyjaciele, których teraz z każdym rokiem ubywało. Agnieszka rzeczywiście bardzo się w ostatnich latach zmieniła i właściwie jedyną rzeczą łączącą tamtą Kochanowską, która wyczesywała małego, brudnego Piłsudskiego, z tą, która wpadła na Romana przy końcu Jezuickiej, były irysy, zawsze obecne w kieszeni jej kurtki.

Zanim Roman pokonał trzy piętra dzielące mieszkanie od wyjścia na dwór, z nieba znów sypnął śnieg, puszysty i miękki. Agnieszka śpiewała coś i podrygiwała do tej melodii w świetle latarni, nadstawiając sympatyczną twarz pod białe, delikatne płatki, które od razu tajały, od czego jej policzki i nos były wilgotne jak po długim, niepohamowanym płaczu. Ale na ustach pobłyskiwał uśmiech zadowolenia.

— Co śpiewasz? — spytał Roman, podchodząc bliżej.

— Cześć! Aznavoura.

— Znasz francuski? — zaciekawił się.

— Nie, tak sobie mruczę — wyjaśniła Agnieszka. — To jak, gotów?

— Nie wiem — uczciwie odpowiedział Roman.

— No, mniejsza z tym, skoro już się spotkaliśmy. Chodźmy! — Ruszyła ulicą pierwsza.

Roman stał przez kilka sekund, potem machnął ręką i dogonił ją, przyspieszywszy kroku. Szedł po jej prawej stronie, o krok z tyłu, badał wzrokiem jej profil, który wczoraj wydał mu się sympatyczny, a dzisiaj — już jednoznacznie atrakcyjny. Agnieszka szła szybko, nie oglądając się i nie odzywając do niego; długie, puszyste włosy, ściągnięte wstążką, huśtały się w rytm jej kroków, oczy mrużyły się pod śniegiem, język raz po raz zlizywał z ust roztajałe śnieżynki i Roman złapał się na tym, że już od dobrych paru minut nie odrywa wzroku od jej ust. Zaniepokojenie widać było co najwyżej po jej szczupłych, długich palcach, które jakby żyły własnym życiem, drgały nerwowo, dotykały siebie nawzajem, zwijały się w pięść, a potem rozprostowywały na całą długość, palcach, które wcale nie chciały skryć się w kieszeniach, bo co chwilę wewnętrzne napięcie wypychało je stamtąd, od czego marzły pod śniegiem, stopniowo tracąc ruchliwość i nabierając wciąż nowego napięcia. Obcy człowiek — na przykład taki jak Roman, gdyby tylko nie patrzył bez ustanku na jej wilgotne usta — mógłby pomyśleć, widząc teraz jej palce, że Agnieszka jest ogromnie zdenerwowana. Ale spośród znajomych każdy natychmiast zaprzeczyłby, tłumacząc, że Kochanowska zawsze taka jest. Zwłaszcza ostatnio.

Jesienne miesiące były dość niespokojne. Chociaż — „niespokojne" to za mało powiedziane. Raczej — fatalne. Pozbawione nadziei.

Kochanowska z trudem przedzierała się przez warszawską słotę i mgłę, wieczorami niemal doszczętnie tracąc siły. Gardło bolało, nogi marzły, a nowa książka kompletnie jej nie szła. Nienapisanie niczego przez kolejne pół roku — do terminu oddania materiałów redaktorom — byłoby równoznaczne z pogrzebaniem się własnymi rękami, pozostaniem, nawet jeśli na krótko, bez pieniędzy i pracy. Kochanowska dużo paliła i przeklinała podpisany niegdyś kontrakt. Zdawało jej się, że naumyślnie zwabiono ją w pułapkę.

— Agnieszko, za pół roku powinnaś oddać książkę — przypomniał pod koniec lata jej wydawca.

— Pamiętam, mam cały stos brudnopisów, wychodzi dosyć ciekawa historia — spokojnie odpowiedziała Kochanowska. — Może nawet uda się szybciej.

— Świetnie — przytaknął wydawca. — Mam nadzieję, że to będzie o miłości.

— Nie, nie będzie.

— Jeśli to będzie kolejna książka o wadach społeczeństwa, to zwyczajnie jej nie wydam. Dobrze piszesz, ale zupełnie nie masz pojęcia, co ludzie chcą czytać. Zmęczyły ich kataklizmy, utopie i antyutopie, mistyfikacje i prawdy objawione. Chcą uczuć. Zazdrości, namiętności, miłości! Rozumiesz? Co ja ci będę tłumaczył! — nagle krzyknął.

— Miłości? — upewniła się Agnieszka.

— Tak, miłości. Napiszesz?

— Ja w to nie wierzę. Jak mam napisać o czymś, w co nie wierzę?

Wydawca rozparł się w krześle i głośno roześmiał, jego okrągłe policzki zatańczyły po twarzy, a jeden z guzików na brzuchu samoczynnie wyskoczył z dziurki od tego napięcia.

— Nie wierzysz w miłość? Kochanowska nie wierzy w kochanie? Agnieszko, nie zawracaj mi głowy! Nikt nie pyta, w co ty wierzysz — płacą ci za wykonanie zlecenia. Chcę dostać od Kochanowskiej opowieść o kochaniu! Czytelnicy też. Nie musisz wierzyć w to, o czym piszesz. Wymyśl coś, z wyobraźnią u ciebie wszystko w porządku.

— Ale co z książką, którą się teraz zajmuję? Mam już prawie wszystkie materiały, tylko usiąść i pisać!

— Możesz nimi w kominku napalić! To takie symboliczne, przynajmniej raz w życiu wielki pisarz musi tak zrobić! Wszyscy będą opowiadać o zniszczonym genialnym rękopisie Kochanowskiej, a my zrobimy z tego świetną reklamę. Chcesz? Nie chcesz? To wyrzuć w diabły, ja i tak tego nie wydam.

Agnieszka uciekła z redakcji, jej twarz płonęła wściekłością i nienawiścią, zaciskała pięści i klęła w głos. A potem przyszła jesień, nienawiść się wypaliła, a na jej miejscu zaczęła kiełkować bezradność. Agnieszka jak szczeniak szturchała nosem klatkę, do której sama się zapakowała, usiłując odtworzyć w sobie dawno już zapomniane obrazy związane z miłością. Niezadowolony Piłsudski gapił się na panią i wieloznacznie milczał, kiedy ta godzinami przesiadywała przed komputerem, patrząc na pustą stronę dokumentu. Pisanie jej nie szło.

Wtedy Kochanowska postanowiła stworzyć modele sytuacji. Od listopada przez jej życie zdążyły przewinąć się mgliste postaci Marka, Zbyszka, Aleksandra, Tomasza, a nawet Karoliny. Potem pojawiło się kilka bezimiennych wręcz sylwetek, z których żadna nie utrzymała się przy niej dłużej niż trzy dni. Ani mężczyźni, ani kobiety nie mogli rozbudzić w niej czegoś, co przetrwałoby więcej niż kilka minut. Kochanowska wpadła w bezdenną depresję. Przestała normalnie zasypiać, musiała łykać tabletki nasenne, liczba modeli wciąż rosła, niemal w postępie geometrycznym, ale już tylko z rozpaczliwego uporu, bo mało kto wytrzymywał z nią teraz choćby do końca wieczoru, więc kiedy zostawała sama przy barze, upijała się tak, że z trudem trafiała potem do własnego mieszkania.

Jej ostatni eksperyment, Grzegorz, okazał się mężczyzną nieźle oczytanym i obytym. Czytał jej książki i choć nie był nimi bezgranicznie zachwycony, oceniał je dość wysoko. Przez kilka godzin rozmawiali o jej twórczości, o ich mieście, jego pracy i rodzinie, i całej masie innych rzeczy. Poszli do łóżka od razu przy pierwszym spotkaniu, potem było jeszcze kilka randek, podczas których Agnieszce zdawało się, że jej skóra pęka od jego dotyku, a ze szczelinek sączy się gęsty, wonny sok, i pewnego wieczoru nie zdołała oprzeć się jego czułości podbudowanej doświadczeniem. Zaczęło w niej kiełkować niejasne przeczucie czegoś prawdziwego, ale wtedy Grzegorz zaprosił ją na kolację, podczas której, popijając z kieliszka drogie wino, oznajmił, że powinni przestać się widywać, bo wszystko, co jego zdaniem mogło się między nimi zdarzyć, już się zdarzyło.

W odpowiedzi Kochanowska bez słowa pokazała mu środkowy palec, cisnęła w jego stronę kieliszek z resztką wina i opuściła restaurację. Odłamki rozbitego kryształu rozsypały się po podłodze, Grzegorz siedział jak opluty, a Agnieszka szła ulicą gotowa poryczeć się z bezsilności.

To był wieczór wigilijny, Polacy świętowali na całego, więc długo nie mogła się przebić przez tłum na Rynku Starego Miasta. Kiedy szturmowała wyjście z placu, odbyła rozmowę z Bogiem. Nawet nie tyle rozmowę, ile monolog. Kochanowska w myślach prosiła go o pomoc, błagała, by zesłał jej normalnego faceta albo chociaż wskazał jakieś wyjście z sytuacji. I nie wiadomo, czy to Bóg był w świątecznym nastroju, czy okoliczności tak się złożyły, czy zdarzyło się coś jeszcze innego, ale — tak czy siak — na końcu Jezuickiej potrącił Kochanowską jakiś chłopak, który zaraz potem opowiedział jej swoją niespecjalnie radosną historię.

Bóg zareagował szybko i skutecznie, a to nieczęsto się zdarza. Dlatego Agnieszka ze wszystkich sił złapała to kółeczko ratunkowe, wręcz zaskoczona własnym zachowaniem. Plan powstał w jej głowie już przy uruchamianiu silnika, a kiedy Roman, choć z oporami, zgodził się na wszystko, miała wrażenie, że lody pękły i od tej pory już wszystko będzie jak należy.

Teraz prowadziła go do swojego ulubionego praskiego baru o długiej, pretensjonalnej nazwie pożyczonej od obrazu Salvadora Dalí, ale krótko nazywanego Snem. Albo Snem Pszczoły, jak kto wolał. Szli przez podwórza i wąskie zaułki, Agnieszka prowadziła Romana najkrótszą drogą, a on już prawie rozpoznawał miejsca, przez które przechodził dziś rano z Ołeną. Praga spodobała mu się od pierwszego wejrzenia, a teraz, dzięki Agnieszce, widział ją nie od strony fasad domów, tylko od środka, ze wszystkimi wadami i zaletami, i mimowolnie stawał się świadkiem jej chwiejności i delikatności, wieloletniego zmęczenia i słabości, które mogły budzić wyłącznie troskę i czułość. W tej samej chwili przypomniał sobie, że mniej więcej takie właśnie uczucia budziła w nim Ołenka na początku ich znajomości — zniszczone przez los piękno, które hipnotyzuje i przyciąga. Czuł się na Pradze dziwnie — na swoim miejscu.

Wreszcie przełamali swoimi ciałami gruby mur śniegu i zanurkowali w podwórze, gdzie w głębi stało kilka grupek rozmawiających półgłosem młodych ludzi. Agnieszka przeszła koło nich bez zatrzymywania, witając się z paroma osobami, i wzięła Romana za rękę, co ściągnęło na niego wzrok jej znajomych i sprawiło, że poczuł się nieswojo. Jej dłoń była zimna i Roman ścisnął ją mocniej swoją ręką, ciepłą, co sprawiło, że Agnieszka ze zdziwieniem obróciła głowę, ale nic nie powiedziała i przeprowadziła go przez bramę w następne podwórze, znacznie mniejsze, z ułożonymi pod ścianą i przysypanymi śniegiem stolikami i krzesłami, otworzyła drzwi i ruszyła po schodach na górę. Roman posłusznie szedł za nią, potykając się prawie na każdym stopniu i przeklinając pod nosem, ale w końcu dał sobie radę i w ślad za Agnieszką trafił do pomieszczenia pełnego kanap i foteli. „Klimatyczne miejsce" — przemknęło mu przez myśl.

Kochanowska stanowczym krokiem maszerowała do foteli w kącie, w przelocie powiedziała coś do kelnerki i obróciła się do Romana, jakby go poganiając. Kiedy ją dogonił, siedziała już w fotelu, bez kurtki i czapki. Na jej włosach wciąż pobłyskiwały śnieżynki, a wargi, od których Roman przez pół drogi nie mógł oderwać wzroku, ułożyły się w życzliwym uśmiechu:

— Siadaj, Romanie. Porozmawiamy.

Roman też zrzucił okrycie i usadowił się w fotelu naprzeciwko Agnieszki.

— Jak Ołena? — zapytała wprost.

— Jakoś. — Roman odwrócił wzrok. — Nie zdołałem powiedzieć jej prawdy. Myśli, że jesteśmy w Czechach.

— To i lepiej. Dobrze, że nie próbowałeś jej mówić prawdy. Podejrzewam, że już byś tu nie siedział. I w ogóle bardzo cię przepraszam, ale tak myślę, że jej naprawdę jest wszystko jedno, gdzie się znajduje. Liczy się twoja obecność.

— Mimo wszystko źle się czuję przez to kłamstwo.

— Mówię ci raz jeszcze — kłamią wszyscy i zawsze, i uczucia, a już na pewno tak poważne jak miłość, trzymają się na kłamstwie w znacznie większym stopniu niż wszystkie inne. — Agnieszka nachyliła się ku niemu i kontynuowała nieco ciszej: — Kiedyś i ty się o tym przekonasz.

— Nie sądzę. Dziwnie to brzmi.

— Oj, zaraz ci wszystko wytłumaczę.

— Ano spróbuj.

Kochanowska wyciągnęła z torby notatnik i długopis. Szybko narysowała układ współrzędnych na całą kartkę, zaznaczając osie iksów i igreków. Roman natychmiast poczuł się jak w szkole na lekcjach algebry i z jego twarzy szybko zniknął pewny siebie uśmiech, którym zamierzał powitać początek wykładu o roli kłamstwa w miłości. Ucichł i tylko zerkał na Polkę z zaciekawieniem.

— Wiesz, co to jest? — sprawdziła go.

— Jasne, pewnie, że wiem. Kartezjański układ współrzędnych.

— Brawo. Matematyk?

— A skąd. Po prostu uważałem w szkole. Chociaż i na studiach, i w pracy też mi się to trafiało. W ogóle to jestem architektem.

— Aha, brawo. A teraz popatrz.

Kochanowska naszkicowała na układzie współrzędnych dwie nieprzecinające się krzywe.

— A to są, Romanie, życia różnych ludzi. Jak widzisz, przedstawiłam je w postaci graficznej. Mogą się przecinać, mogą się nie przecinać. Nasze na razie się nie przecinają. Ale spójrz. — Przedłużyła linie, które nagle spotkały się w jednym punkcie. — Hop! I już mają punkt wspólny. I jest to punkt, w którym życia tych ludzi, a więc także ich zainteresowania, priorytety, możliwości i tak dalej, są do siebie mniej więcej podobne. I w tym oto punkcie, nazwijmy go punktem K, istnieje pewne prawdopodobieństwo, że ludzie wezmą i się zakochają. Rozumiesz?

— No tak, to jasne.

— Ale cały cymes polega na tym, że ludzie to istoty krańcowo niestałe, o zmiennym postrzeganiu świata. Upraszczając, każdy człowiek rozwija się, to prawo natury. Człowiek może zejść na psy, może stawać się coraz lepszy, ale sedno tkwi właśnie w dynamice, w ruchu, w rozwoju i zmianie.

— I co to oznacza?

— I to oznacza, że po przecięciu i zakochaniu się w jednym punkcie każdy człowiek idzie dalej, rozwija się. Nawet więcej — nigdy, podkreślam, nigdy nie stanie się taki jak wcześniej, choćby pięć minut temu! A im więcej czasu upływa od przecięcia, tym dalej ci ludzie się przemieszczają i oddalają od siebie. Ale uwaga! Ludzie to nie symbole matematyczne. Mają sympatie, strefę komfortu, wreszcie przywiązanie. Rozumiesz, na czym polega problem? Dwoje ludzi, którzy kiedyś się spotkali i schwytali swoją iskrę miłości, później tę miłość gubi. Ona ucieka od nich nawet wbrew ich woli. Jak czas, jak nasiona z dziurawej kieszeni. Ludzie się zmieniają, ale — najogólniej rzecz biorąc — myślą o sobie nawzajem, że są tacy sami. I to jest właśnie to kłamstwo, o którym ci opowiadam.

— Daj spokój. Sam osobiście znałem ludzi, którzy żyli razem po pięćdziesiąt lat i do samej śmierci mówili sobie, że się kochają. Nie wydaje mi się, żeby kłamali. Jaki sens miałoby takie kłamstwo?

— Oni nie wiedzą, że kłamią. Są zniekształceni, zdeformowani przez czas. Krzywe lustra też myślą, że pokazują ciebie takim, jakim jesteś, a ty się tylko z tego śmiejesz. Ja tak samo, patrzę na te wszystkie krzywe lustra miłości i mam ochotę się śmiać. Nie chcę cię rozczarować, ale w przypadku tych starych ludzi nie widzę miłości. Widzę przywiązanie i deformację prawdy, nawet jeśli nieświadomą, w imię tego przywiązania. Człowiek siedemdziesięciopięcioletni nie może czuć do żony tego samego, co dwudziestopięcioletni, prawda? Nastąpiło znaczące zniekształcenie wyobraźni, postrzegania świata, a wraz z tym — zniekształcenie pojęć. Powiedzieć „dobrze mi z tobą" to nie to samo, co powiedzieć „kocham cię".

— Jakoś jednostronnie na to patrzysz, zimno. Zbyt matematycznie jak na pisarkę, nie sądzisz? Swoją drogą, czy właśnie to przywiązanie i cała reszta to nie są części składowe miłości?

— Bliższe jest mi rozumienie miłości jako zjawiska przelotnego. Tak po prostu: spotkali się, zakochali, odkochali.

— Ale to bez sensu. A poza tym powinnaś przecież wiedzieć, że krzywe mogą przecinać się w nieskończenie wielu punktach, prawda?

— Prawda. I to pewnie jest właśnie miłość, kiedy ludzie nie przeszkadzają sobie nawzajem w rozwoju, każdy rozwija się w swoim kierunku i regularnie się spotykają, żeby na nowo się zakochać. Myślę, że to prawdziwa rzadkość.

— I wtedy te osoby się nie okłamują, tak?

— Sądzę, że nie. — Kochanowska zmarszczyła nos. — Po prostu potrzeba takiego kłamstwa nie zdąży u nich nawet dojrzeć.

— A ja jednak chcę wierzyć, że istnieje bardzo wielu ludzi, których krzywe się zbiegają.

Kochanowska podniosła na niego wzrok i spojrzała jak na dziecko.

— Romanie, wszystko prawda... ale ja tu narysowałam ci bardzo prymitywny wykres. Dla dwóch abstrakcyjnych osób. A na tej planecie jest siedem miliardów ludzi, ich linie nieustannie się przecinają. — W kilka sekund zamazała kartkę kilkudziesięcioma kolejnymi krzywymi. — A co więcej, wszystkie te linie mają na siebie wpływ. Dlatego prawdopodobieństwo, że linie, które raz się przecięły, spotkają się znowu, jest bliskie zeru.

— Przykre.

— Też mi przykro. Ale cóż zrobić. Ale mam już pierwszą konkretną informację o tobie. — Sięgnęła po notes i coś sobie zapisała. — Wierzysz w miłość. Na razie.

Roman westchnął i podrapał się po głowie.

— Tia, lekcję poglądową mi tu przeprowadziłaś. Po samym twoim nazwisku wiedziałem, że powinnaś znać się na kochaniu, ale takie teoryjki... w porządku, nie będę się kłócił — zakpił Roman.

— Przestań, nie lubię tego żartu — natychmiast odparowała Agnieszka, ale widząc, jak wyciągnęła się obrażona twarz Romana, kontynuowała nieco łagodniej: — Chcę z tobą porozmawiać o czymś innym.

— O czym?

— Jeszcze nie wiem dokładnie, ale na pewno nie o moim nazwisku.

— Dobrze, zaczynaj. — Roman swobodnie wyciągnął się w fotelu. Kelnerka przyniosła piwo i Agnieszka, nie zważając na jego protesty, podsunęła mu kufel.

— Chcę napisać o tobie książkę — oznajmiła, wypiwszy kilka łyków.

— Już to słyszałem. I wciąż nie rozumiem, jak możesz chcieć napisać o mnie książkę.

— No, nie tyle chcę, ile muszę.

— Musisz napisać książkę o mnie?

— Nie o tobie. W ogóle muszę napisać książkę.

— Jak to — musisz? Myślałem, że książki pisze się w wyniku natchnienia, a nie nakazu.

— Jak nie ma umowy, to tak. A jak jest, to nie. A mnie pisanie nie idzie, mam kłopot.

— Dobra, więc musisz napisać książkę. I co? — spytał Roman.

— Wiesz, chwilę przed tym, jak mnie przewróciłeś, prosiłam Boga, żeby podpowiedział mi jakieś wyjście z sytuacji. I proszę.

— Nic nie rozumiem, ale dobrze, mów dalej.

— Już ci tłumaczyłam — z tego się robi niezłe zawiązanie akcji. Jesteś w obcym mieście, nie znasz języka, wpadłeś w tarapaty, i to nie sam, tylko z ukochaną, która swoją drogą nic o kłopotach nie wie, a w dodatku jest niewidoma. I przybywa ci z pomocą dziwaczna ratowniczka, której ty, wyrosły we współczesnym świecie cynik, w żaden sposób nie potrafisz zaufać. Doskonały początek dobrej książki. Chociaż jaki z ciebie tam cynik...

— Na zaproponowanych przez ciebie warunkach mogę być kimkolwiek. Nawet kombinacją cynika i marzyciela. Tak dobrze? Na czym polega moje zadanie?

— Na niczym, tak naprawdę — uśmiechnęła się do niego Kochanowska. — Naszkicowałam sobie brudnopis kilku możliwych fabuł i będę z tobą od czasu do czasu rozmawiać, dowiadywać się więcej o tobie, o Ołenie, o Ukrainie, i w taki sposób owinę twoimi historiami szkielet fabuły. Zaufaj mojej intuicji, z tego na pewno wyjdzie coś dobrego.

Roman w zamyśleniu pił piwo i patrzył w podłogę. Propozycja Agnieszki była przejrzysta i praktyczna.

— Sądząc z sumy pieniędzy, którą mi dałaś przy pierwszym spotkaniu, mam opowiadać ci dużo i w dodatku absolutnie o wszystkim, o czym zapragniesz.

— Otóż to. Ale nie przejmuj się zanadto, jestem dostatecznie delikatna, żebyś nie musiał się podczas swoich opowieści rumienić.

— Mam takie wrażenie, jakbyśmy właśnie omawiali transakcję kupna-sprzedaży mojej duszy.

— Do pewnego stopnia — uśmiechnęła się Agnieszka. — Tyle że nie jestem diabłem i nie grożą ci wieczyste męki. W każdym razie — nie w moim wykonaniu. A w dodatku kupuję tylko tę część twojego życia, która zdarzyła się przed naszym spotkaniem. Wszystko, co będzie potem, ogólnie rzecz biorąc, nie ma ze mną związku.

— Mówiłaś o fabułach. Powiedz coś więcej.

— Po co ci to? Twoim zadaniem jest dostarczanie informacji — zaprotestowała Agnieszka.

— Po prostu jestem ciekaw, jakie widzisz warianty rozwoju wydarzeń. I nie zapominaj, że nie czytałem twoich książek, pojęcia nie mam, co z ciebie za pisarka, może gówno, nie pisarka. No i dlatego chciałbym chociaż wiedzieć, co tam zamierzasz napisać, skoro mam nie mieć na to wpływu.

Agnieszka zerknęła na niego gniewnie, ale zmilczała. Roman wyczekująco, spokojnie patrzył jej prosto w twarz i bębnił po stoliku opuszkami palców. Kochanowska w końcu wstała, odwróciła się do niego plecami i zaczęła grzebać w swojej torbie leżącej na sąsiednim fotelu. W sali oprócz nich były jeszcze dwie trzyosobowe grupki. „Dosyć przytulne miejsce, przyjemna muzyka, brak papierosowego dymu. I piwo dobre" — stwierdził Roman. W końcu Agnieszka znów usadowiła się w fotelu. W rękach trzymała dwa duże notesy, kilka książek, ołówki i długopisy. Rzuciła to wszystko na stół z łoskotem, ale dość zręcznie.

— Masz. — Wskazała Romanowi książki, a sama zaczęła czegoś szukać w notesach.

Roman wziął jej książki do ręki, przerzucił, obejrzał okładki i odłożył na to samo miejsce.

— Wygląda ładnie, ale ja po polsku ani mru-mru, więc o jakości nie mogę powiedzieć kompletnie nic — podsumował, patrząc, jak Agnieszka wyciąga wreszcie z notesu kilka równych kartek.

— Uwierz mi, to dobre książki. Solidne wydawnictwo. Może kiedyś przeczytasz.

— Niewykluczone — przytaknął Roman.

— A tu masz fabuły. — Wyciągnęła w jego stronę kilka białych prostokątów przypominających koperty. — Ale skoro ty po polsku ani mru-mru, to pozwól, że sama ci wszystko opowiem. Zagrajmy.

Rozłożyła na stole cztery prostokąty z nabazgranymi na nich szkicami, tekstem do dołu, przetasowała je i kazała Romanowi losować. Cała ta zabawa przypominała mu grę w trzy kubki albo jakieś inne sztuczki. Ale uśmiechnął się krzywo i wskazał palcem na jedną z kartek, leżącą najdalej od niego. Agnieszka powoli, jak student na egzaminie, zdjęła arkusik ze stołu, obróciła go do siebie i przeczytała.

— No, i cóż tam jest napisane? — chciał wiedzieć Roman.

— Schemat numer trzy. Roman zakochuje się w Agnieszce i męczy się, nie wiedząc, jak odejść od Ołeny ani jak oczarować Agnieszkę.

Roman zakrztusił się piwem i długo kasłał, potem podniósł wzrok na Kochanowską.

— Czyś ty całkiem zgłupiała?

— A co jest nie w porządku?

— Co to znowu za pomysł?

— Hej, ja mam napisać książkę o miłości, wyciskam z sytuacji, co się da. Nie jestem specjalistką od historii miłosnych.

— Imiona byś chociaż zmieniła! — uniósł się Roman.

— Zmienię, już dobrze. — Agnieszka chudymi palcami odrzuciła z oczu kosmyk włosów.

— Aha, aha. Czyli Roman zakochuje się w Agnieszce, tak?

— Tak — potwierdziła.

— Niech zgadnę. Kolejny schemat: Agnieszka zakochuje się w Romanie i nie wie, jak go oczarować, a przy tym zrobić to tak, żeby nie sprawić wielkiego bólu Ołenie. — Nagle na oślep chwycił ze stołu drugą kartkę i podał ją Agnieszce.

— No tak. — Zbita z tropu Kochanowska patrzyła na niego, mrugając oczami.

— A, czekaj, czekaj — sarkastycznie ciągnął Roman. — Już wiem! Kolejny schemat mówi o tym, że Agnieszka i Roman zakochują się w sobie z wzajemnością i jedynym problem pozostaje Ołena: jak to zrobić, żeby zniknęła z ich życia. — Odwrócił trzecią kartkę tekstem do góry, patrząc Kochanowskiej prosto w twarz.

— No, mniej więcej — wybąkała Agnieszka. — Skąd wiesz?

— Coś mi się nie chce wierzyć, żebyś była znaną pisarką! Warianty przewidywalne do bólu. Tam leży czwarta kartka i szczerze mówiąc, nie wiem, co jest na niej napisane, ale podejrzewam, że też nic oryginalnego. Prawda?

— Romanie... — Agnieszka rozpaczliwie chwyciła go za rękę, od czego przyrósł z powrotem do fotela jak przymurowany, mimo że już zaczął wstawać, żeby stąd wyjść. — Posłuchaj mnie, proszę. Pomóż mi. Nie masz pojęcia, jak trudno mnie samej całą tę bzdurę wymyślać, nienawidzę łzawych romantycznych historii, ale jeśli jej nie napiszę, to będę musiała zapomnieć o wszystkim, bez czego nie umiałabym już żyć. Uznanie, spokój, no i właśnie pieniądze — to wszystko odejdzie, a ja odejdę w ślad za tym. Proszę cię o pomoc. Ja ci pomogłam, Romanie, bardzo ci pomogłam, jesteś mi winien przysługę, proszę cię. Pomóż, jeśli będziesz mógł — jeśli nie będziesz mógł, to chociaż zachowuj się przyzwoicie, nie tak jak teraz. Czym ja sobie na to zasłużyłam? Przynajmniej wobec ciebie?

W jej oczach błysnęły łzy i Roman stracił rozpęd. Ostatecznie ma rację, po prostu będzie z nią rozmawiał, może podpowie jakiś pomysł, ona będzie mu płacić, a on dzięki temu odłoży pieniądze na wspólną przyszłość z Ołenką.

Jego twarz stała się niczym wyrzeźbiona w kamieniu, nieprzystępna.

— Wybacz. Sam nie wiem, czemu się tak uniosłem. A więc między Romanem i Agnieszką ma się coś wydarzyć?

— Tak, koniecznie.

— Ale dlaczego?

— No bo to historia o miłości. Oni powinni się w sobie zakochać, jeszcze nie wiem jak, ale powinni. Jakaś niespodziewana wspólna cecha, która ich połączy, albo coś w tym rodzaju. Może on jej powie podczas pierwszego spotkania coś, co zwróci jej uwagę, albo zachowa się nietypowo, bo do tego czasu ona traktuje go zupełnie obojętnie. Sama nie wiem.

— Mówimy teraz o książce?

— To znaczy? — zdziwiła się Agnieszka.

— No, powiedziałaś, że między tym Romanem i Agnieszką ma się pojawić uczucie. To o książce było?

— No tak, a o czym innym?

— O niczym, nic takiego. Przez moment wydawało mi się, że ty o nas mówisz.

Agnieszka parsknęła mu śmiechem w twarz.

— Oj, Romanie! Ale mnie rozbawiłeś, serio! Nie myl rzeczywistości z książką. Tak, trzeba by zmienić imiona, żeby się nie myliło. Dobra, niech będą Magda i... podrzuć jakieś ukraińskie imię...?

— Ołeh.

— Okej, niech będzie Magda i Ołeh. A dziewczyna Ołeha — Natalia. Załatwione, nie mów więcej takich głupstw. „O nas". A to dobre!

— No już, już. — Roman zmieszał się kompletnie. — Przestań. Zamów lepiej herbatę, napiłbym się. Mam cukierki, tu można swoje wyciągnąć?

— Jakie cukierki? — wstrzymała oddech Agnieszka.

— A, o, iryski, jeszcze z Ukrainy przywiozłem. — Położył na stole garstkę cukierków, z dziesięć sztuk, w żółtych papierkach, a na twarz zaskoczonej Agnieszki wypłynął uśmiech.

Agnieszka poczuła słodki skurcz w brzuchu, a dech zaparło jej jak po uderzeniu w splot słoneczny. Jedną ręką dała znak kelnerce, drugą niepostrzeżenie zgarnęła ze stołu na kolana ostatnią kartkę ze schematem fabuły, która wciąż przed nimi leżała. Roman tylko mruknął, obserwując jej zabiegi. Zaczęła go bawić ta gra. Między Romanem i Agnieszką znów rozciągał się pusty stół.

Wznowili rozmowę, kiedy przyniesiono im herbatę.

— Opowiesz mi o tobie i Ołenie? — poprosiła Agnieszka. Z jej głosu zniknęła sucha, napięta nuta pracodawcy, tembr przybrał bardziej miękkie tony, co sprawiło, że jej powolna mowa ze zgrzytającym akcentem zaczęła brzmieć już kompletnie dziwacznie.

— Dobrze. — Roman zmarszczył czoło, zbierając myśli. — Znamy się już jakieś osiem lat.

— A ile lat masz teraz? — przerwała mu Agnieszka, otwierając jeden z notesów.

— Dwadzieścia osiem.

— Aha. Jestem od ciebie trochę starsza, o kilka lat. Mów dalej.

— No więc znamy się od ośmiu lat. Nawet trochę więcej — poprawił się z uśmiechem. — Złamałem wtedy nogę, ona też leżała ze złamaną nogą i pewnego pięknego dnia tak się stało, że się poznaliśmy. Wyszedłem pospacerować, jeśli to można tak nazwać, po wspólnym korytarzu, a ona siedziała na kozetce w holu. Usiadłem, żeby odsapnąć, no i zaczęliśmy rozmawiać.

— A ona już wtedy nie widziała?

— Tak, ma to od dziecka. Lekarze nic nie mogą poradzić, ale mówią, że wzrok może wrócić, chociaż my już w to nie wierzymy. To jakaś wada genetyczna, coś w tym rodzaju.

— Szkoda — rzuciła Agnieszka.

— Szkoda — zgodził się Roman. — Ale mniejsza, niespecjalnie mi to przeszkadza. Potem, kiedy wyzdrowiałem, często zaglądałem do niej do szpitala, przynosiłem jakieś drobiazgi, jakieś tam soki i owoce. Jej rodziców też tam poznałem. Nie mogę powiedzieć, żebym się w niej z punktu zakochał, ale po kilku miesiącach nie umiałem już sobie wyobrazić bez niej życia. Była mądra, to znaczy miała wrodzoną zdolność analizowania i rozumienia wielu rzeczy, o których nic nie wiedziała, bo nie mogła o nich przeczytać ani ich zobaczyć, i zdarzało się, że w moje wolne od nauki dni rozmawialiśmy tak długo, aż zmorzył nas sen. Często jej czytałem. Puszczałem dużo muzyki i opowiadałem o niej. Tak czy siak, już w rok później zamieszkaliśmy razem, za zgodą jej rodziców, rzecz jasna.

— Oho — gwizdnęła Agnieszka. — Wygląda na to, że jesteś zdolny do poważnych decyzji. Mając dwadzieścia jeden lat, w istocie wziąć na siebie ogromną część troski o chorego człowieka... W tym wieku większość ludzi nawet o siebie nie umie porządnie zadbać.

— Być może. Nigdy się nad tym nie zastanawiałem — odpowiedział Roman. — Zawsze żyłem tak, jak się życie układało, na wyczucie. Wierz mi, nigdy nie żałowałem, że tak wyszło.

— A dlaczego nie wzięliście ślubu? — zapytała Agnieszka. — Nie widzę obrączki na twoim palcu — wyjaśniła, kiedy Roman na nią spojrzał.

— To jej pomysł. Mówi, że nie chce mnie w taki sposób wiązać. Czyli, wedle niej, mogę ją zostawić, kiedy tylko zechcę, wszystko trzyma się na wolnej woli.

— Mądre, ale ryzykowne — skrzywiła się Kochanowska — nie ma gwarancji, że ci codzienność nie dokuczy. Nie od razu, za jakieś parę lat. Jesteś w końcu zdrowym mężczyzną, pewnego dnia może ci przyjść do głowy, że całe życie poświęciłeś na opiekowanie się kaleką. Wybacz bezpośredniość, ale takie są fakty.

Roman spokojnie podniósł na nią wzrok.

— Agnieszko, słyszałem to już tyle razy, że znudziło mi się wyjaśnianie. Codzienność może dokuczyć tylko wtedy, kiedy jej nie było, a potem nagle się pojawi. Tu mamy inną sytuację: od samego początku życie z nią miało w sobie bardzo dużo tej codzienności, musiałem opiekować się nią jak małym dzieckiem, zajmować się mnóstwem nieromantycznych spraw i maksymalnie trzymać się ziemi, bo w wielu kwestiach

Ołena jest całkowicie bezradna, jeśli ktoś jej nie pomoże. Słowem, uważam, że mam antidotum na codzienność. I fakt, że już tak długo jesteśmy razem, tylko to potwierdza.

— Antidotum na codzienność — powtórzyła w zamyśleniu Agnieszka. — Może, to ładnie brzmi. I co, wszystko u was w porządku?

— Tak, z wyjątkiem tego, że Ołena nie widzi, wszystko w porządku. Jestem szczęśliwy.

— Szczęśliwi ludzie nie opuszczają swojej Ojczyzny — ironicznie rzuciła Agnieszka.

— Widzisz, ostatnio ciągle miałem wrażenie, że Ukraina należy do tych Ojczyzn, w przypadku których szczęściem jest ich opuszczenie.

— Dlaczego?

— Wszystko jakieś bez sensu. — Roman rozłożył ręce. — Morze problemów. Nawet nie morze, cały ocean. I może z czasem jakoś by się te wszystkie problemy udało rozwiązać, ale jak tylko się złapie koniec jakiejś nitki w tym kłębku, to od razu człowiek obrywa czymś bardzo nieprzyjemnym, przypominającym milicyjną pałkę. Ręce bolą od tego niemiłosiernie, a z czasem i sam zapał do rozwiązywania czegokolwiek znika. To jak odruchy warunkowe, rozumiesz?

— Tak, rozumiem — gorzko uśmiechnęła się Agnieszka.

— No właśnie. Tyle że szczury łapią to w drugiej–trzeciej próbie i potem, nauczone już bolesnym doświadczeniem, zaczynają szukać nowych rozwiązań, a Ukraińcy niczego się nie uczą, więc pewnie nawet łatwiej nimi kierować.

— Smutne — skonstatowała.

— Ano tak, bardzo smutne.

— Ale ja wciąż jednej rzeczy nie mogę zrozumieć. Pieniądze.

— Co — „pieniądze"?

— Miałeś przy sobie gotówkę, kiedy cię pobili?

— Tak, gotówkę.

— A dlaczego nie kartę? Znacznie wygodniej. Mógłbyś od razu zadzwonić do banku, zgłosić kradzież karty. A potem wszystkie pieniądze by do ciebie wróciły.

— Aj! — Rozdrażniony Roman tylko machnął ręką. — Nie rozdrapuj mojej rany. Już milion razy o tym myślałem. To taka moja zachowawczość. Bardzo nie lubię bankomatów i różnych tam rozliczeń elektronicznych, wolę gotówkę. No i dostałem za swoje...

— Głupio wyszło.

— Tyle to sam wiem, ale co zrobić. Nie chcę o tym mówić.

Kochanowska przyglądała mu się podczas całej rozmowy. Gdyby umiała, pewnie narysowałaby sobie na pamiątkę jego portret. Chociaż, jak sama dla siebie stwierdziła, jeśli chodzi o wygląd, Roman nie wyróżniał się niczym szczególnym. Wśród setek, a nawet już tysięcy innych, których w swoim życiu spotkała, byli mężczyźni bardziej urodziwi, pewni siebie i w ogóle bardziej na pierwszy rzut oka interesujący.

Roman był jakiś bezbarwny i jakby niedopieczony: średniego wzrostu, choć co prawda wyższy od niej; nadgarstki miał delikatne jak dziewczyna; krótkie, ruchliwe palce, ale równocześnie — niespodziewanie jak na projektanta — wyrobione mięśnie rąk; plecy zazwyczaj lekko przygarbiał i dlatego siedząc, wolał odchylać się do tyłu, do oparcia krzesła, albo opierać łokcie na stole, by ulokować brodę na zaciśniętych w pięści dłoniach; jego ubranie było proste i wygodne — gładkie dżinsy, koszulka, sweter, kurtka, na których nawet nie zawsze było widać logo producenta. W sumie — trochę ciepła klucha.

Nie wyróżniał się także żadnym atrakcyjnym sposobem mówienia czy zachowaniem. W jego tonie często pobrzmiewały prostackie, jak się Kochanowskiej zdawało, nutki, jakaś pewność siebie i nie wiedzieć czym przez nią zasłużony sarkazm. Agnieszkę to z początku drażniło, ale kiedy wsłuchała się w jego głos, nieco ochrypły i niski z powodu zimy, zrozumiała, że to zapewne jego naturalny tembr. W prawdziwym głosie Romana brzmiał spokój i troska; był to głos ciepły i uspokajający. Zamyśliła się na moment, a potem uznała, że jeśli już, to ta chamskość jest zwykłą i łatwą do wyjaśnienia wrogością wobec okoliczności, w których się teraz znalazł. Kochanowska w myślach postawiła się w jego sytuacji, wyobraziła sobie, że nagle znalazła się bez pieniędzy i znajomości języka w jakimś Stambule czy Madrycie, i z ulgą zrozumiała, że mogłaby zachowywać się w znacznie gorszy sposób niż ten, na który niekiedy pozwala sobie Roman.

Słowem, Agnieszka Kochanowska uznałaby, że jej nowy znajomy jest kompletnie przeciętnym facetem, gdyby w jego wyglądzie i zachowaniu nie dostrzegła nagle trzech dziwnych, nie od razu rzucających się w oczy cech. Szczegółów, które dla ogólnego obrazu nie miały decydującego znaczenia, ale ogromnie ją zaintrygowały.

Zanim Roman coś powiedział, od czasu do czasu bezwiednie przeciągał wskazującym i środkowym palcem lewej ręki od środka czoła ku skroni. Kochanowska zauważyła ten gest już pierwszego wieczora, kiedy przywiozła ich, zmarzniętych i zmęczonych, do mieszkania na Ząbkowskiej. Wtedy, nalewając Romanowi herbatę i przedstawiając mu swoją propozycję, uznała, że po prostu boli go głowa. Ale teraz, w barze, przyglądając się uważnie jego twarzy, na której grały cienie i blaski elektrycznego światła, zrozumiała, że Roman jeszcze całkiem niedawno miał inną fryzurę i nosił znacznie dłuższe włosy. Tak długie, że ciemne, falujące kosmyki zasłaniały mu oczy i musiał palcami odsuwać to pasmo na bok, by mówiąc, patrzeć rozmówcy w oczy. Zaintrygowało ją to. Wyobraziła sobie Romana z dłuższymi włosami, a nie takimi, jakie miał teraz — ostrzyżonymi na sześć milimetrów. Z kosmykami podobałby się jej bardziej, a fakt, że tak niespodziewanie wdarła się w te jego sekretne znaki, zmusił ją do spojrzenia na niego w inny sposób. Przecież obciąć włosy to nie takie hop-siup, wiedziała to z własnego doświadczenia. Kiedyś, dawno temu, Agnieszka Kochanowska też miała o wiele krótsze włosy niż teraz i pamiętała, jak ciężko było jej rozstać się z zapuszczanymi przez lata pasmami. Wszystko, dosłownie wszystko, co przez długi czas przeżywała, przesączało się do jej włosów i kiedy przyszła pora na odcięcie się od przeszłości, zaczęło żałośnie skamleć, przekonywać, że powinno zostać, że przeszłość może się jeszcze przydać i tak dalej. Ale Kochanowska nie uległa szantażowi, poszła do fryzjera i zostawiła tam wszystkie minione lęki i porażki. Wyszła na ulicę zupełnie nieważka i dostatecznie uszczęśliwiona swoją lekkością, by coś w życiu zmienić. Wraz z włosami człowiek pozbywa się części swojego „ja". To w pewnym stopniu tłumaczyło nieuzasadnioną impertynencję niektórych jego odzywek — stary pancerz rozsypał się w proch, a nowy jeszcze niedostatecznie stwardniał. Roman po prostu musiał być właśnie taki, nastawiony na obronę za wszelką cenę. Kochanowska patrzyła na niego z zainteresowaniem doświadczonego badacza.

A dodatkowo wzruszył ją drobniutki szczegół, na który większość ludzi nigdy w życiu nie zwróciłaby uwagi. Kiedy Agnieszka rzuciła okiem na ręce Romana, nawet w półmroku zauważyła, że z jego skóry prawie jeszcze nie zeszła brązowa letnia opalenizna, ale nadgarstki były jasne, styczniowo białe. Również tym razem natychmiast zrozumiała, w czym rzecz. Bransoletki, plecionki, łańcuszki — wszystkie te nieodłączne atrybuty wędrownych poetów i muzyków, cienkie nitki, którymi ludzie wiążą się ze sobą nawzajem. Kochanowska pogłaskała własny nadgarstek — jej plecione bransoletki były na swoim miejscu, zresztą jak zawsze. A Roman nosił je jeszcze latem. Rzecz jasna, mógł być to efekt noszenia kajdanek, ale obraz Romana, który przez całe lato siedzi na słońcu przykuty kajdankami do kaloryfera, jakoś nie mieścił się w jej wyobrażeniu świata.

Takiemu człowiekowi jak Agnieszka te nieopalone ślady na nadgarstkach rozmówcy powiedziały bardzo dużo i pozwoliły na poziomie podświadomości zaliczyć go do „swoich", a nawet uważać za takiego również w przyszłości, nawet jeśli to wieloznaczne „swój" nie znajdzie żadnego potwierdzenia. Bo wygląd zewnętrzny, ubrania, ozdoby to rzeczywiście tylko przedłużenie upodobań człowieka, przedłużenie jego zainteresowań i — ogólnie rzecz biorąc — sposobu życia. Kochanowska mogła się oczywiście mylić, ale widząc te ślady na rękach Romana, przyjęła, że jest on dość wrażliwym człowiekiem, że lubi podróże, rock, wino i w ogóle wszystko, co może lubić ktoś, kto mając lat dwadzieścia osiem, uparcie nosi na rękach ozdoby, które bardziej pasują nastolatkom. Ozdoby, które pozwalają z mniejszą czy większą dokładnością określić najważniejsze cechy jego charakteru nawet wtedy, kiedy zostaną zdjęte. „Chociaż wątpliwe, czy życie z Oleną pozwala mu naprawdę poczuć to wszystko" — z goryczą pomyślała Kochanowska.

Roman spode łba strzelił w nią spojrzeniem i przez Agnieszkę przetoczyła się dziwna fala dezorientacji. No właśnie, po trzecie. Oczy, które podczas ich pierwszego spotkania były szarobłękitne, ze znaczną przewagą szarości, które jeszcze koło domu na Ząbkowskiej były (tak, zauważyła to) jednoznacznie błękitne, teraz wypromieniowywały w jej stronę zmęczone, szmaragdowe ciepło. Zmieniały kolor zależnie od oświetlenia, nastroju i samopoczucia. Kochanowska była jak zahipnotyzowana, nie mogła nic na to poradzić i od chwili, gdy zauważyła tę zmienność barw, za żadne skarby świata nie oderwałaby wzroku od jego oczu. Patrzyła na niego bez przerwy w nadziei, że lada moment kolor znów się zmieni. Próbowała zgadnąć na jaki: brązowy, szary czy jeszcze inny. Ale nic się nie działo. Roman mrugał, na chwilę przymykał powieki, jakby przysypiając od ledwie słyszalnej muzyki dolatującej z kolumn przy barze, ale wciąż miał zielone oczy.

Nie zauważał tego długiego, jawnego świdrowania wzrokiem z drugiego końca stołu. Zbyt głęboko zanurzony był we własnych myślach, żeby cokolwiek zauważyć, a tym bardziej — żeby zareagować. Umiejętnością takiego właśnie wpadania w długą i głęboką zadumę Roman często wkurzał swoich rozmówców, zresztą Agnieszkę, gdyby nie była zajęta analizowaniem jego wyglądu i szybkim notowaniem myśli kłębiących się w jej głowie, też solidnie by zezłościł.

Roman w rozpaczy odchylił się na oparcie fotela, zamyślił o utraconych pieniądzach i tak samo utraconym kraju. Agnieszka patrzyła na niego, jej palce muskały brzeżek filiżanki, robiąc równe, ale rozedrgane kółka. Po chwili milczenia Roman nieoczekiwanie zaczął mówić dalej:

— Agnieszko, gdyby nie Ołena, tobym nie wyjechał. Słowo, nie wyjechałbym. Ale widzisz, niepełnosprawni są bardzo wyczuleni na nastroje otoczenia. Wszyscy są skazani na depresję, nieważne, jak szczęśliwi się wydają. Nigdy nie wiadomo, kiedy wybuchnie. Kiedy Ołena po raz pierwszy zaczęła mówić, że dobrze by było po wyborach wyjechać z Ukrainy, przynajmniej na jakiś czas, zacząłem się o nią bać. Dlatego tu jestem.

— Wiesz, na razie trudno mi zrozumieć, o czym mówisz. Wydaje mi się, że tu, w Polsce, nie jest aż tak źle. — Kochanowska pytająco spojrzała mu w oczy, czekając na jedną jedyną odpowiedź: „Tak, w sumie jest tu przynajmniej trochę lepiej".

— Zobaczymy — dobiegło z drugiego końca stołu i zbita z tropu Agnieszka zaczęła bawić się zapalniczką, która przez cały ten czas spokojnie leżała koło filiżanki.

— Chcesz zapalić? — Roman zauważył jej gesty.

— Chcę. Ale tu, na górze, nie wolno.

— Więc chodźmy stąd — zaproponował.

— Dokąd?

— No, ja do Ołeny, a ty pewnie masz coś do załatwienia, prawda?

— Nie mam, wszystko poprzekładałam. — Agnieszka rozłożyła ręce.

— Tak czy siak, wolałbym już pójść. Na razie nie chcę zostawiać jej samej na długo.

— Dobrze, jak chcesz — mruknęła i zaczęła się zbierać.

Parę minut później Roman i Agnieszka znów przemierzali Pragę, tym razem w przeciwnym kierunku, ku fabryce wódek Koneser. Pod stopami skrzypiał im śnieg, który stracił już impet i leżał teraz, niemal nietknięty, białym kobiercem na chodnikach i gzymsach, a niebo, przez kontrast kruczoczarne, wyciągało w górę ascetyczne, nagie drzewa, oświetlone noworocznymi girlandami. Świat sięgnął do czarnej otchłani nad sobą, zwinął się w spiralę i zastygł, gotów znów skręcić się do pierwotnego stanu i jednym ciosem podrzucić cały ten śnieg na nowo w powietrze.

Agnieszka ze smakiem paliła swojego mentolowego papierosa i przebierała iryski w kieszeni. Szli znacznie dłuższą drogą, co mimochodem odnotował Roman. Milczał i patrzył przed siebie, zastanawiając się, co by tu dziś przygotować Ołenie na kolację. Kochanowska tylko pomrukiwała, bo zrozumiała, że jego uwagę i koncentrację już dziś zgubiła i wszystkie jej manipulacje z wracaniem dłuższą trasą są zwykłą stratą czasu. Nagle westchnęła i przyspieszyła kroku, Roman też prawie biegiem ruszył za nią i drugą połowę drogi pokonali dosłownie w kilka minut.

— To napiszę ci kartkę, tak jak dzisiaj — poinformowała go Agnieszka, kiedy już stali przy wejściu do klatki.

— To kiedy będzie, jakoś niebawem? — zapytał Roman.

— Nie wiem, może. Co ci za różnica, i tak nie masz nic szczególnego do roboty. Proszę, pieniądze. — Podała mu kopertę.

— Dobrze, czekam na sygnał — potaknął Roman, chowając zawiniątko do kieszeni kurtki.

Kochanowska ostrym ruchem chwyciła go za rękę, uścisnęła dłoń i szybko poszła w dół ulicy, sypiąc spod nóg śniegiem. Czuła się dziwnie. Roman zaś wspiął się na górę, otworzył drzwi i wszedł do pokoju. Ołenka nie spała — siedziała niezmiennie w fotelu i wybijała palcami na udzie rytm piosenki. Leciał jakiś blues.

— Hej, mała, wróciłem. — Położył jej rękę na ramieniu.

— Cześć, Romku. — Przytuliła policzek do jego nadgarstka. — I jak tam, co słychać?

— Wszystko w porządku, mam pracę. Ten gość remontuje sobie dom pod Warszawą i będzie mi płacił w zamian za pomoc od czasu do czasu. Pieniędzy będziemy mieli dość.

— Będzie płacił dostatecznie dużo za „pomoc od czasu do czasu"? — z niedowierzaniem skrzywiła się Ołena.

— Też się zdziwiłem, ale on uważa to za inwestycję w swoje życie pozagrobowe. Taka działalność charytatywna. Chodźmy do kuchni, coś ugotujemy.

Roman wziął ją za rękę i poprowadził przez przedpokój. Złapał się na tym, że kolejne kłamstwo przyszło mu z dziwną łatwością, nawet głos już nie zadrżał. „Trzeba z tym skończyć" — postanowił i zabrał się do przygotowywania Ołenie kolacji.

Godzinę później siedzieli na kuchennych krzesłach, już syci i zadowoleni, dopijając wino i słuchając muzyki z odtwarzacza. Praga za oknem była żółta i przycichła, dzień uleciał, rozsypał się w proch, a na jego miejsce przyszedł mrok. W głośnikach rozległ się szelest i płyta zaproponowała nową piosenkę. W tej samej chwili Kochanowska w końcu wróciła do siebie, na Namysłowską, po zaliczeniu kilku kolejnych barów, i dopiero w domu wyrzuciła do kosza kartkę z ostatnią, niewspomnianą dziś podczas rozmowy fabułą — jedyną zresztą przez nią wymyśloną — w której Roman zostawał z Ołeną. Piłsudski krzywo spojrzał na swoją panią i poszedł spać na parapet.

4. Namiętność

W ostatnich dniach ich życie niewiele różniło się od wcześniejszego. Jedno, co dobre — Romczyk prawie cały czas był przy niej. Zuch chłopak, od razu znalazł jakąś pracę w obcym kraju, nie znając języka. Albo po prostu miał szczęście. Komu za to dziękować? Bogu czy raczej komuchom, przed którymi już przed wojną pouciekali do Pragi ukraińscy profesorowie z rodzinami, a za nimi ruszyły niepoliczone tłumy bezdomnego ukraińskiego ludu, i teraz trafił im się potomek tych uciekinierów? Nie wiadomo komu, ale skądś przecież wziął się ten człowiek, który wszystko im tu urządził. Grzechem byłoby się skarżyć, Europa przypadła jej do gustu.

Ołena kilka minut temu wynurzyła się z wacianego mroku w mrok, który lubiła bardziej, ostry i wyczuwalny. Uwielbiała pluskać się w nim jak w wodzie, niezwykłej rozkoszy dostarczał jej dźwięk, zapach, smak i dotyk. „Rozkosz" — to było jej słowo klucz. Każdy obraz, który powstawał w jej głowie, był szczególny, w niczym niepodobny do innych, a skutkiem obecności tego obrazu w jej świadomości miała być właśnie rozkosz. Mała, duża — nieważne. Jeśli coś nie dawało wrażenia słodkiej nieważkości, było niewarte uwagi i należało o tym jak najszybciej zapomnieć, żeby nie marnować miejsca w pamięci.

Ołenka często wyobrażała sobie swój mózg pod postacią ogromnej szafy z przegródką i półkami, na których leżą kartki z określeniami tego, co daje jej przyjemność. Dużą część miejsca na półkach zajmują napisy proste i jasne, na przykład: „lody są smaczne", „opalanie jest przyjemne", „słuchanie muzyki jest wspaniałe", „leżenie w wannie to rozkosz", „seks jest piękny" i tak dalej. Znacznie mniej miejsca zajmują notatki, w których opisane zostały różne rzeczy i zjawiska, które same w sobie wydają się Ołenie nieprzyjemne, ale w obecności Romana przemieniają się w rozkosz albo mają przyjemne skutki: „angina to koszmar, ale Romko wtedy nie chodzi do pracy i jest ciągle przy mnie", „zmoknięcie na deszczu jest nieprzyjemne, ale kiedy ktoś cię potem wyciera frotowym ręcznikiem, to jest to rozkosz". Najmniejsze, najbardziej wyświechtane i nieliczne karteczki z notatkami o rzeczach, które nie przynoszą rozkoszy, ale trzeba je znosić, znajdują się w najdalszym kącie i prawie nigdy nie wpadają w ręce, ale czasem przypominają o sobie, kiedy przychodzi pora na porządki w szafie: „jestem niewidoma — i to na zawsze", „czasem bez powodu zaczynam się bać".

Za każdym razem, przeglądając zawartość szafy, Ołena stwierdzała w myślach, że z rzeczywistą sytuacją, najogólniej rzecz biorąc, godzi ją tylko niezmienna obecność Romana i jeśli któregoś dnia on ją rzuci, to ona jeszcze przed wieczorem podetnie sobie żyły. Często o tym rozmawiali i zawsze kłamała, bezbożnie blefowała, twierdząc, że jest całkowicie wolny i może od niej odejść w dowolnym momencie, byle jej to wytłumaczył, ona przecież wszystko zrozumie. To kłamstwo trwało od pierwszego dnia, w którym zamieszkali razem, i było nieustannie powtarzane, ale — wbrew twierdzeniu Goebbelsa — od tego powtarzania nie stało się prawdą. Ołena panicznie bała się, że Roman ją zostawi. Ale wciąż grała *va banque* i jak do tej pory wygrywała. Co prawda nikt nie wiedział, co działo się w jej myślach podczas każdej, choćby tylko półgodzinnej, nieobecności Romana. W końcu jej strach sięgnął rozmiarów paranoi, czasem wręcz paraliżującej. W każdym kobiecym głosie na ulicy widziała jego potencjalną kochankę, każdy obcy zapach na koszuli Romana wprawiał ją w roztrzęsienie i doszło do tego, że zaczęła widzieć w swojej nieprzeniknionej ciemności groźne kolorowe plamy. „To z nerwów" — uznała i wykorzystując pogorszenie sytuacji politycznej w Ukrainie, uprosiła Romana, żeby wyjechali do Europy, choćby na jakiś czas. Pocieszała się nadzieją, że tam zwyczajnie nie będzie miał z kim jej zdradzać, nie będzie miał w kim się zakochać ani dokąd od niej odejść.

I oto są w Europie, Czechy smakują jej niezmiernie. Roman, łagodny i troskliwy jak zawsze, jest stale obok. Plamy przed oczami zniknęły i Ołena znów zanurzyła się w swoim mroku, zwykłym, ale miliardy razy słodszym dzięki temu, że jak odkurzaczem została z niego odessana zgnilizna lęków.

Zima w Pradze jest spokojna i miarowa. Ołena każdego ranka słyszy gawrony na parapetach i dzwony w pobliskich kościołach. Po katolickim Bożym Narodzeniu i Nowym Roku z miasta wyjechali wszyscy turyści, pozwalając Czechom odpocząć od ich wszechobecnych aparatów fotograficznych i natrętnych pysków. Roman prowadzi ją na spacery po Pradze, dużo chodzą i często piją kawę albo wino. Opowiada jej o wszystkim, co widzi, a z tego, co mówi, wynika, że Praga jest niesamowita, i Ołena po raz pierwszy od bardzo dawna żałuje, że nie widzi tego, co dzieje się dookoła.

W ogóle żal spowodowany ślepotą prawie z niej uleciał i przypomina o sobie tylko od czasu do czasu, ale już nie z taką ostrością, żeby nie dało się tego wytrzymać. Kiedyś, dawno temu, we wczesnym dzieciństwie, potem zresztą też, ogromnie ją przygnębiało, że przestała widzieć. Boleśnie czuła swoją niepełnosprawność. Stwierdzenie faktu, że nie jest taka jak inni, że inni są lepsi, przyszło do niej jakoś nieoczekiwanie i niezależnie od jej woli. Po prostu pewnego dnia zrozumiała, że kiedy ktoś mówi o jakichś kolorach, o których ona nie ma pojęcia, to on je widzi, co więcej, skoro dla kolorów istnieją nazwy i tak dalej, to widzi je większość ludzi. A ona nie. Nie wszyscy ludzie są ślepi, ślepe są nieliczne jednostki, kropelki w ludzkim morzu, a ona jest jedną z takich kropelek. Depresja nie ustępowała po tym dość długo. Ołena zwyczajnie zawisła w powietrzu, jak zerwany drut, i na nic nie reagowała. Rodzice z pomocą psychologów wielkim wysiłkiem, z trudem wyciągnęli ją z tej otchłani, poświęcając na poprawę jej nastroju cały majątek i kilka cmentarzy komórek nerwowych. Ołena szarpała się, traciła przytomność, zamierała bez ruchu w kątach, schowana jak ślimak w muszli, i godzinami na nic nie reagowała. Wszyscy tylko z rozpaczą kręcili głowami, a ojciec poił matkę walerianą. Ale z czasem gorycz przycichła i Ołena pogodziła się z życiem. A potem koło niej pojawił się Roman i stopniowo prawie zobojętniała na swoją wadę.

Teraz bardzo rzadko żałowała, że nie widzi. Na przykład dlatego, że nie może go zobaczyć i nie wie, jak on wygląda. A to było ważne, co tu dużo gadać. I chociaż Roman, odkąd się poznali, pewnie z milion razy opowiadał jej o swoim wyglądzie, opisywał tak, jak umiał, rysy twarzy i budowę ciała, szukał jakichś analogii, które byłyby dla Ołeny zrozumiałe, to rzeki tych słów nie byłyby warte nawet dziesięciu sekund, podczas których ona sama mogłaby go zobaczyć. Wprawdzie odkąd zbliżyli się do siebie i można było go dotykać, chęć zobaczenia Romana też przycichła, niespodziewanie przypominając o sobie przeciągłym bólem pod żebrami tylko w szczególnie sentymentalnych chwilach.

— Kochasz mnie? — pytała go Ołena.

— Kocham — odpowiadał Roman.

— A skąd mam wiedzieć, że to prawda? — Żartobliwie marszczyła nosek.

— No na przykład stąd, że zwracam uwagę na rozmaite szczegóły i umiem odgadywać twoje życzenia.

— To znaczy?

— Masz teraz ochotę na herbatę. Nie zauważasz tego, ale kiedy chce ci się pić, twoje ręce zajmują różne pozycje. Jeśli chcesz mleka — palec wskazujący i środkowy lewej ręki gładzą skroń, jeśli soku — wierzchem dłoni dotykasz szyi, jeśli kawy — twoje ręce leżą na udach, a kiedy chcesz herbaty — którąś ręką sama siebie obejmujesz za ramię. Już dawno nastawiłem wodę, zaraz się zagotuje.

I rzeczywiście, z głębi ich praskiego mieszkania zaczynał gwizdać czajnik, Ołena od tej troski czuła słodki skurcz w dole brzucha i ze zdziwieniem unosiła brwi:

— Jak zawsze masz rację. Uwielbiam cię! Tak, mam ochotę na herbatę, kochanie.

A kiedy Roman całował ją w nos i wychodził do kuchni, doliczała do długiego spisu kłamstw kolejny punkcik, który w sumie i tak niczego już nie zmieniał. Roman wcale nie zgadł, zresztą prawie nigdy mu się to nie udawało, ale Ołena zawsze robiła teatrzyk wdzięczności, wiedząc, z jaką uwagą ją traktuje. Teraz akurat myślała o spacerze i jakiejś kawiarence, jednej z tych, do których już zaglądali po przyjeździe. A on — herbata. Chociaż, tak naprawdę, może być i herbata, najważniejsze, żeby był przy niej. Roman wracał z tacą, na której pobrzękiwały białe filiżanki i ceramiczny czajniczek, kawałek cytryny i pokrojony, pachnący ser. Stawiał to wszystko ostrożnie na starym stoliku gazetniku, nalewał herbatę, od czego powietrze nabierało cierpkiego posmaku, i siadał koło niej. A Ołena wtulała mu nos najpierw w policzek, potem w szyję, a potem rozpinała górne guziki koszuli, odsuwała materiał z ramienia, żeby przytulić się do ciepłego obojczyka, potem wsuwała rękę pod ubranie i przewracała go na kanapę.

Herbata stygła w filiżankach i pokrywała się cieniutką błonką, cierpki zapach ulatywał, kiedy kochali się, niespokojnie wyślizgując nawzajem ze swoich szponów tylko po to, by za moment wrócić i wczepić się zębami i pazurami jeszcze mocniej, aż w końcu któreś z nich, bezsilne, wycieńczone, rozrzuci ręce. Mieszkali tu już jedenaście dni i nic, tylko kochali się, z małymi przerwami na posiłki, wino i prysznic, i trochę dłuższymi — na spacery, słuchanie muzyki i sen. Ołena czuła słodki ból w niemal każdym fragmencie ciała, ale równocześnie z zadowoleniem dostrzegła, że zniknęło bez śladu nieznaczne zwiotczenie skóry na udach i brzuchu, które zaniepokoiło ją kilka miesięcy temu. Ciało nabrzmiało sokami, stało się sprężyste i nienasycone, nadwrażliwie wręcz reagowało na każde dotknięcie, dosłownie na każde, nawet całkowicie pozbawione erotycznego podtekstu. I ze wszystkich sił wykorzystywała to swoje niewyczerpane kobiece pożądanie, wabiąc Romana w dowolnym miejscu, doprowadzając go na skraj wyczerpania i wypijając go do ostatniej kropli. Ale on też trzymał się dzielnie i często zwyciężał w ich bitwach pod kołdrą — kiedy Ołena niemal przestawała oddychać i całkowicie przestawała się ruszać z zadowolenia, zwycięsko opuszczał ją, leżącą, a sam robił kawę czy herbatę, przynosił do pokoju, a potem znów zaczynał pieszczoty, od czego serce Ołeny, które jeszcze nie zdążyło dojść do siebie po poprzednim orgazmie, podskakiwało gwałtownie, utykało w gardle i kompletnie odcinało dopływ tlenu. Herbata znów stygła, mimo że atmosfera w mieszkaniu była rozżarzona i wilgotna.

W Pradze Ołena zrozumiała, że można umierać nie tylko na czas snu, kiedy mrok staje się gęsty i tłumiący dźwięki, ale także na krótkie chwile, podczas których Roman wychodzi z niej, osłabłej, by niebawem powrócić. Ta śmierć była upragniona i bliska, chciała jej i często ją otrzymywała, a dzięki temu stopniowo przenikała na stronę życia, przywykając do słodkiego niebytu, w którym kiedyś zanurzy się po czubek głowy. I wszyscy ci psychologowie, do których niegdyś ją prowadzano, zwariowaliby, gdyby zrozumieli, jak z pomocą ukochanego walczyła ze swoimi lękami i faktycznie odnosiła sukcesy. Roman wypędzał z niej wszystkie demony, które —

raz wpuszczone — siedziały w niej teraz niczym gołębie na frontonach uniwersytetów i dostojnych świątyń, gruchając na różne tony i podnosząc taki harmider, że czasem trzeba było krzyczeć, żeby zostać usłyszanym. I Ołena krzyczała, nie kryjąc się i nie wstydząc, krzyczała z rozkoszy, i od każdego jej niespodziewanego okrzyku te demony w ptasich postaciach zrywały się z wysiedzianych miejsc, w przestrachu trzepocząc skrzydłami, Ołena drżała wraz z nimi, dreszcze były drobne i ekstatyczne, a część jej lęków opuszczała ją na zawsze, ulatując przez rozszerzone czarne źrenice, tłukąc się o sufit i ściany, przewracając kubki i butelki i w końcu osiadając gdzieś w mieszkaniu, być może w książkach, między kartkami.

— Ty mój egzorcysto. — Czule przytulała się do Romana.

— Słucham? — Roman nie rozumiał.

— Nic, nic, Romciu. Niesamowicie mi z tobą.

— A mnie z tobą, mała. — Patrzył jej w oczy i czule całował po twarzy.

— W Pradze zupełnie inaczej się ze mną kochasz, serio.

— Ale, co ty. — Roman czujnie spoglądał na Ołenę.

— Serio. Jakoś zachłannie, szaleńczo, niezmordowanie. Czasem cię nie poznaję. Skąd ci się to nagle wzięło? Cieszę się, że wyjechaliśmy z Ukrainy, dobrze ci to zrobiło.

— Widzę, że tobie też. — Roman oglądał rozległe siniaki na jej udach, ślady jego nieustannych ataków. — A skąd? Nie wiem. — Znów kłamał, doskonale rozumiejąc, że w ten sposób ucisza własne sumienie po wcześniejszych kłamstwach.

A potem znów się kochali i kolejny dzień zmierzał ku końcowi, kiedy Praga gęsto i rytmicznie kołysała się pod ich ciałami.

Mieszkali tam już jedenasty dzień, rzadko wprawdzie zwracając uwagę na upływ czasu. Z boku mogło to przypominać miodowy miesiąc czy coś w tym rodzaju — wyglądali świetnie, ich rozmowy były idealne, bo mówili przeważnie o sobie nawzajem, z dużą dozą ciepła, serdeczności, troski i namiętności. Roman czuł się jak w raju od tych nielicznych, ale do gęsiej skórki poruszających drobiazgów, które robiła dla niego Ołena, a ona z kolei wprost rozkoszowała się tym, że od paru dni Romko zaczął nakrywać ją dodatkowym kocykiem. I spali też inaczej niż w domu — teraz idealnie wpasowywała się w krzywizny jego ciała i leżała tak do samego rana, nie zmieniając pozycji. A jeszcze Romko zaczął wstawać przed nią i przygotowywać śniadanie. Gdyby w tym mieszkaniu był jeszcze ktoś, kto dobrze znał Romana, zaniepokoiłby się i w którymś momencie dał Ołenie znać, że jest z nim coś nie tak. Ale w tych warunkach — kto mógłby coś powiedzieć? Co najwyżej Agnieszka, tyle że jej to wszystko nie obchodziło, chociaż przez te niecałe dwa tygodnie ani na chwilę nie mogła o Romanie zapomnieć. A poza tym — nikt.

Roman zaczął budzić się nie tylko wcześniej niż Ołenka, ale o wiele wcześniej — zazwyczaj nie spał już od czwartej nad ranem. Zwyczajnie w jakimś momencie otwierał oczy i patrzył w ciemność, słuchając oddechu i równego, ledwie zauważalnego bicia serca Ołenki. Potem gdzieś na dole głośno trzaskały drzwi — ktoś tak wcześnie wychodził z domu, a Roman niepostrzeżenie, jak mu się zdawało, wstawał z łóżka i bezgłośnie, jak mu się tak samo zdawało, przyrządzał w kuchni mocną kawę, z którą siadał potem w dużym pokoju przed drzwiami balkonowymi. Wokół niego były setki książek Agnieszki, głównie polskich i niemieckich, i żadnej z nich nie mógł przeczytać, a pod sufitem przemykały duchy jej wcześniejszego życia, które wciąż żyły w tym mieszkaniu, choć trzeba powiedzieć, że święcie szanowały linie demarkacyjne między światami i nigdy nie niepokoiły nowych mieszkańców.

Następnego ranka po ich pierwszym i jak na razie ostatnim spotkaniu znudzony Roman, grzebiąc w tych stosach książek, znalazł w końcu album ze zdjęciami. To był prawdziwy skarb — kilkaset zdjęć Agnieszki, niemal od niemowlęcia do dorosłej, pięknej kobiety. W zachwycie siedział nad tym albumem godzinami, przeglądając go i dotykając zdjęć, przeżywając i ciesząc się tym, jak Agnieszka powoli przechodzi z czarno-białego świata najpierw do świata pokolorowanego, z nieostrymi, mętnymi barwami, a potem do świata w pełni kolorowego, w którym wygląda nadzwyczaj elegancko i interesująco. Roman przyglądał się twarzom otaczających ją ludzi i prawie wszyscy mu się podobali; oglądał miejsca, w których ją fotografowano, i niektóre poznawał — albo wnętrze mieszkania, w którym teraz siedział, albo jakieś znajome już zakątki Pragi, albo centrum Warszawy, gdzie się spotkali. Któregoś razu nawet złapał się na tym, że trochę tęskni za tą dziwaczką i chętnie teraz przygotowałby dla niej kawę. Niektóre fotografie, na przykład ta, na której Agnieszka idzie boso poboczem wiejskiej drogi, w długiej pstrokatej spódnicy i lekkiej jasnej koszuli, z mnóstwem bransoletek na obu rękach i z kwiatem wpiętym w długie włosy, albo ta, na której przeciąga się, plecami do obiektywu, na niezaścielonym łóżku, w jednoznacznie męskiej koszuli, powodowały, że czuł niepokój i ściskanie w dołku. Był nawet trochę zły, że nie może zrozumieć prawdziwego znaczenia tych zdjęć i dostrzega tylko sam obraz, nie będąc wtajemniczonym we wszystkie zawikłane i słodkie konteksty, przesiąkające przez prostokątne kawałki papieru fotograficznego. Wątpliwe, żeby Agnieszka specjalnie zostawiła mu tutaj ten album, raczej po prostu zaplątał jej się między książkami, ale, tak czy siak, Roman korzystał z tego ile wlezie, bez wyrzutów sumienia przerzucając grube karty ze zdjęciami, rozkoszując się nimi, wpatrując się w Agnieszki fryzury i uśmiechy, mimochodem zwracając uwagę na jej ulubione kolory i fasony. Fotografie niespodziewanie urywały się dziesięć stron przed końcem albumu, a Agnieszka niespecjalnie zmieniła się od czasu ostatniego wklejonego tam zdjęcia. „Ciekawe, co też mogło się stać, że nie doprowadziła do końca takiej kolekcji?” — to pytanie przez kilka dni nie dawało Romanowi spokoju. Przebierał w myślach rozmaite warianty, przypuszczając, że powodem mogła być zwykła przeprowadzka z tego mieszkania albo jakaś depresja, w której człowiek nie ma głowy do starych zdjęć, ale w końcu zrozumiał: najprawdopodobniej Kochanowska po prostu kupiła aparat cyfrowy i cała epoka odeszła w cień, by potem zostać już w starym mieszkaniu pod stosami książek.

Ale to nie z powodu tych zdjęć zaczął budzić się tak wcześnie. U źródła leżał jakiś niezrozumiały niepokój, czasem nawet strach, ledwie wprawdzie odczuwalny i nieregularny. Ktoś bardziej spostrzegawczy od razu zauważyłby problem Romana, a bardziej oczytany i bywały — natychmiast przeprowadziłby analizę i wyciągnął wnioski, bo przecież wspólne życie z drugą osobą, tym bardziej długotrwałe i bliskie, to rzecz straszna i trudna. Straszna, bo często prowadzi do nieoczekiwanych skutków, a trudna, bo życie z kimś innym jest trudne dla każdego człowieka. Trzeba wtedy w zarodku tłamsić swój wrodzony egocentryzm, oddawać cząstkę swojej osobistej przestrzeni i połowę kołdry. Życie dwojga ludzi często przebiega w zgodzie z zasadą naczyń połączonych: zawsze jest pewna zadana ilość czegoś — czułości, zaufania, namiętności, miłości — i jeśli w jednym naczyniu czegoś ubywa, to w drugim przybywa, taka jest zasada i nie ma na to rady. Nie zdarza się na przykład tak, żeby namiętności ubyło u obojga, nie. Jednemu ubywa, a drugiemu przybywa o tyle, że jej część, nie znajdując sobie miejsca, siłą inercji wylewa się z systemu i zalewa papiery na stole. Ktoś spostrzegawczy, bywały i oczytany bez wątpienia dodałby jeszcze z mądrą miną, że trudno w tych naczyniach połączonych utrzymać równowagę, bo ziemia pod nimi nieustannie drży i jest poddawana wstrząsom. Fakt.

Ale Romanowi daleko było do takich wniosków. To, co psycholog od razu zrozumiałby i wyjaśnił — że lęki Ołenki, które Roman wytrzepywał z niej jak kurz z koca, tak naprawdę nigdzie nie znikały, nie rozpływały się w niebycie, tylko zgodnie z zasadą naczyń połączonych przechodziły w niego — było niepokojące samo przez się. Nie znał się na tych wszystkich mądrościach, po prostu zauważył, że zaczął się bać. Bał się, że Ołena dowie się o jego kłamstwie w sprawie Pragi i pracy, bał się, że wtedy od niego odejdzie, bał się, że Agnieszka nieprędko się odezwie — a to ona na razie była jedynym człowiekiem, z którym mógł rozmawiać, nie kłamiąc, co nagle zyskało ogromne znaczenie. I tak właśnie żył w ostatnich dniach, lękliwie i niespokojnie, niemal co kwadrans podchodził do kuchennego okna w nadziei zobaczenia Kochanowskiej wchodzącej do bramy albo z niej wybiegającej, nie zamykał na zasuwkę drzwi wejściowych, żeby niemal co godzinę, w tajemnicy przed Ołeną, wyglądać na klatkę schodową i sprawdzać, czy w skrzynce pocztowej nie pojawiła się karteczka, i co wieczór zabierał Ołenę na spacer po Pradze, przekonując samego siebie, że po powrocie na pewno zobaczy ślad odwiedzin Agnieszki.

Doszło do tego, że kilka razy myślał mimowolnie o Agnieszce, kochając się z Ołeną, potem nagle przyłapywał samego siebie na tej myśli i momentalnie robił się jeszcze bardziej zaciekły i zawzięty, od czego Ołena do reszty traciła głowę. A Kochanowskiej jak nie było, tak nie było. Roman kilkakrotnie, pod pozorem wyskoczenia do sklepu po coś do jedzenia, biegł tam, gdzie — jak mu się kiedyś zdawało — widział jej opla. Samochód rzeczywiście stał w tym samym miejscu, zasypany śniegiem, ale nigdy nikogo przy nim nie było. Roman wracał więc na Ząbkowską i czekał dalej, ekstatycznie spalając komórki tłuszczowe z osłabłą Ołeną, a w wolnych chwilach — komórki nerwowe, przeglądając album Agnieszki. Czekanie wycieńczało.

5. Rozczarowanie

Agnieszka napisała dopiero przed prawosławnym Bożym Narodzeniem. Roman i Ołenka akurat wracali wieczorem ze spaceru i zanurkowali z żółtej, zmęczonej ulicy w ciepłe korytarze klatki schodowej. Kiedy strzepywali przed drzwiami śnieg — on z ubrania, ona z włosów — Roman zauważył kopertę w skrzynce. Wyciągnął ją i przeczytał wiadomość napisaną wyraźnym, okrągłym pismem.

— Najwyraźniej właściciel tu zajrzał, kiedy nas nie było — poinformował Ołenę.

— Skąd wiesz? — zdziwiła się.

— W skrzynce jest kartka od niego. Pisze, że jestem mu potrzebny jutro wieczorem.

— Przecież jutro Boże Narodzenie.

— Wiem. — Roman wzruszył ramionami. — Ale może to katolik. Nie mogę nie pójść.

— Jasne, trudno — zgodziła się Ołena. — A swoją drogą, jak ma na imię ten nasz dobroczyńca?

— Jarosław. — Roman zareagował błyskawicznie, ale po jego twarzy przebiegł grymas, jak gdyby bolał go ząb. Przez tę chwilę, kiedy otwierał kluczem drzwi mieszkania, jego twarz miała wyraz zmęczenia i bezradności.

— Ładnie — uśmiechnęła się do niego Ołena, wchodząc do środka.

Kochanowska przez prawie dwa tygodnie kompletnie nie mogła się pozbierać. Po spotkaniu z Romanem zaczęła mieć bardzo dziwne wrażenie, że to, co mimochodem powie, może się ziścić, i dlatego przez cały ten czas starała się odzywać jak najmniej. Wszyscy ci przypadkowi chłopcy w warszawskich klubach, którzy z sugestywnymi uśmiechami najpierw żeglowali ku niej, już po chwili zwracali uwagę na kogoś innego, bo nie mogli wycisnąć z niej ani słowa. Agnieszka po prostu siedziała, wpatrzona przed siebie w skupieniu popijała drinka i nie reagowała ani na dzwonek komórki, ani na otaczających ją ludzi. Korciło ją, by pogadać z Romanem i zapytać, dlaczego nosi w kieszeni irysy. Te irysy wciąż miała przed oczami, jednego zabrała zresztą z tamtego klubu i teraz nosiła w kieszonce na piersi — jak talizman i amulet.

Agnieszka mogła wezwać go choćby na pięć minut już następnego dnia, ale doświadczenie i dawno zapomniana nieśmiałość przekonały ją, że trzeba poczekać. Czekanie było niewiarygodnie trudne. Kilka razy zachodziła na Ząbkowską, stawała przy bramie starej fabryki wódek, tak aby latarnia nie wydobywała jej z mgły, i patrzyła w okna swojego starego mieszkania. W kuchni prawie zawsze paliło się światło, a od czasu do czasu pojawiała się w oknie sylwetka Romana, który krzątał się przy stole i szafce z kawą i herbatą i często wyglądał na ulicę. Potem wracała do domu i rozgrzewała się pod kołdrą, by zasnąć spokojnym, mocnym snem.

Tak, znów mogła spać. Termos z usypiającą herbatą poszedł w odstawkę i jego miejsce zajęła słodka, radosna umiejętność zasypiania. Co prawda jej zegar biologiczny cokolwiek się poprzestawiał i teraz budziła się między czwartą a piątą, kiedy wszyscy normalni ludzie jeszcze śpią, a kluby są pozamykane, ale były to nieistotne drobiazgi. Kochanowska otwierała oczy i niemal od razu wstawała, a na jej miejsce, jeszcze ciepłe, natychmiast wskakiwał Piłsudski. Stawiając na podłodze bose stopy, szła do kuchni i robiła herbatę. To był prawdziwy rytuał, powtarzany każdego ranka już od sześciu czy siedmiu lat, z wyjątkiem tych dni, kiedy nocowała poza domem.

A odbywało się to tak: Agnieszka, jeszcze zupełnie zaspana, otwierała drzwiczki małej, zrobionej na specjalnie zamówienie szafki i wsłuchiwała się w swój stan wewnętrzny. Na każdy odcień nastroju — lekkość, pobudzenie, pochmurność, radość, niedookreślenie i tak dalej, całe dziesiątki półtonów — miała specjalny rodzaj herbaty. Zamierała na kilka sekund, zamykała oczy, potem określała wreszcie swój nastrój i aż wspinając się na palce od tej świadomości, wyciągnięta jak struna, zdejmowała z półki małą blaszaną puszeczkę z aromatyczną herbatą. Od spotkania z Romanem piła wyłącznie herbatę Guanabana, która miała symbolizować przeczucie. Potem, wybrawszy już rodzaj, zdejmowała z parapetu nieduży czajniczek, przywieziony tu jeszcze ze starego mieszkania, do którego z kolei przywiozła go babcia Agnieszki w latach sześćdziesiątych ze Związku Radzieckiego, kiedy pojechała do Charkowa czy Leningradu — Agnieszka nie pamiętała dokładnie dokąd — na jakąś konferencję naukową. „Swego rodzaju spadek po przodkach" — myślała Kochanowska zawsze, kiedy wsypywała do czajniczka dwie łyżki herbaty i stawiała go na ogniu. Czajnik mieścił w sobie dokładnie półtora kubka, nalewała do pełna, a potem, nie odchodząc na krok, zapalała swojego ulubionego pstrykającego papierosa i obejmując się za ramię drugą ręką, z rozkoszą wydmuchiwała dym. Zapach mentolowego dymu i odgłos przesuwania kuchennych naczyń zwabiał do kuchni śmiesznego, zaspanego Piłsudskiego, który wymownie siadał przed lodówką i patrzył na swoją piękną panią, stojącą przy kuchence tylko w długiej szarej koszulce, ciepłej i miękkiej od nie do końca wywietrzałego snu.

— A coś ty chciał? — na poły żartobliwie, na poły poważnie pytała Agnieszka jedynego mężczyznę, który został z nią na tak długo.

— Miau! — odpowiadał Piłsudski w tonacji a-moll i ostentacyjnie przenosił wzrok z jej odsłoniętych kobiecych ud na drzwi lodówki, oblepione pamiątkowymi magnesami z europejskich miast.

— Aha — kontynuowała Agnieszka — znaczy mam teraz wszystko rzucić i cię nakarmić.

I rzeczywiście, odkładała niedopalonego papierosa na brzeg popielniczki i wyjmowała dla kota jakiś smakołyk. Kocisko mruczało, entuzjastycznie wisząc nad swoją miseczką, woda w czajniku zaczynała wrzeć i Agnieszka nalewała sobie pełny kubek aromatycznej herbaty, a drugi — o połowę mniejszy — też napełniała po brzegi i stawiała przed Piłsudskim.

— Smacznego, mały. — Kot z wdzięcznością patrzył na nią swoimi oczyskami.

Kiedy herbata już wystygła, Piłsudski zawsze wypijał ją do ostatniej kropli. Agnieszka nie mogła sobie przypomnieć nikogo, kto nie zdziwiłby się, że jej kot pije herbatę. „Dobrze, że alkohol odstawił, to trzeba było widzieć" — żartowała zawsze i w taki oto sposób szarobury kot pisarki Kochanowskiej stopniowo wchodził do panteonu miejskich legend warszawskiej Pragi, zajmując tam, tak między nami, wcale niepoślednie miejsce, bo wątpić należy, czy między Białołęką a samymi krańcami Pragi-Południe znalazłby się choćby jeden człowiek, który nigdy w życiu nie słyszał historii o kocie, który rzucił alkohol i pije teraz wyłącznie herbatę. Niejeden mu zazdrościł.

Potem włączała laptopa i próbowała coś pisać. Wychodziło tak sobie, chociaż coś tam jednak wychodziło. Obudowa komputera cała była obklejona żółtymi karteczkami z zanotowanymi pomysłami, które przychodziły Kochanowskiej do głowy i dotyczyły powieści. Codziennie pojawiało się kilka ważnych i nieważnych pytań do Romana, kilka tematów na rozmowę, kilka ciekawych sytuacji i scen, które mogłyby trafić do książki i ją ubarwić. Agnieszka kompletnie nie znała się na miłości, a na pisaniu o miłości tym bardziej, ale eksperyment zaczął jej się podobać i kolejny raz przekonała się, że własnej intuicji może zaufać w stu procentach.

Kiedy nazbierała się masa krytyczna pytań i pomysłów, Agnieszka zwyczajnie poszła na Ząbkowską, poczekała, aż Roman z Ołeną wyjdą pospacerować po Pradze, i weszła po schodach pod drzwi swojego starego mieszkania. W kieszeni miała zapasowy klucz, przez sekundę błysnęła jej pokusa, żeby wejść i popatrzeć co i jak, ale szybko ją zwalczyła, wrzuciła do skrzynki przygotowany zawczasu liścik i wybiegła na ulicę. Pozostało czekać, prawie dobę.

Roman z trudem tę dobę wytrzymał. Wychodząc z klatki, prawie chwycił Agnieszkę w objęcia.

— Co tak długo? — wyrwało mu się zamiast powitania. Sam się po sobie takich słów nie spodziewał.

— Długo? — zdziwiła się Kochanowska. — Przykro mi, mam mnóstwo spraw na głowie, jak tylko znalazłam wolną chwilę, od razu się odezwałam.

Wyglądała surowo i nieprzystępnie, ale w jej oczach błysnęły sprytne, zadowolone chochliki. Taki zwrot wydarzeń bardzo ją ucieszył, znaczy — nie ona jedna taka głupia, żeby dwa tygodnie przesiedzieć, z nikim nie rozmawiając. To, co Roman już zdążył jej dziś powiedzieć, sowicie wynagrodziło jej cały okres milczenia.

— Pięknie dziś wyglądasz, jeszcze ładniej niż poprzednio — stwierdził Roman, kiedy Agnieszka poprowadziła go w dół ulicy. — Bardzo ci w tym do twarzy. — Wskazał zawiązaną na głowie żółtą chustkę. — Trochę staromodnie, ale naprawdę bardzo ładnie.

— Dziękuję, Romanie. No to cóż, po takich komplementach chcę cię, jako uczciwego mężczyznę, zaprowadzić prosto do cerkwi.

— Po co? — Roman aż stanął.

— Jak to po co? No przecież, że do ślubu! — Na widok maski niezrozumienia wypełzającej na jego twarz parsknęła śmiechem. — Ale uspokój się, jaki znowu ślub! Dziś prawosławne Boże Narodzenie. Chcę iść z tobą na nabożeństwo, żebyś mi różne rzeczy wytłumaczył. Ty przecież prawosławny jesteś?

— Tak, prawosławny. — Romana dziwił jej zalotny nastrój. — Ale ja nie uznaję religii. W nosie mam całą tę Cerkiew z jej obrzędami.

— Nie uznajesz?

— Nie, nie uznaję.

— No a w Boga wierzysz?

— Raczej wierzę, niż nie wierzę — wyjaśnił Roman.

— Dobra, wszystko jedno, żyłeś wśród prawosławnych, więc coś musisz wiedzieć. Co dasz radę, wyjaśnisz, czego nie — to nie.

— Ale jak to, tu u was, w kościołach, są prawosławne nabożeństwa?

— Nie gadaj głupstw, Romanie. — Agnieszka ze zdziwieniem uniosła brwi. — Jest prawosławna cerkiew. I o ile dobrze pamiętam, ma całkiem sporo wiernych. Tu, blisko, zaraz dojdziemy.

— W porządku.

Agnieszka, podobnie jak poprzednio, prowadziła go nie ulicami, tylko podwórzami, od czego Roman trochę stracił orientację. Tam, gdzie spodziewał się zobaczyć nowe bloki, nieoczekiwanie wyrastały stare kamienice ze stiukami i karniszami powyżej okien, potem ustępowały miejsca małym skwerkom, a dopiero za nimi wyrastały bloki, wprawdzie tylko na chwilę — Agnieszka znów ciągnęła go w chłodne podwórza, które pamiętały co najmniej cały miniony wiek.

Jedynym punktem odniesienia były dla Romana stłumione dzwonki tramwajów, które dolatywały do nich od czasu do czasu i pozwalały sądzić, że idą niedaleko od głównych praskich ulic, a także klaksony samochodów, które wyraźnie dawały odczuć, że nie przenieśli się do przeszłości, tylko pozostali tam, gdzie byli przed wyruszeniem w tę drogę.

Nagle pojawił się przed nimi prawdziwy plac z pomnikiem jakichś żołnierzy na środku, wokół przemykały samochody i ludzie, a na końcu placu wznosiły się ku niebu, za płotem ośnieżonych, rysowanych kreską drzew, kopuły cerkwi. Mimo całego swojego sceptycyzmu wobec religii Roman nagle poczuł ukłucie w piersi — świątynia przypomniała mu opuszczoną niedawno Ukrainę. Agnieszka zatrzymała się przed przejściem dla pieszych, czekając na zielone światło.

— To tutaj? Jesteśmy na miejscu? — pytał Roman.

— Tak. Cerkiew Świętej Równej Apostołom Marii Magdaleny, obrządku wschodniego.

— A co to za plac?

— Wileński. Główny plac Pragi-Północ.

— I u was na głównym placu stoi cerkiew prawosławna?

— A co w tym dziwnego?

— No, nie wiem. Jakoś nie bardzo sobie umiem wyobrazić, żeby w jakimś ukraińskim mieście, z wyjątkiem galicyjskich, na głównym placu stał kościół. Im bliżej Rosji, tym dalej na peryferiach miast stoją świątynie, które nie należą do patriarchatu moskiewskiego. A w centrum są oczywiście wyłącznie cerkwie prawosławne.

— Serio?

— No tak. W moim rodzinnym mieście kościół katolicki w ogóle stoi na obrzeżach. Nigdy tam nie byłem, ale tak mi się zdaje, że tam w ogóle niewielu ludzi chodzi. Tak myślę. A to jest ten kościół, który się zachował. Bo był jeszcze jeden, w starej części miasta, ale komuniści zburzyli go w latach trzydziestych, a na jego fundamentach postawili łaźnię fabryczną.

— A skąd jesteś? Twoje miasto jest gdzieś blisko Rosji?

— No, nie tak znowu blisko, ale na przykład prawie wszyscy mówią po rosyjsku. Dniepropietrowsk, znasz takie miasto?

— No nazwę słyszałam, ale nic o nim nie wiem. A co, wcześniej było u was dużo katolików? Kościół przecież sam spod ziemi nie wyrósł.

— Mnie się zawsze zdawało, że świątynie wyrastają spod ziemi same z siebie.

— No i?

— Nic nadzwyczajnego. Przed rewolucją w zakładach metalurgicznych było mnóstwo Francuzów i Belgów, to wszystko zostało zbudowane za ich pieniądze. Po rewolucji, rzecz jasna, znacznie ich ubyło i nie miał kto chodzić do katolickiego kościoła.

— Koszmar.

— No tak.

Byli już przy samym wejściu do cerkwi, skąd dobiegały modlitwy. Do środka płynęła rzeka ludzi, wielu młodych, ale i wielu starszych. Romanowi wydało się, że znów jest gdzieś w domu. Kochanowska zauważyła jego uśmiech i spytała:

— Co? Ojczyzna się przypomniała?

— Aha — skinął potakująco Roman. — Chociaż religii nie uznaję i nie lubię, to żeby rodzicom przykrości nie robić, chodziłem z nimi do cerkwi na Boże Narodzenie i Wielkanoc. Taki jakby rodzinny rytuał. To chyba pierwsze Boże Narodzenie, kiedy się z nimi nie spotkam.

Kochanowska, która sama miała kota na punkcie rytuałów, pokiwała głową: no pewnie, jasne, że rozumie. Słońce już prawie zaszło, zapłonęły latarnie, od czego gawrony na drzewach wokół cerkwi wydawały się jeszcze bardziej czarne i straszne. Wkrótce miała pojawić się pierwsza gwiazdka, to znaczy — miało rozpocząć się nabożeństwo. Agnieszka wzięła Romana za rękę i pociągnęła do środka.

W obszernej, wysokiej nawie, pełnej fresków i bogatych zdobień, tłoczyli się ludzie — szpilki nie było gdzie wcisnąć. Roman chciał o coś zapytać, ale Agnieszka szturchnęła go łokciem, jakby dając znak: pogadamy po wyjściu. Przez boczne drzwi wszedł kapłan i zaczęły się nieskończone mantry i klękania.

Roman nigdy nie rozumiał Cerkwi. Odkąd pamięcią sięgał, ani razu nie czuł przekonania, że religia naprawdę jest mostem między ludźmi a jakąś siłą wyższą. Kiedy był mały, po prostu traktował to ze sceptycyzmem, a później, kiedy podrósł, sam zwykł analizować fakty i wydarzenia i wypełniła go głęboka niechęć wobec religii. Zaczęły go drażnić wszystkie te archaiczne rytuały, spasieni kapłani i pokorni jak owce wierni. Ostatecznym argumentem na rzecz odrzucenia Cerkwi stał się dla niego fakt, że kilku ojczulków z okolicznych świątyń w młodości zajmowało jakieś poważne stanowiska w organizacjach komsomolskich, jeden nawet zdążył zostać członkiem partii komunistycznej, a potem agitował na rzecz obecnego prezydenta, na którego widok Romanowi chciało się wyć. A kiedy jeszcze na ich spokojny skwerek koło domu zwieziono ciężarówki i robotników, wycięto drzewa, zerwano asfalt i rozpoczęto na podstawie nie wiadomo czyjego zezwolenia budowę cerkwi, Roman miał już całkowicie jasny obraz tego, co się tam dzieje, i jako jeden z pierwszych wyszedł, żeby protestować, a potem był jednym z aktywnych uczestników demontażu ogrodzenia budowy i bójek z milicją i popami.

Wielebni ojcowie przychodzili do nich, zapobiegliwie zostawiając na parkingu za rogiem swoje bmw i renaulty, i uginając się pod ciężarem świątobliwych kałdunów, dostojnie kroczyli ku protestującym. Na rozebranym placu budowy czekali na nich najeżeni aktywiści.

— Tak, ojcze? — Z podejrzaną łagodnością spoglądali w oczy kapłanom. Ci, nieco oszołomieni uprzejmym powitaniem, wzruszali ramionami.

— Słyszeliśmy, że przyszli jacyś bezbożnicy, nie pozwalają budować cerkwi. Ale coś ja tych grzeszników nie widzę.

— Ojcze, grzech ma dziś inne oblicze niż kiedyś — zjadliwie uśmiechał się Roman. — Niech się ojciec dobrze rozejrzy dookoła.

— Nic tu nie widzę, żadnych hultajów — odpowiadał ojczulek, obróciwszy się niczym ciężka, nieruchawa planeta wokół własnej osi.

— Niech ojciec wielebny pod nogi spojrzy — jeszcze szerzej rozpływał się w uśmiechu Roman, a za jego plecami mieszkańcy okolicznych budynków zaczynali chichotać.

Zdezorientowany ojczulek spoglądał w dół i jego wzrok napotykał wiosenną kałużę, która rozciągała się między nim a protestującymi i która zaczynała się koło czubka jego lewego buta. W wodzie odbijała się zdumiona, gładka twarz, wystający daleko do przodu brzuch i zachmurzone marcowe niebo, w którym, mimo wszelkich starań, ojciec Mykoła nie zdołałby zobaczyć swego bezpośredniego przełożonego, przesłoniętego ciężkimi, nawisającymi chmurami.

— Aaa, ty grzeszniku! Na żarty z wielebnego ojca ci się zebrało?! — Na twarz duchownego wybiegała groźna mina, z oczu zaczynały strzelać przygotowane zawczasu błyskawice, ojczulek wyciągał spod riasy ciężki złoty krzyż i nacierał na Romana.

— Niepotrzebnie się wielebny ojciec tak złości. Tu rosły stare drzewa, był piękny plac zabaw, trawniki do wyprowadzania psów, ławki stały. Gdzie to wszystko? — spytał ojca Mykołę, zataczając ręką krąg.

W ciągu miesiąca skwer przemienił się w śmietnisko, wszystkie karuzele i ławki budowlańcy wyrwali z ziemi od razu pierwszego dnia, zanim ludzie zdążyli dojść do siebie po tym barbarzyńskim ataku, a połowę drzew wycięto nocą, kiedy jeszcze nie zostały zorganizowane nocne warty. Ojciec Mykoła też rozejrzał się wokół i zagrzmiał:

— Taka jest wola Boża! Tu potrzeba świątyni, diabeł wami zawładnął!

— Ojcze, niechże ojciec ochłonie, w naszej dzielnicy są już cztery cerkwie, a szpital tylko jeden. A szpital dla dzieci chociaż jest, to nie działa. Proszę to w wolnej chwili przemyśleć, dobrze? A my już sobie z naszym diabłem jakoś sami damy radę, bez was, w porządku? — Teraz to Roman napierał na duchownego, a ten cofał się, nabierając do butów brudnej wody.

— Żałujcie za grzechy! Grzesznicy! — Ojciec Mykoła już prawie wył, myśląc w panice o tym, że jego wytworne trzewiki marki Berluti można będzie od razu wyrzucić do śmieci po takiej wycieczce na wiosenne bagna. — Komuniści nas przez siedemdziesiąt lat zatruwali i do dziś to przekleństwo z ludzi nie uleciało! — Uciekł się do ostatecznego argumentu, wiedząc, że komunistów nienawidzą wszyscy, włącznie z tymi, którzy na nich głosują.

— Koluchna, cześć pracy! — Pomachał do niego ktoś z tłumu. — Razem byliśmy w starej szkole kierownikami komsomołu! Pamiętasz mnie, brachu?

— Aaaaa! — ryknął zrozpaczony ojczulek.

— A więc ojciec partyjny?! — już całkowicie teatralnie rzucił mu Roman w twarz replikę jak z Ilfa i Pietrowa, a tłum z parteru wprost za jego plecami zaczął śmiać się jak szalony.

Duchy ateistycznej młodości wyrosły przed oczami ojca Mykoły, który — już w kompletnej rozpaczy — odwrócił się o sto osiemdziesiąt stopni i pobiegł do samochodu, a za jego plecami rozległy się radosne i triumfalne okrzyki. Ręce mu drżały, a po głowie tłukła się nieprzyjemna myśl, że trzeba będzie dzisiaj porozmawiać z szefem, przyznać do porażki i prosić o pomoc odpowiedniej ekipy, żeby rozpędzić bezbożników i dokończyć święte dzieło. Jasne, że tych grzeszników prędzej czy później wypchnie się ze skweru, ale to przestój, marnotrawstwo, zerwanie kontraktu budowlanego i prawdopodobieństwo utraty obiecanej kolejnej rangi i zacisznej parafii gdzieś w głębi Matuszki Rosji, gdzie chłopstwo jest zdecydowanie mniej agresywne. „Przeklęte chachły, wybacz, Panie Boże" — pomstował Mykoła, wsiadając do swojego bmw i odpalając silnik. Biało-żółto-czarny proporczyk carskiego imperium kołysał się przed przednią szybą, a we wnętrzu unosił się zapach kadzidła.

Nabożeństwo trwało już kolejną godzinę i gdyby Roman nie zatonął w niekończących się wspomnieniach na temat swoich stosunków z reprezentantami Boga na ziemi, znudziłby się znacznie szybciej. Ale przed jego oczami przepływały twarze znajomych nadętych popów, groźne i sprytne, przepływały sylwetki wiernych, którzy długimi karawanami ciągnęli do cerkwi w świąteczne dni, zwożąc samochodami i kraciastymi torbami na kółkach swoje skarby, by ojczulek pokropił je wodą, pełni wiary, że to uratuje ich przed diabłem. Od czasu do czasu zbierało mu się na śmiech i z trudem się powstrzymywał, nie chcąc zbezcześcić nim sklepienia świątyni podczas nabożeństwa na cześć narodzin Syna Bożego.

Agnieszka znudziła się pierwsza. Roman znów zatonął w jakichś wspomnieniach, ale poczuł, że ktoś siłą go z nich wyciąga, dotykając paznokciami jego nadgarstka. Kochanowska wczepiła mu się w rękę i wywlokła przez tłum prawosławnych Polaków na ulicę. Tłum był dość gęsty, dopiero za placem Wileńskim przestali trącać cudze ramiona. Tam Kochanowska zapaliła i spokojnie ruszyła ulicą. Roman posłusznie szedł w ślad za nią. Sądząc z kierunku, szli znowu do tego samego baru co poprzednio. Ale już na następnym rogu Agnieszka nagle skręciła w prawo, zanurkowała w bramę, ale równie nagle stanęła, rozejrzała się i złapawszy Romana za rękę, błyskawicznie wciągnęła go w niskie drzwi w murze, niczym się niewyróżniające i zniszczone.

Schody najpierw prowadziły w dół, potem w górę. Po niecałej minucie wynurzyli się z korytarza na mały, otoczony ze wszystkich stron ceglanymi murami, kwadratowy placyk. Było tu cicho i jasno od śniegu. Gdzieś nad nimi, na wysokości kilku pięter, przebijało słabe żółte światło, najwyraźniej z okien, ale samego domu nie było widać. W odległym kącie stała stara, zasypana śniegiem karuzela, która zajmowała prawie ćwiartkę tego kwadratu, w szczerbach muru siedziały gołębie. Gdzieś w górze otworzył się lufcik i donośnie zabrzmiała smętna muzyka.

— Ale postrockowo — wyrwało się Romanowi. Usiłował nie dziwić się coraz dziwniejszym miejscom, do których prowadziła go Kochanowska, ale nie bardzo mu to wychodziło.

— Co? — nie zrozumiała. — Co to jest postrock?

— Nieważne. Co to za dziwne miejsce? — spytał.

— Miejscowi mówią na to „worek". Praga to bardzo stara dzielnica, kiedyś nawet była osobnym miastem, podczas niemieckiej okupacji nie ucierpiała tak bardzo, jak historyczna część Warszawy, ta w centrum, no i w związku z tym jest tu stosunkowo dużo wiekowych budynków. A my teraz jesteśmy wśród pozostałości po starym placu zabaw.

— Widzę. — Roman zerknął na zaniedbaną karuzelę.

— A za komuny był tu jeszcze jeden dom, zawalił się i na środku placu zabaw zbudowali mur, coś jakby oporowy, i tyle. A okna klatek schodowych, które wcześniej wychodziły na tę stronę, też zamurowali. Od tej pory ten kawałek podwórza jest po prostu zapomniany. Niezliczoną ilość razy tu byłam i nigdy nikogo nie widziałam, tak samo jak śladów po czyichś wizytach.

— Dziwne.

— Tak, dziwne. Taki sobie architektoniczny apendyks. Tu jest tylko jedno wejście — przez drzwi, które wszyscy uważają za opuszczone i zamknięte na głucho.

— Czyli z wyjściem jest tak samo.

— Łapiesz w lot — uśmiechnęła się do niego Kochanowska.

— No i co dalej? — zmieszał się od jej uśmiechu Roman. — Co my tu mamy robić?

— A, postoimy, porozmawiamy trochę, potem pójdziesz do swojej Ołenki. — Roman wyraźnie usłyszał w jej głosie jakąś nutkę niezadowolenia, ale puścił to mimo uszu.

— Więc o co chciałaś mnie zapytać?

— Tak w ogóle to miałam nadzieję, że orientujesz się w tym, co tam się dzieje, bo dla mnie prawosławne nabożeństwo to kompletna zagadka.

— No, trochę się orientuję, może w czymś pomogę. — Roman rozłożył ręce. — Czekaj, a ty chcesz zrozumieć tajemnice nabożeństwa według obrządku wschodniego?

— No, coś w tym rodzaju — zmieszała się Agnieszka.

— A po co ci to?

— Widzisz, pomyślałam, że skoro piszę książkę o kimś takim jak ty, powinnam wiedzieć o tobie, i w ogóle o Ukraińcach, jak najwięcej. Niezależnie od tego, jaki ty sam masz stosunek do wiary, nie zaprzeczysz, że jest ważnym elementem świata wewnętrznego! Słyszałam, że Ukraińcy są bardzo wierzący.

— Tak, zgoda. Chociaż zwracam ci uwagę, że według mnie religia nie ma nic wspólnego z wiarą.

— Ale jak to: „nic wspólnego"? Chodzi o Boga, nie przeginaj!

— Nie, to tylko otoczka. O Boga chodzi wtedy, kiedy mówimy o wierze. Jeśli mówimy o religii, chodzi o władzę nad rozumem. Ot, i cała różnica.

— Okej. Chciałam cię zapytać o sam przebieg nabożeństwa. Co to był za język, ten, w którym sprawowano liturgię? Ani słowa nie mogłam zrozumieć, wydaje mi się, że inni tak samo.

— To starosłowiański. Stary język, tysiącletni.

— I on służy do modlitwy? Dlaczego nie współczesny, jaki komu wygodniej?

— A u was msze nie są po łacinie?

— Może gdzieś są, ale ja bywam tylko na takich po polsku.

— No, może cerkiew prawosławna zezwala na nabożeństwa w językach narodowych, zwłaszcza ukraińska. Ale to nie jest bardzo rozpowszechnione, o ile wiem, większość posługuje się nadal martwym starosłowiańskim.

— Aha, jasne. Ale na czym w takim razie polega sens chodzenia do cerkwi z punktu widzenia wiernych? Nie powtarzają modlitw za kapłanem, bo modlitwy są wygłaszane w nieznanym im języku, wierni nie biorą żadnego udziału w nabożeństwie, nic w tym rodzaju. Tylko odpowiadają „amen", robią znak krzyża i kłaniają się. Albo klęczą przez kilka godzin z rzędu — tak to właśnie widziałam.

— Agnieszko, Agnieszko... — Roman podniósł głos, od czego gołębie obudziły się i wystrzeliły w górę ze swoich miejsc niczym szrapnele z lufy armatniej. — To nie żaden demokratyczny katolicyzm, to dyktatura prawosławnej Cerkwi, która żąda tylko pokory, niczego więcej. Im nie chodzi o to, żeby wierni ich rozumieli. Tak nawet lepiej — ślepa ufność czy pokora, jak kto woli. Wtedy pytań też nie będą zadawać. Patrzą na ojczulka, słuchają go, powtarzają za nim ruchy i „ameny", są pozbawieni głosu i posłuszni — na tym polega ich szczególna wartość dla cerkiewnych funkcjonariuszy. Tak to właśnie widzę, bo jestem Cerkwią głęboko rozczarowany. Rozumiesz, o czym mówię?

Kochanowska, słuchając Romana, odsunęła się od niego o krok, jakby w obawie przed piorunem, który zaraz uderzy w niego z nieba i o nią także zahaczy. Jako porządna katoliczka uważała, że takie słowa to gwarantowany abonament do piekła, niezależnie od tego, kim się jest i co się przez całe życie robiło. Długo i uparcie uczono ją nie grzeszyć, później zrozumiała, że grzeszyć jednak można, byle się w porę pokajać. A on, proszę: stoi, szkaluje imię Boże i nic mu się złego nie przytrafia, przeciwnie — rozpala się coraz bardziej, jest przejęty i piękny, w oczach pojawił się zapał, a w gestach siła przekonywania.

— Bardzo ci do twarzy z takim zapałem, Romanie! — powiedziała, korzystając z pauzy w jego przemowie, co wybiło go z rytmu, słowa natychmiast zwiędły i stwardniały, przestały dziarsko uderzać w otaczające ich mury i wzlatywać ku nieskończonemu warszawskiemu niebu.

— Co? — tylko tyle zdołał odpowiedzieć.

— Mówię, że zupełnie się zmieniasz, kiedy mówisz o czymś, co cię interesuje, masz tyle zapału — wyjaśniła Agnieszka.

Jeszcze nigdy nie widziała, żeby był tak przystojny jak w tej chwili, kiedy mówił o sprawach naprawdę mu nieobojętnych, tkwiących w jego wnętrzu jak drzazga, której nie da się wyciągnąć.

Zapadła cisza, w której słychać było tylko muzykę z góry i skwierczenie kolejnego papierosa Kochanowskiej.

— Ale wierzysz w jakąś siłę wyższą, prawda? — drążyła temat Agnieszka.

— Tak, wierzę. Ale jestem głęboko przekonany, że każdy człowiek ma swoją własną drogę do Boga i musi ją przejść bez kopniaków czy szturchańców duchownych. A już na pewno bez cerkiewnej obroży i smyczy. To, co dzisiaj widziałaś, nazywa się niewolnictwo. Katolicyzm, o ile wiem, już od dawna tego nie narzuca, a prawosławie ostatnio wręcz zmusza człowieka, żeby wierzył w pośrednictwo Cerkwi między ludźmi a Bogiem, w dodatku za własne zdanie na temat sensowności tego pośrednictwa można mieć zupełnie prawdziwe problemy, które mają niewiele wspólnego z dyskusją na temat wiary. W naszym kraju to w ogóle dość powszechny sposób rozstrzygania różnych kwestii. To się nazywa „dobrowolny przymus".

— „Dobrowolny przymus"?

— Tak.

— W języku terminów literackich — oksymoron. Kiedy w jednym określeniu dla efektu artystycznego połączone zostaną zjawiska niemożliwe do połączenia.

— Mhm, na przykład gorący śnieg?

— Tak, ten przykład wszystkim jako pierwszy przychodzi do głowy, kiedy mowa o oksymoronach. Ale są znacznie bardziej wyrafinowane i interesujące. Łagodny zabójca, wczorajsze jutro i tak dalej.

— W porządku, rozumiem. Ciekawe. No właśnie, u nas większość kwestii rozstrzygana jest właśnie w taki sposób, przez dobrowolny przymus. To znaczy: proponuje ci się z góry ustalone warunki, a ty wybierasz, czy podporządkujesz się im dobrowolnie, czy pod przymusem.

— Czyli tak naprawdę wybieram nie warunki, tylko sposób, w jaki wcześniej czy później je przyjmę? — powoli doprecyzowała Agnieszka.

— Dokładnie! Lepiej nie da się tego ująć!

Roman otwarcie ucieszył się z tak trafnego sformułowania i nawet po dziecięcemu klasnął w dłonie. Krótkie, donośne dźwięki niczym wystrzały uniosły się w powietrze i rozpłynęły w niebie.

— No i osobna sprawa, że struktury cerkiewne i państwowe zawierają umowy i zostają partnerami biznesowymi. Zaczynają wspólnie wyciskać z ludzi pieniądze i resztki buntu.

— No, od początków historii ludzkości nie było żadnego państwa, które nie miałoby poparcia Kościoła. A Kościół też pod wieloma względami zależy od państwa.

— Tak, to prawda. Ale normalne kraje jakoś łapią równowagę, znajdują kompromisy i w efekcie ludzie żyją normalnie i spokojnie. Kościół sam w sobie nie jest straszny, prawda? No, anatemą mogą obłożyć, zgoda. Ale nie ma żadnej gwarancji, że istnieje życie pozagrobowe. Więc obłożony anatemą człowiek je, podróżuje i kocha się z taką samą łatwością, jak bez niej. To już kwestia osobistego sumienia i niczego więcej.

Państwo też. Żeby zostać ukaranym na mocy prawa, trzeba zrobić coś, co wykracza poza powszechnie przyjęty system wartości. Chuligaństwo, kradzież, zabójstwo, oszustwo. Ale kiedy do tego cyrku z wyklinaniem w imię Boże dołącza aparat państwowy ze swoim kodeksem karnym, systemem penitencjarnym i przekupionymi mediami, to każde słowo na temat tego, że ktoś przegina pałę, robi z ciebie nie wroga dalekiego i abstrakcyjnego Boga, tylko osobistego wroga rządu tego państwa. I fakt, że w danym przypadku konstytucja gwarantuje wolność słowa i sumienia, traci znaczenie, bo Cerkiew bierze udział w podziale pieniędzy, a te dwa nadzwyczaj ważne punkty zostają zapomniane tak, jakby nigdy nie istniały. A to już śmierdzi inkwizycją, nieprawdaż?

— Ale zaraz, w Ukrainie jest aż tak źle? — Przestraszona Kochanowska patrzyła na wzburzonego Romana. — Nie zauważyłam tego, kiedy mieszkałam we Lwowie.

— W Ukrainie, moim zdaniem, da się wytrzymać. Ale mamy wspaniałego sąsiada, który wszystko do nas uparcie eksportuje, poczynając od cukierków, a kończąc na poglądach na temat stosunków z Bogiem.

Kochanowska, na znak prawdziwie braterskiej miłości wobec wzmiankowanego sąsiada, pochmurnie skinęła głową i pytająco spojrzała na Romana.

— I co teraz? Co będzie dalej?

— A skąd mogę wiedzieć? Jestem nikim, jestem zwykłym uciekinierem, do tego marnym, skoro w pół drogi pogubiłem cały dobytek. Ale mam nadzieję, że ten eksport wkrótce się skończy. Moim zdaniem Ukraina ma z tego więcej szkody niż korzyści. A jeśli nie, to za jakieś dziesięć lat w Ukrainie znów będą zamykać za najmniejszy nawet przejaw niepokorności, a nie za tańce na ołtarzu. Każdy przecież wie, że władza wykonawcza w kolonii zawsze jest głupsza i bardziej okrutna niż w centrum.

— Naprawdę?

— A co, nie zauważyłaś? To się nazywa „syndrom dozorcy". Pokazuje, że nawet drobna władza rzadko zmienia człowieka na lepsze.

— Hm, ciekawe. Muszę o tym w wolnej chwili poczytać.

Agnieszka wyciągnęła z torby notes i zapisała, żeby nie zapomnieć.

— Ale czekaj... mówiłeś o tańcach na ołtarzu. To *à propos* tych idiotek, które urządziły cyrk w cerkwi w Moskwie? Widziałam na YouTube, koszmar!

— Tak, o nich też. Jak dla mnie, ich największy grzech polega na tym, że nie umieją ani tańczyć, ani śpiewać, ani grać na gitarach. Rzeczywiście koszmarnie to robią, zgoda. Chociaż to punki, czego można od nich wymagać? Ale ich geniusz polega na tym, że nawet z tak minimalną bazą pokazały światu, że Bóg, o którym tak uparcie trąbi Cerkiew prawosławna, żyje zupełnie nie po chrześcijańsku. Nie wie, co to przebaczenie, jest pozbawiony samokrytycyzmu, a brak samokrytycyzmu to cecha tych, którym daleko do pewności siebie. W dodatku jest niecierpliwy i pełen kompleksów i wbrew moralności chrześcijańskiej nie nadstawia drugiego policzka, tylko obala na ziemię każdego, kto powie mu choć słowo wbrew scenariuszowi, i dobija go młotkiem sędziego.

— Jakoś strasznie to wszystko mroczne u ciebie, a w dodatku jednostronne.

— Nie bardziej jednostronne niż twoje opowieści sprzed dwóch tygodni o miłości, którą można przedstawić w formie prostych wykresów, nieprawdaż?

— Przecież mówiłam o tym, jak ja rozumiem miłość! — wykrzyknęła Polka.

— No a ja o tym, co sam myślę o Cerkwi.

— A co powiesz na to: napluły na wiarę!

— Nie! W tamtej piosence nie ma ani jednego złego słowa o wierze! Napluły na Cerkiew, która wyciska z ludzi pieniądze! Na religię, która ich otumania!

— Czyli te głuptaski chciały prostym ludziom otworzyć oczy, a ludzie na nie pluli?

— Coś w tym rodzaju. I wierz mi, liczba tych, którzy na nie pluli, jak na razie jest mniej więcej równa liczbie tych, którzy pomagali im się powycierać. Ale tu znów dochodzimy do interwencji państwa. Wiece poparcia dla dziewczyn rozpędzały nie zastępy kościelnych, tylko żołnierze z oddziałów specjalnych. Nie do piwnic cerkiewnych, pełnych wina i złota, wrzucano tych ludzi, żeby odsiadywali kary administracyjne, tylko do prawdziwych państwowych więzień.

— No, może i masz trochę racji... — Kochanowskiej wreszcie znudziła się kłótnia z Romanem.

— Ci, którzy mówią prawdę, Agnieszko, rzadko są rozumiani przez przeciętnych ludzi, zwłaszcza jeśli rzeczywistość jest kształtowana przez nieustanne i dobrze obmyślone kłamstwa, a prawda zostaje wyrażona w tak ostrej formie. Chrześcijaństwo od tego się właśnie zaczynało, od prześladowań i napadów na tych, którzy nieśli prawdę i światło, nie tak to było? Może to nowy pierścień spirali, jakiś początek oczyszczenia. Taką mam nadzieję.

— Aha — ożywiła się Agnieszka. — Nie jesteś przeciwko religii! Nie podoba ci się stan, do którego wyewoluowała! No, w przypadku chrześcijaństwa przez dwa tysiące lat.

Roman podniósł na nią wzrok i zamyślił się, dobierając słowa. Wysoko nad nimi zamarło ciemne niebo, gołębie wróciły do ceglanego worka. Usadowiły się teraz na szkielecie karuzeli i gruchały w pustkę przed sobą, od czego przez powietrze przetaczały się, odbijając od murów, drobne, wibrujące fale. Agnieszka chudymi palcami przebierała w kieszeni irysy i monety, dorzucając do mistycznego tła dźwiękowego nuty codzienne i łatwo rozpoznawalne. Roman poprosił ją o papierosa i na jej zdziwione spojrzenie odpowiedział, że przecież trudno nie zapalić w tak przedziwnym miejscu.

— Czyli jednak palisz? — zapytała Kochanowska.

— Wiesz, czy ja wiem. — Roman zaciągał się z wyraźnym zadowoleniem, mrużył oczy tak, że Agnieszka nawet przez moment pomyślała o swoim Piłsudskim. — Tak w ogóle to nie palę, ale czasem mogę wypalić papierosa albo nawet całą paczkę, albo przez kilka miesięcy palić, a potem przestać. Ja nie wpadam w nałogi.

— Oj, trochę ci zazdroszczę. Ja z kolei nie mogę rzucić, chociaż ostatnio palę znacznie mniej, najwyżej dziesięć dziennie, a czasem nawet nie tyle. — Wzruszyła ramionami i też wyciągnęła jednego dla siebie, lekkim, nieuchwytnym ruchem wyjęła Romanowi z ust jego papierosa i odpaliła od niego, zanurzając się w lekkiej, siwej chmurce.

— Nie rzucaj tak całkiem, dobrze? — Roman wziął od niej na powrót swojego papierosa, przez krótką chwilę przypadkowo dotknąwszy jej ciepłych, ruchliwych palców.

— Dlaczego? — zainteresowała się Kochanowska, odnotowując ten dotyk jak coś oczekiwanego i pożądanego, przypadkowego, ale o słodkim posmaku.

— Nie sądziłem, że kiedykolwiek to w ogóle powiem, tym bardziej kobiecie, ale palenie bardzo do ciebie pasuje. Palisz tak apetycznie, że aż się samemu chce zapalić. Miałem kiedyś znajomego, który na bank powiedziałby, że o tym, jak palisz, trzeba by zrobić film krótkometrażowy.

— Romanie... — westchnęła tylko Agnieszka, niespodziewanie pochyliła się ku niemu i wtuliła twarz w jego ramię, łowiąc zapachy i myśli, czując nawet przez sweter i kurtkę, jak pulsuje jego żyła nad obojczykiem.

— Hej, Agnieszko, co z tobą? — Roman uśmiechnął się w odpowiedzi na ten przejaw emocji i zamarł bez ruchu, żeby jej w tym przytulaniu było jak najwygodniej. Gołębie na karuzeli też zamilkły i wlepiły w nich wzrok. — Co tam? Wszystko w porządku? — spytał, dotykając jej ramienia.

— O tak, wszystko w najlepszym porządku — odpowiedziała Agnieszka, ponownie się prostując i patrząc mu w twarz. — Ogromnie mnie wzruszyłeś. Bardzo silnie i kompletnie z zaskoczenia. A mnie naprawdę trudno wzruszyć.

— Mnie też niełatwo — uśmiechnął się ze zrozumieniem. — Jesteśmy z pokolenia cyników.

— Jacy znów z nas cynicy? Jeden wierzy w miłość, druga w Boga.

— Bóg jest miłością — powiedział Roman gdzieś ponad jej uchem. — Gdzieś kiedyś słyszałem takie zdanie. Bardzo mi się spodobało, chociaż jednego z jego elementów nie rozumiem i nie lubię.

— To musi być z Biblii, też je pamiętam.

— W porządku, może być z Biblii.

— Ale mniejsza z tym. — Kochanowska wróciła do swojego nieoczekiwanego wzruszenia. — Prawie mnie z nóg ścięło. A w dodatku był to najpiękniejszy komplement, jaki słyszałam.

— Serio? — zdziwił się Roman. — A co w nim znów takiego pięknego?

— To, że dotyczy mojego nałogu. O nałogach rzadko się wspomina w komplementach, możesz mi wierzyć.

— Wierzę.

— Więc? — Kochanowska patrzyła teraz na niego wyczekująco.

— Co?

— No, twój znajomy nakręciłby krótki metraż. A ty? Coś byś chciał?

— Na razie chciałbym cię poczęstować dobrą herbatą. Wydaje mi się, że zaczynasz marznąć. — Roman wziął ją za rękę i zauważył, że palce, które jeszcze kilka minut temu były ciepłe, teraz zlodowaciały. — Nie masz rękawiczek?

— Nie mam.

— Weź moje. — Agnieszka nawet się nie spostrzegła, jak Roman naciągnął na jej nieposłuszne, zesztywniałe palce swoje rękawiczki i uśmiechnął się, że wcale się nie wyrywa. — Dalej, pani Kochanowska, proszę mnie zaprowadzić do najbliższego miejsca, w którym można się napić herbaty. — W wąskim ceglanym worku rozeszło się to echem jak rozkaz.

— Nie spieszysz się do mieszkania? — zapytała Agnieszka, spuszczając wzrok.

— W porządku, chodźmy stąd.

— Czekaj, muszę pomyśleć, gdzie tu w okolicy jest coś przyjemnego.

I za moment znów byli w zwykłym świecie, nieobwarowanym żadnymi murami, z niebem bezgranicznym, mroźnym. Kochanowska szła teraz po ulicy wolniej, Roman był tuż przy niej, czasem spoglądając na jej uśmiechnięty profil w świetle praskiej iluminacji ulicznej.

— Czemu się uśmiechasz? — nie wytrzymał w końcu.

— Bardzo troskliwy z ciebie chłopiec. Nikt mi jeszcze nie oddał swoich rękawiczek. To naprawdę miłe — odpowiedziała Agnieszka, próbując dostosować się do rytmu jego kroków.

— Może.

— A do tego bardzo zgrabnie zmieniłeś temat, który nagle stał się dla ciebie niewygodny — ciągnęła.

— Czyli który?

— Że nie jesteś przeciwko religii jako takiej, tylko nie podoba ci się, co się stało z prawosławiem.

— Nic podobnego! Nie zmieniłem! — zaprotestował Roman. — Masz zupełną rację, dla mnie cały problem polega na tym, co się w efekcie stało z piękną i dobrą niegdyś ideą związku między Bogiem a człowiekiem, i na tym, że pośrednicy zaczęli za dużo brać na siebie.

— Dobra, dziś już o tym ani słowa! — cicho zaśmiała się Agnieszka, chowając twarz w szaliku. — Jesteśmy na miejscu — powiedziała nagle, wskazując wejście do jakiegoś lokalu.

— W porządku, chodźmy — otworzył przed nią drzwi Roman.

Było to bardzo przytulne miejsce z zaledwie kilkoma starymi, masywnymi, ale przeznaczonymi dla dwóch osób stolikami, gdzie z głośników rozlegała się przyjemna muzyka, a z sufitu lało się spokojne, przytłumione światło.

— Tym razem bez piwa, dobrze? — poprosił Roman.

— Dobrze — uśmiechnęła się Kochanowska, przeglądając krótkie menu. — Tylko herbata, tym bardziej że to chyba jedyne miejsce w tej części Warszawy, gdzie nie ma alkoholu.

— O, wspaniale. — Roman swobodniej usiadł na krześle. — Zamów dla mnie, proszę, zwykłą herbatę, ale bardzo mocną i słodką. I z cytryną.

Agnieszka skinęła i zagłębiła się w lekturze menu. Roman obserwował ją, patrzył na nią uważnie i nawet zachłannie, na zapas, wiedząc, że minie kilka godzin, a może i mniej, i znów się rozstaną, i nie wiadomo, kiedy zobaczą się po raz kolejny. Chłonął jak gąbka każdą z tych chwil wypełnionych spokojem i zwykłym życiem — tym, czego już od dawna nie czuł przy Ołenie. Mimo wszystkich uczuć i wzajemnych stosunków, mimo całego wsparcia i zrozumienia, każda ich wspólna minuta niosła w sobie piętno niepełnosprawności. Roman, rzecz jasna, dawno już się do tego przyzwyczaił, ale przyzwyczajenie jedynie stłumiło ból i żal, i teraz, kiedy wydostawały się one na zewnątrz, jeszcze trudniej było to wytrzymać. Złapał się na tym, że od bardzo dawna nie spędzał czasu z normalną, zdrową kobietą, po prostu unikał ich, w zarodku ucinając flirty koleżanek z pracy i przypadkowych znajomych z dużych firm. Unikał, podświadomie zdając sobie sprawę, że kiedy stanie twarzą w twarz z kimś, kto promieniuje siłą życiową, powrót do cichego mieszkanka z Ołeną, której jest wszystko jedno, czy w domu pali się światło, czy nie, będzie trudny.

A tu proszę, cudaczna Agnieszka Kochanowska, niesamowity zbieg okoliczności — i w życie Romana wdarło się, bezpardonowo i obcesowo, to, czego unikał przez długie lata, świadomie budując całe chińskie mury zasad moralnych i etycznych zobowiązań w nadziei, że będą broniły ich wspólnego z Oleną szczęścia, póki wytrzymają. Sytuacja mogła okazać się dla ich związku niebezpieczna, ale wyraźnie czerpał z tego przyjemność i ogólnie miał wszystko pod kontrolą.

Agnieszka, udając, że studiuje menu, też myślała o kontroli. I nawet nie tyle myślała, ile zapewniała samą siebie, że wszystko trzyma w garści, że wszystko w porządku i że drży z zimna. A było wręcz odwrotnie! Prawdziwa, paląca namiętność, a nie tępe pożądanie, namiętność, której już od dawna nie słyszała w męskich głosach, troska, której niewiele w życiu doświadczała, niełądnie sobie z niej zażartowały i zamiast wdzięczności jej myśli wypełniało coś zupełnie innego. Drżała z podniecenia i żadna herbata by tu nie pomogła, przeciwnie — wrażliwej na smaki i zapachy Agnieszce od filiżanki herbaty w obecności Romana miód wypełniłby podbrzusze. Dlatego tak długo przeglądała cienką broszurkę, szeleściła kartkami, studiowała okładkę i składniki każdego z proponowanych w menu napojów — w nadziei, że słodka, niepokojąca fala zaraz opadnie, rozpłynie się w powietrzu i będzie można naprawdę napić się herbaty z ciasteczkiem i po prostu pogadać, bez obawy, że lada chwila pożądanie rozerwie ją na strzępy. Ale fala nie opadała, wręcz utkwiła jej w gardle i zastygła tam kamieniem, nie pozwalając normalnie oddychać. Rękawiczki Romana leżały na jej udach i raziły prądem.

— Dobra, wybrałam — odetchnęła Agnieszka, zrozumiawszy, że nie ma po co tego odkładać. Dała znak dziewczynie za barem i złożyła zamówienie.

— Już cieplej? — spytał Roman i od jego troskliwego tonu Agnieszce natychmiast zrobiło się gorąco.

— Tak, tak, dziękuję. Już dużo lepiej. — Zaczęła grzebać w torebce, ignorując jego prawą rękę, która sekundę wcześniej znalazła się przed nią na blacie stołu, dłonią do góry, jakby zapraszając do dotknięcia. Dłoń przez kilka sekund leżała nieruchomo, a potem, kiedy nie doczekała się dotyku, zwinęła się w pięść i po skosie odsunęła na skraj stołu.

— Jak ci idzie pisanie książki? — znów spytał Roman.

— Książki? — Kochanowska podniosła wzrok. — W sumie to tak sobie, ale o wiele lepiej niż przedtem, choćby dlatego, że w ogóle idzie do przodu.

— Wybrałaś fabułę?

— No, tak jakby. Wzięłam na warsztat jeden z tych schematów, za które mnie poprzednio tak niełądnie potraktowałeś.

— Wybacz — zmieszał się Roman. — Poważnie, nie wiem, co mnie wtedy ugryzło.

— Daj już spokój. W porządku.

— No i jak to będzie wyglądać? — zapytał.

— Już ci mówiłam. Zrobiłam szkielet historii i teraz nawijam na niego, jak nitki, dialogi, opisy, opowiadam różne ciekawostki z życia bohaterów. Nigdy nie pisałam romantycznych historii, bo mi się takie nie przydarzały, więc nie wiem, czy dobrze to robię. Dużo biorę z własnego doświadczenia, więc można powiedzieć, że w każdym z bohaterów jest sporo mnie samej. Coś w rodzaju zapisu rozdwojenia czy nawet roztrojenia, skoro już mowa o trójce głównych bohaterów, cech charakteru jednej osoby.

— Czyli wychodzi na to, że piszesz o sobie?

— No, nie powiedziałabym. Po prostu bardzo szeroko wykorzystuję to, co przeżyłam przez moje trzydzieści lat z hakiem, a zwłaszcza przez ostatnią, najbardziej burzliwą dekadę.

— Tak piszą wszyscy pisarze?

— Nie — odparła żartem Agnieszka. — Wszyscy pisarze piją alkohol i podrywają kobiety albo mężczyzn, co kto lubi, i w przerwach piszą o tym książkę.

— To w takim razie cała literatura byłaby taka sama.

— Bo jest. Od śmierci Pavicia, moim zdaniem.

— Kto to taki?

— Autor. Serb. Milorad Pavić. Jeden z moich ulubionych pisarzy. Ciekawy i różnorodny.

— I od śmierci tego autora cała literatura zrobiła się taka sama? Kiedy zmarł?

— Trzy lata temu.

— To nie za krótko, żeby wyciągać takie kategoryczne wnioski? — zdziwił się Roman.

— Widzisz, Romanie, gdybyś był pisarzem, czytelnikiem albo literaturoznawcą, od razu doceniłbyś własny żart ze śmierci autora Pavicia — uśmiechnęła się Kochanowska. — Ale tak się składa, że nie jesteś ani pierwszym, ani trzecim, tylko drugim, i to niezbyt oczytanym. I bardzo mnie to cieszy, od dawna miałam ochotę pogadać z normalnym, zdrowym człowiekiem, który nie ma fioła na punkcie książek i wszystkiego, co z nimi związane. A wracając do twojego pytania... pisarze umierają wcześniej niż zwykli ludzie. Na grobach należałoby wypisywać im datę ostatniego utworu. W przypadku Pavicia to będzie rok 2009. Jeśli ta książka, nad którą teraz pracuję, okaże się moją ostatnią, to nawet gdybym przeżyła jeszcze sto lat, na moim nagrobku śmiało można by umieścić rok 2013.

— Ciekawe spojrzenie.

— I bardzo wyważone, wierz mi. Jeśli pisarz nazywa siebie pisarzem i pragnie podtrzymać swoją renomę, zaciera siebie jako człowieka, przestaje istnieć poza własnym tekstem i wnioskować na temat tego, czy żyje, można tylko, wypatrując jego nowych książek.

— Ciekawe, serio.

Herbata wciąż stała przed nimi nietknięta. Agnieszka opowiadała Romanowi o bardzo egzotycznych dla niego rzeczach, ale słuchał uważnie, szczerze starając się zrozumieć, bo czuł wyraźnie, że chodzi o coś ogromnie dla niej ważnego. W tym momencie pożałował nawet, że przestał w ogóle czytać, odkąd poznał Ołenę. Jasne, nie miał do tego głowy wśród zmartwień trudnej codzienności. Ale ta przepaść, którą zobaczył teraz między oczytanym, mądrym człowiekiem, jakim była polska pisarka Agnieszka Kochanowska i za jakiego zawsze uważał też samego siebie, a prawdziwym sobą, była wprost obezwładniająca. Romanowi nagle zrobiło się wstyd swojej niewiedzy, bo przecież Kochanowska, jak twierdziła, mówiła o rzeczach powszechnie znanych, a on ni diabła nie nadążał. Czuł się coraz bardziej głupio, jak wywołany do tablicy uczniak, który nie odrobił lekcji. Tamtego wieczora, siedząc z Polką przy herbacie i długich rozmowach, Roman postanowił, że trzeba zacząć nadrabiać zaległości. Czytać, rozmawiać o lekturach. Najbardziej chciał przeczytać książki Agnieszki Kochanowskiej. Nawet więcej, chciał, żeby napisała tę bieżącą książkę, i nie tylko tę, ale jeszcze mnóstwo innych, bo kiedy o tym mówiła, zdawała się Romanowi tak przejęta, że jasno i wyraźnie czuł: Kochanowska już nie istnieje poza własnym tekstem — chociaż jeszcze nie do końca rozumiał to stwierdzenie. Herbata stygła, a powietrze między nimi robiło się coraz cieplejsze i bardziej przyjazne. Agnieszka już nie ignorowała jego rąk, kiedy kładł je na stole dłońmi do góry, tylko delikatnie dotykała linii życia i serca opuszkami palców, gładziła je i umierała z podniecenia, ale już nauczyła się przy tym oddychać i nie podskakiwać od każdego dotknięcia jak od uderzenia prądem. Roman patrzył na nią spokojnie i z prawdziwym zainteresowaniem, proponując swoją dłoń jej dotykowi z godnością, szacunkiem i męską pewnością siebie, co nakręcało Agnieszkę jeszcze bardziej.

Przesiedzieli tak kilka godzin, rozmawiając i wymieniając spojrzenia, dotykając się i słuchając siebie nawzajem, zdążyli obgadać mnóstwo tematów i znacznie bardziej się do siebie zbliżyć, aż wreszcie ich rozmowę przerwała młoda kelnerka — dotknęła ramienia Romana, od czego Agnieszkę przeszedł dreszcz, a w jej oczach pojawił się drapieżny błysk.

— Przepraszam, zamykamy — powiedziała, a Roman i Agnieszka wymienili zdziwione spojrzenia.

— Nieźle — gwizdnął Roman, podnosząc w końcu herbatę, która wystygła dobre kilka godzin temu.

— Dziękujemy. Zaraz wyjdziemy — wycedziła przez zęby Kochanowska do kelnerki, z trudem powstrzymując wściekłość, która zresztą zgasła natychmiast, gdy tylko dziewczyna o krok odsunęła się od Romana.

Szybko dopili zimną herbatę, zabrali ciasteczka i wyszli na ulicę. Była głęboka noc.

— Nie miałem pojęcia, że to już tak późno — powiedział Roman, słuchając odległego zegara wybijającego pierwszą.

— Ani ja — zgodziła się Agnieszka. — Dobra, idę do domu, ciebie poprowadzi ta ulica — pokazała kierunek — zresztą myślę, że już się tu trochę orientujesz, nie zabłądzisz.

— Tak, oczywiście — przytaknął Roman. — Dziękuję za wieczór. Dawno tak nie odpocząłem.

— Nie ma za co — uśmiechnęła się do niego Kochanowska, podając kopertę. — Odezwę się w ciągu tygodnia.

— Dobrze, że nie dwóch.

— No, na razie, pa! — Na koniec przeciągnęła palcami po jego dłoni i szybko odeszła pustą ulicą, a on dopiero wtedy przypomniał sobie o rękawiczkach.

Udał, że naprawdę całkiem o nich zapomniał. Wrócił na Ząbkowską strasznie zmarznięty, bezgłośnie jak kot wślizgnął się do mieszkania, rozebrał się i wpełzł do łóżka, w którym spała Ołena. „Dobranoc, Agnieszko" — szepnął bezgłośnie w ciepłe powietrze i natychmiast zasnął, rozgrzany ciałem Ołeny i kołdrą.

6. Lekkość

Ciężka metalowa kula nieruchomo leży na równej powierzchni podpartej w jednym punkcie tylko wtedy, gdy system pozostaje w równowadze. Wystarczy nawet najmniejsza interwencja z zewnątrz, by zepsuć ten mechaniczny organizm — powierzchnia przechyla się i zaczyna chybotać, kula najpierw ledwie dostrzegalnie, jakby balansując niezdecydowanie, potem już jednoznacznie porzuca stan równowagi, toczy się i spada z hukiem na podłogę, bo punkt, dzięki któremu istniała równowaga, przestaje istnieć. Właśnie tak świat Romana utracił równowagę pod wpływem kilku spotkań z Agnieszką: przechylił się i zadrżał, a w pewnej chwili Roman zrozumiał, że wszystkie jego myśli, jak tamta metalowa kula, w nieunikniony sposób toczą się ku Kochanowskiej.

Następnego ranka po ich wigilijnym spotkaniu Warszawę zasypał śnieg. Roman siłą nawyku ostatnich dni obudził się bardzo wcześnie, wziął długi prysznic, czuł, jak gorąca woda napełnia go ciepłem i radością i jak jego kolejne kłamstwo, które od wieczora zdążyło już przyschnąć niczym warstwa brudu, pod jej strumieniami łuszczy się i opada, jak srebrna farba z zapomnianych, niepotrzebnych pomników, i z przyjemnym chlupotem wpada do kanalizacji. Potem wypił mocną kawę, obserwując wyjeżdżające na ulicę pługi, które ostrożnie, by nie obudzić wrażliwych na dźwięki prażan, suną po Ząbkowskiej, odrzucają na chodniki śniegowe zaspy i znikają za rogiem. Posiedział trochę nad fotografiami, poprzeglądał książki w nadziei znalezienia czegoś ukraińskiego, ale na nic takiego nie trafił. A potem, znudzony, szybko się ubrał, wziął pieniądze i z zamiarem przespacerowania się do całodobowego sklepu kilka ulic dalej, wyćwiczonym już ruchem, bezgłośnie wyślizgnął się na klatkę schodową.

Tuż pod drzwiami stała Agnieszka Kochanowska, która właśnie otwierała daszek ich skrzynki pocztowej. Była cała ośnieżona, zaspana i rozczochrana. W pierwszej chwili nie zrozumiała, co się dzieje, wytrzeszczyła na Romana swoje ogromne oczy i tak zastygła, całkiem zbita z tropu. Wyglądała jak kieszonkowiec złapany na gorącym uczynku, akurat w kulminacyjnym momencie, kiedy ręka już jest w kieszeni, ale jeszcze nie zdążyła nawet wymacać portfela, więc ucieczka nie ma sensu. Ledwie otworzyła usta, by coś powiedzieć, ale w tej chwili Romanowi uderzyła z płuc do gardła taka fala radości, że prawie się udusił. Chwycił Agnieszkę za rękę, z łoskotem zbiegli po schodach w dół i dopiero tam, na podwórku, w bezpiecznej odległości od śpiącej Ołeny, wybuchnęli śmiechem. Pierwszy parsknął Roman, Agnieszka jeszcze patrzyła mu w twarz, wciąż nie mogąc się otrząsnąć, ale już pół minuty później śmiała się razem z nim, całym ciężarem oparta o drzwi wejściowe.

— Słuchaj, to niewiarygodne — przez śmiech z trudem wykrztusił Roman. — Dalej, pokaż, co tam masz na karteczce.

— Nie pokażę. — Agnieszka nagle się zawstydziła i wcisnęła piąstkę z kartką do kieszeni.

— Ale daj spokój — chichotał dalej. — No coś ty, pokaż.

Gdzieś wysoko, chyba pod samym niebem, z trzaskiem otworzyło się okno i rozzłoszczony męski głos krzyknął pod ich adresem coś obraźliwego, sądząc z tonu i kilku słów, które Romanowi przypominały przekleństwa. Niczym koty czmychnęli z Agnieszką do bramy wychodzącej na Ząbkowską, ale nie wybiegli na ulicę, tylko stali tam, niewidoczni i szczęśliwi. Wszystko wydarzyło się zwyczajnie i naturalnie: Roman sięgnął do kieszeni, w której Agnieszka ukryła piąstkę z karteczką, dłonią objął jej nadgarstek, ciepły od samego rana, Kochanowską przebiegł dreszcz, oparła się o ścianę, nieznacznie pociągając go do siebie, i w następnej sekundzie już pocierali się koniuszkami nosów i uśmiechami, potem Roman leciutko dotknął Agnieszki, ostrożnie chwycił ustami jej dolną wargę, a Agnieszka w odpowiedzi, już zupełnie o niczym nie mogąc myśleć, pocałowała go z całą mocą.

Pierwszy pocałunek zawsze jest najsłodszy i trwa niemal całą wieczność. Niejedna mądra głowa poddała się, próbując to wytłumaczyć, zrozumieć i wyrazić w postaci wzorów i wykresów. No tak: żaden fizyk na świecie nie wyjaśni, według jakich praw dryfują kontynenty pod nogami zakochanych i jak zyskują oni tę przerażającą zwykłych ludzi zdolność lewitacji. Żaden chemik nie wyjaśni, jaka trucizna powstaje we krwi na sam widok tej właściwej osoby, podobnie jak żaden biolog dokładnie nie powie, jak trucizna ta działa na ludzki mózg. Jedynymi, którzy jako tako są w stanie jeśli nie wszystko wyjaśnić, to przynajmniej opowiedzieć o skutkach, są psychoanalitycy. Ale tak się jakoś złożyło, że zarówno Roman, jak i Agnieszka niespecjalnie im ufali — ten pierwszy był przekonany, że tego rodzaju profesje istnieją w celu wyciągania pieniędzy od słabych duchem, ta druga swego czasu prawie wyszła za mąż za psychoanalityka, ale on bardzo w porę zwariował od ciągłego terroru ze strony młodego jeszcze Piłsudskiego i twórczych wybryków Agnieszki.

Żadni więc uczeni w niczym tu nie pomogli, psychoanalityków nikt nie wzywał, więc nikt też ostatecznie nie zrozumiał, jak doszło do tego pocałunku. Roman po prostu dotknął jej nadgarstka, a potem wpadł w niebyt jak pod wodę, by z trudem się stamtąd wydostać, wznosząc wokół siebie przezroczyste fale radości i chwytając ustami mroźne powietrze. W źrenicach Agnieszki w ciągu tych kilku krótkich sekund, zanim z rozkoszy zmrużyła oczy, zdążył zobaczyć całą bezgraniczną czerń, całe bezgraniczne światło, które mogli razem stworzyć.

Kochanowska zamarła ze spuszczonym wzrokiem, oparta o ścianę.

— I co dalej? — zapytała, nie podnosząc głowy.

— Pojęcia nie mam. — Roman wzruszył ramionami. — Może chodźmy się przejść.

— Przewieziesz mnie na sankach? — Nagle uniosła ku niemu twarz. W oczach błyszczała radość, usta uśmiechały się miękko.

— A skąd ja ci je teraz wezmę?

— Mam, przyszłam z nimi.

— Jeździsz po mieście na sankach? — zdziwił się Roman.

Zamiast odpowiedzi Agnieszka tylko się zaśmiała i pociągnęła go za sobą na ulicę, rzeczywiście zabierając po drodze sanki, które zostawiła przy wejściu do klatki schodowej. Śnieg już nie padał, ale na ulicy leżało go mnóstwo. Przedarli się przez zaspy na chodniku i zeszli na jezdnię. Było dopiero po piątej, w większości okien na Ząbkowskiej nie paliło się światło — normalni ludzie jeszcze mocno spali. Agnieszka usadowiła się na sankach, krzyknęła coś w rodzaju „chcę nad Wisłę!", a Roman co sił pobiegł w dół ulicy, mijając kolejne domy i szeregi zasypanych po dachy samochodów. Kochanowska śmiała się gdzieś z tyłu, dźwięcznie i radośnie, to dodawało Romanowi sił i pędził bez zatrzymywania się, łapiąc się na tym, że tak lekko dawno już mu się nie biegało. Dotarł do rogu, wziął ostry zakręt w prawo, od czego zarumieniona Polka prawie spadła z sanek, ale ostatecznie tylko krzyknęła wesoło, więc pomknął dalej. Na następnym rogu opadł z sił i już spokojnie szedł, łapiąc oddech. Agnieszka wyciągnęła z kurtki papierosa i zapaliła.

— Hej, dzieciom na sankach nie wypada palić! — natychmiast zareagował Roman.

— Żartujesz? — odparowała. — To lepsze niż seks, ja po prostu muszę zapalić!

— Nawet nie wiem, co teraz powiedzieć — zaśmiał się Roman i znów popędził przez nocną Pragę ku rzece, w dół ulicy.

Przez dwa tygodnie mieszkania tutaj Roman zdążył już dość dobrze poznać okolicę i od razu wybrał właściwy kierunek. Wisła była teraz gdzieś na lewo od nich i należało przebiec kilka ulic, żeby dostać się do dużego parku, a na jego końcu zaczynał się most, ten sam, przez który Agnieszka przywiozła ich na Pragę pierwszego wieczoru. „Dziwne, do tej pory jakoś nawet mi przez myśl nie przeszło, że za rzekę też można by pójść na spacer" — pomyślał Roman. Ta dzielnica Warszawy okazała się dla niego i Ołeny tak samowystarczalna i wygodna, że rzeczywiście ani razu nie pomyślał o wyprawie na Wielką Ziemię za Wisłą. Zresztą nie miał tam nic do roboty.

Mijali park, zbliżając się do wybrzeża. Pierwsi przechodnie nieodmiennie się za nimi oglądali — jedni z uśmiechem, inni z wciąż rozespanym niezrozumieniem. Kiedy dwoje dorosłych zachowuje się jak dzieci, wywołuje to zdecydowane reakcje — albo zdenerwowanie, albo uśmiech. Rzadko zdarzają się tacy, których to naprawdę nie obchodzi. Bo nikt ich w dorosłości nie woził na sankach. A szkoda — to pomogłoby niektórym w pozbyciu się jeśli nie problemów, to przynajmniej złego nastroju.

Roman ostatecznie opadł z sił już w miejscu, gdzie park się zaczynał, i po prostu szedł, myśląc o gorącej kawie, ale nie było o tym nawet co marzyć — mało, że pora wczesna i miasto jeszcze spało, to kioski do połowy tkwiły w śniegu i zanim ktoś go odgarnie, minie cała wieczność. Agnieszka nie myślała o niczym, miała prawdziwy napad zdziecinnienia, czasem typowy dla twórczych jednostek, podobnie jak inne napady znane nauce. Agnieszka Kochanowska, autorka kilku tomików poezji, pisarka dosyć już znana ze swoich książek prozatorskich, tłumaczka, całkowicie dorosła i czasem aż nazbyt zrównoważona młoda kobieta, z tych, które miłość przedstawiają pod postacią wykresów, a namiętność wyliczają według wzorów, ta oto Agnieszka Kochanowska, jadąc na sankach za plecami Romana, wyobrażała sobie, że jest ciuchcią, od czasu do czasu wypuszczała w niebo nad Pragą obłoczki mentolowego dymu i cichutko, żeby Roman nie usłyszał, szeptała pod nosem znany wszystkim od dziecka rytm „ciuch, ciuch".

Doszli do wody. Ciuchcia przestała mruczeć swoją podróżną piosenkę i w mig przemieniła się w ciepłą i pełną wdzięczności Kochanowską, która podeszła do jeszcze trochę zasapanego Romana, objęła go i rozwiązała jego ciepły szalik, by wtulić nos w ciepłą szyję, dotknąć jej uśmiechniętymi ustami i zastygnąć bez ruchu. Niebo pojaśniało — od strony, z której nadeszli, na Warszawę nadciągał już ranek.

— Dziękuję — westchnęła mu gdzieś pod uchem. — Ze dwadzieścia lat nikt mnie tak nie woził.

Roman w odpowiedzi odrobinę się od niej odchylił, przeciągnął palcem wskazującym po zimnym policzku i leciutko ją pocałował. Agnieszka zmrużyła oczy i podsunęła mu usta, ale Roman przekornie znów się odchylił, pocałował ją w policzek, potem w koniuszek ucha i wziął za ręce. Agnieszka tylko zadrżała, zamilkła, nawet przestała oddychać, ale już w odpowiedzi na kolejne dotknięcie szeptała coś do niego po polsku, zapewne nie hamując się i nie zastanawiając nad tym, co mówi. Roman nie rozumiał ani słowa i po raz pierwszy tego żałował. Pierwsze promienie słońca nagle wyskoczyły zza ciężkich chmur, które w nocy obsypały śniegiem całe miasto, prześlizgnęły się po przedmieściach, potem oświetliły zdyszanych Romana i Agnieszkę, którzy całowali się tak namiętnie i bez pamięci, że w pewnej chwili zapomnieli wręcz o oddychaniu, potem przebiegły zaśnieżoną Wisłę i rozlały się na Stare Miasto.

— Trzeba iść — pierwszy otrząsnął się ze słodkiego niebytu Roman.

— Trzeba, robota czeka — niechętnie zgodziła się Kochanowska, która nie miała na dziś żadnych planów.

Wracali na Ząbkowską, idąc ramię w ramię i rozmawiając, sanki ciągnęły się na sznurku kilka metrów za nimi jak zmęczony pies, grzęzły w zaspach i czasem nie słuchały właściciela.

— Dużo już napisałaś? — spytał Roman, kiedy wyszli na Ząbkowską.

— Trochę. Może jedną piątą tego, co planuję. A co?

— Bo widzisz... chcę się nauczyć polskiego.

— Po co? — zdziwiła się Agnieszka.

— Chcę nauczyć się czytać po polsku, chcę przeczytać twoje poprzednie książki, a potem i tę, którą teraz piszesz. Podejrzewam, że może być piękna.

— To miłe, dziękuję.

— A poza tym chcę wiedzieć, co mówisz, kiedy jesteś szczęśliwa. — Roman podniósł na nią wzrok.

— A kiedy to twoim zdaniem byłam szczęśliwa? — spytała, teraz już z udawanym zdziwieniem.

— Kiedy cię całowałem, szeptałaś coś po polsku. Szczęśliwy człowiek nigdy się nie kontroluje i dlatego zawsze mówi tylko w ojczystym języku.

— No proszę, jaki znawca — zmieszała się Agnieszka. — Dobrze, dam ci podręcznik i słownik, gdzieś mam, ucz się. Czasu masz dość.

— Świetnie, dziękuję. No a co tam na tamtej karteczce było napisane?

— Na której?

— Na tej, której nie zdążyłaś wrzucić do skrzynki.

— A tam, nic specjalnego — wzruszyła ramionami Agnieszka i podała mu kartkę wydartą z notesu. — Tylko: „Dziękuję. Mam nadzieję, że wkrótce się zobaczymy".

— Zobaczymy się, zobaczymy — szepnął jej do ucha Roman, odwrócił się i szybko zniknął w prostokącie bramy, wracając do swojego zwykłego świata, z którego na chwilę wyszedł. Agnieszka postała jeszcze chwilę i też poszła do siebie, nakarmić Piłsudskiego.

Rzeczywiście, następnego dnia przyniosła książki. Po prostu przyszła wcześnie rano, a raczej późno w nocy, kiedy w mieszkaniu zajmowanym przez Romana i Ołenę było jeszcze zupełnie cicho. Przyniosła słowniki i podręczniki gramatyki, starannie ułożyła przy drzwiach tak, żeby Roman na pewno je zauważył, ale jednocześnie dbając o to, żeby Ołena się nie potknęła, kiedy będzie wychodzić z domu, wrzuciła do skrzynki karteczkę z życzeniami dobrego ranka i ostrożnie zeszła po schodach na ulicę.

Od tamtego spotkania widywali się prawie codziennie, choćby na kilka sekund. Roman spotykał Agnieszkę na ulicy, kiedy spacerował z Ołeną, znajdował w skrzynce liściki od niej, czasem dostrzegał ją pod latarnią przy bramie do fabryki Konesera, dokładnie naprzeciwko ich okien. I machał do niej wesoło, ona w odpowiedzi uśmiechała się, też machała i szła do swoich spraw, podskakując radośnie. Prawdę mówiąc, spraw miała dokładnie tyle samo, co wcześniej. Pisała, paliła, karmiła Piłsudskiego, drzemała z nim na kanapie, szykowała sobie jedzenie, znów pisała, pisała, pisała, parzyła herbatę i paliła. Tylko teraz dołączyły do tego co najmniej raz dziennie spacery pod drzwi starego mieszkania, gdzie mogła spotkać Romana, zobaczyć go, nawet jeśli w towarzystwie Ołeny, zobaczyć jego uśmiech, nawet jeśli przez szybę, a czasem nawet spędzić z nim pół godziny, jeśli szedł do sklepu albo w inne miejsce. Traktował ją coraz przyjaźniej, dotykał coraz czulej i już chyba znalazł kilka najważniejszych punktów, możliwych do znalezienia na ubranej kobiecie, które, dotknięte opuszkami palców, powodują, że po ciele przebiegają fale słodyczy. I dotykał — trudno już powiedzieć: przypadkiem czy specjalnie — dotykał je przy każdym spotkaniu. Jeden dzień sprawił, że ich kontakty stały się niemożliwe bez dotyku.

Agnieszce palce Romana przypominały palce pianisty — tak płynnie i wprawnie przebiegały po odsłoniętych częściach jej ciała, tak delikatnie dotykały jej nadgarstków i szyi, tak umiejętnie ześlizgiwały się czasem pod szalik na ciepłe obojczyki, że naprawdę czasem czuła się jak drogocenny, starannie nastrojony i zadbany instrument, zdolny do wydawania dowolnych dźwięków, zagrania wszelkich symfonii i koncertów w duecie ze swoim mistrzem muzykiem. I gdyby Roman słyszał cokolwiek przez rytmiczny huk krwi w jego własnej głowie, na pewno dostrzegłby coś dziwnego: skóra Agnieszki cichutko śpiewała w jego obecności. Dotykając jej, odsłaniał przed Agnieszką takie współbrzmienia i częstotliwości, jakich istnienia nawet nie podejrzewała i zresztą nie umiała oddać ludzkim głosem, tylko w najbardziej słodkich chwilach wydając cichy jęk. W większości przypadków Roman chwytał ten jęk ustami już na samym początku, a świat wirował mu od tego przed oczami.

Raz w tygodniu włóczyli się po mieście przez cały dzień, zaglądając w najdalsze praskie zakamarki, licząc koty na ulicach, wchodząc niemal w każde podwórko, przechodząc ulicami wzdłuż i w poprzek. Praga odsłaniała się przed Romanem. Coraz bardziej odsłaniała się przed Romanem również Agnieszka. Im lepiej orientował się w nazwach ulic, w adresach knajpek i zwykłych ciekawych miejsc, tym mniej nosiła na sobie ubrań. Już po kilku tygodniach, siedząc rano nad albumem z jej zdjęciami i polską gramatyką, zrozumiał nagle, że gdzieś zniknęły jej grube swetry i ciepłe wełniane czapki, w których chowała się jeszcze na początku stycznia, i że najpierw zastąpiły je kardigany i cienkie golfy z długim rękawem, a ostatnio, kiedy weszli gdzieś na herbatę i Agnieszka zdjęła kurtkę, miała pod nią już tylko zieloną koszulkę. Roman nie wiedział, jak to wyjaśnić, i nawet jeśli po części się domyślał, to nie umiał tego ująć w słowa.

A wytłumaczenie było elementarne: Agnieszce zwyczajnie robiło się przy nim coraz cieplej, a czasem nawet całkiem gorąco — ot, i cała zagadka. W dodatku wiosna przyszła tego roku niespodziewanie wcześnie, już pod koniec stycznia rtęć w termometrach wdrapała się nad zero i mimo sceptycyzmu polskich meteorologów i nieufnych westchnień starych mieszkańców nie opadała już do samego końca zimy. Agnieszce pisało się teraz z lekkością. Roman dawał jej natchnienie i wspierał, wypytując o setki szczegółów na obrazie, który malowała swoim tekstem, pytał, co pisała, i posłusznie przekopywał się przez polskie tabele gramatyczne i słowniki w nadziei, że kiedyś przeczyta jej książkę. To ostatnie ogromnie Agnieszkę wzruszało, bo wiedziała, że Roman uczy się jej języka tylko po to, żeby ją rozumieć. Mówiła teraz do niego prawie zawsze tylko po polsku, liściki, które stały się ich codziennym rytuałem, też pisała po polsku i chociaż niewiele rozumiał z jej słów, dotyk zastępował większość informacji werbalnej, więc wszystko było mniej więcej w porządku. A sama Agnieszka bardzo przejęła się pomysłem nauczenia Romana polskiego i pomagała mu, jak tylko mogła.

Zaczął mówić w jej języku już prawie w połowie lutego, kiedy z ulic spłynął ostatni śnieg, tylko tu i ówdzie pozostawiając po sobie jeziorka ciężkiej, burej wody, w których kołysało się wilgotne warszawskie niebo i poddasza kamienic, czasem znikające za szybko przesuwającymi się ludzkimi sylwetkami. Kilkadziesiąt poranków spędzonych w samotności nad podręcznikiem do polskiego i prostymi książkami, które przyniosła mu Kochanowska, dało efekt: zaczął niezgrabnie wymawiać szeleszczące polskie słowa, zniekształcając głoski, źle ustawiając akcent zdaniowy i intonację. Od samego początku jego stosunki z językiem polskim bardziej przypominały uwodzenie i szpiegowanie — w ciągłym strumieniu jednorodnych szumów i trzasków, niczym z radia ustawionego pomiędzy stacjami, jak operator samouk wyławiał jakieś tajne kody, ukryte informacje i wyszukiwał kluczowe punkty, które stawały się dla niego drogowskazami, dzięki którym można było posuwać się naprzód. Walczył z polskim tekstem: zmarszczone łacińskie litery wrogo patrzyły spode łba w jego dziecięce, wschodniosłowiańskie oczy, nader niechętnie dzieląc się okruchami sensów i znaczeń, odsłaniając się bardzo powoli, wyłącznie pod naciskiem jego uporu i chęci zrozumienia. Roman rzeczywiście traktował polskie teksty z cierpliwością i zapałem, jak doświadczony kochanek: w pierwszych dniach wyławiał z nich tylko pojedyncze, zrozumiałe słowa, długo je smakował, trzymał na koniuszku języka, łykał z kawą i mlekiem, oswajał, zasypiał z nimi, wplatał w szkielet tekstu i własny obraz świata, szukając ukraińskich odpowiedników, ucząc się rozumieć treść i nastrój krótkich historii z książek, które znalazł na Ząbkowskiej, dzięki zaledwie kilku słowom kluczowym. A potem, kiedy minął pierwszy okres znajomości, nauka poszła szybciej, słowa ulegały mu z większą łatwością. Teraz, złagodniałe od jego czułości, posłusznie układały się w zdania i akapity, same łasiły się do niego, nie odstępując ani na moment i urządzając w jego głowie całe parady, kiedy spał. Za każdym razem po takiej nocy Roman budził się z coraz lepszym poziomem rozumienia polszczyzny i coraz większą chęcią zanurzania się w tę słodką lingwistyczną materię. Zaczął nawet mieć wśród polskich liter swoich ulubieńców: „ą", które przypominało mu małego, pyzatego hipopotamka ze śmiesznym ogonkiem, i „ł", które wymawiało się tak apetycznie, że za każdym razem, natrafiając na nie w tekście, przełykał ślinę. I oto pewnego dnia wśród ciągłych trzasków, szelestów i szumów, którymi jeszcze niedawno był dla niego język polski, Roman wyraźnie usłyszał nuty delikatne, łagodne i kuszące, ze wszystkich polskich tekstów, które miał w zasięgu, nagle opadła zeschnięta skórka, ześlizgnęła się jak bielizna z jedwabiście przyjemnej w dotyku kobiecej skóry i poczuł w piersiach delikatne wibracje, kiedy zrozumiał, że zdoła już powiedzieć podczas spotkania coś w jej języku — wiedząc, jak ją to wzruszy. Przez cały najbliższy wieczór półgłosem, żeby Ołena nie usłyszała, powtarzał intonacje i słowa, których chciał użyć, na ile to możliwe usiłując pozbyć się silnego obcego akcentu.

I kiedy jednego z deszczowych lutowych wieczorów Kochanowska złapała Romana w drodze do sklepu, w odpowiedzi na jej niezmienne ukraińskie „*prywit*", którym witała go zawsze, niezależnie od tego, w jakim języku do niego mówiła, przytulił ją i odsunąwszy kosmyk nieposłusznych przy takiej pogodzie włosów, szepnął do uszka:

— Cieszę się, że mnie tu teraz złapałaś. Stęskniłem się bardzo.

— A ja za tobą też, wiesz — wyszeptała w odpowiedzi Agnieszka i poczuł na skórze szyi jej uśmiech, ale już w następnej chwili energicznie się od niego odepchnęła i z zaskoczeniem patrzyła mu w twarz, trochę wybita z rytmu tak miłymi i zgrabnie wymówionymi słowami w jej ojczystym języku. Roman stał i szeroko się do niej uśmiechał, a wzruszona Agnieszka Kochanowska gładziła go palcami po mokrej dłoni, rozumiejąc, że nikt i nigdy wcześniej nie pokazał jej tak jasno i wyraźnie, jak bardzo ją ceni. Zrozumienie tego prostego faktu obudziło gdzieś pod nią dziwny dźwięk i jej świat, podobnie jak świat Romana kilka tygodni wcześniej, pękł i ostatecznie przechylił się, osiadając niczym śnieg pod ciężarem czułości i wdzięczności.

A póki tych dwoje balansowało na cienkich linach swoich nowych uczuć jak cyrkowi akrobaci, Ołena jako jedyna stała mocno na ziemi. Kiedy Roman wrócił do niej rano w Boże

Narodzenie, już po spacerze z Polką, wszystko jej wyjaśnił: że wczoraj musiał zostać dłużej, a dziś rano obudził się i poszedł pochodzić po sklepach, tym bardziej że spadł śnieg, a ulice wyglądają ślicznie. Czuła się całkowicie szczęśliwa, zadowolona i potrzebna, życie w Czechach urządzało ją w stu procentach i lepszego rozwoju zdarzeń nie mogła sobie wyobrazić. Największe wrażenie robiło na niej to, że Roman traktował ją teraz jeszcze łagodniej niż zwykle, z jeszcze większą troską i uwagą. Zrobił się weselszy, bez końca wymyślał jakieś zabawne słówka i przezwiska dla Ołeny, co sprawiało, że miała ochotę śmiać się i obejmować go. Wiecznie zimne ręce Romana po miesiącu pobytu w Pradze zrobiły się znacznie cieplejsze.

— Masz teraz ciepłe palce, to aż dziwne. Znam cię od ośmiu lat, zawsze marzły ci ręce — mówiła mu Ołena.

— Po prostu noszę teraz rękawiczki — odpowiadał Roman, przypominając sobie, jak Kochanowska chuchała mu na dłonie.

— Kiedy trzymam cię za rękę, czuję, że jesteś bez rękawiczek.

— No, trzymanie się za ręce w rękawiczkach to bluźnierstwo.

— Pewnie tak. Pewnie to Praga tak na ciebie działa — uśmiechała się Ołena.

— Tak, to na pewno Praga.

I znów bez końca krążyli ulicami, zrzucając z siebie resztki zimowego nastroju jak ubrania po długim, ciężkim dniu. Roman wymyślał setki historii o miejscach, które odwiedzali, bezwstydnie udając, że to legendy Złotej Pragi, i mówiąc, że są bardzo znane w całych Czechach i wciąż opowiadane turystom. Ołena słuchała go z otwartymi ustami — w jej wyobraźni Praga wyrastała na miasto całkiem już niezwykłe i magiczne, tyle że wypełnione nie baśniową magią, ale zwykłą, codzienną czarodziejskością, miasto uplecione niczym serwetka z cienkich nici codziennego szamaństwa i umiejętnych zaklęć, miasto-pajęczynę, które łowi w swoje sieci najlepsze ze wszystkiego, co tylko można wymyślić, i które, jak można by się było spodziewać, niczego już z nich nie wypuszcza.

Ale Ołenie teraz wcale nie chodziło już o uwolnienie. Od drugiego tygodnia pobytu w Pradze dużo myślała o tym, jak to zrobić, żeby zostać nie na pół roku, tylko na dużo dłużej. Roman wyraźnie się zmienił, choć nie radykalnie, to jednak na lepsze, w jego zachowaniu pojawiło się coś nowego, pobudzającego i intrygującego, coś, co nie przypominało wcale maski założonej w nowym miejscu. Sama jego skóra zmieniła się w dotyku, a głos stał się niższy i bardziej pewny siebie. „To wszystko Europa, po prostu Europa. Roman czuje się tu bardziej wolny, a ja razem z nim. W Ukrainie nasze stosunki tylko by się psuły, a tu, proszę, nabierają siły" — każdego dnia z większą pewnością myślała Ołena, zasypiając przy Romanie. Wiosna mościła się w ich łóżku jak kociak przy nogach, dzięki czemu zasypiali lekko i radośnie.

7. Smutek

I oto już kwiecień podkradał się do nich i całował odsłonięte szyje, uwolnione spod najlżejszych nawet chustek. W ostatnim tygodniu marca Ołena nagle posmutniała, bo zrozumiała, że połowa z podarowanych jej sześciu miesięcy już minęła, że przecinają właśnie z Romanem równik i teraz do jej myśli wdzierać się będzie gorzka świadomość, że każdy następny dzień, nawet szczęśliwy, może zbliżać ich do finału tej bajki. A poza bajką, którą się raz odwiedzi, życie, jak wiadomo, nie istnieje.

Roman wychodził teraz do pracy znacznie częściej niż zimą. Najwyraźniej Jarosław potrzebował coraz większej pomocy. Ołena zostawała w domu sama, dni mijały jej jednostajnie i spokojnie.

Czuła się jak odważna eksploratorka, która po omacku bada zagadkową *terra incognita*, co chwilę narażając się na straszliwe niebezpieczeństwa i za każdym razem wychodząc zwycięsko z krótkich, ale niekiedy bolesnych starć.

Przede wszystkim zależało jej, żeby chodzić po mieszkaniu, niczego nie potrącając i nie tracąc równowagi. W samych pokojach jeszcze jakoś dawała sobie radę, jeśli szła ostrożnie i powoli, macając rękami powietrze przed sobą, a nogi stawiając tak, jakby w każdej chwili pod stopą mogła wybuchnąć mina przeciwpiechotna. Tak czy siak, pokoje nie stanowiły problemu. Dobrze poznała rozkład mebli i teraz nigdy nie wpadała na szafy czy krzesła, na stary zepsuty telewizor albo kanapę. W kuchni czuła się jeszcze lepiej, bo większą część wolnej przestrzeni na środku zajmował duży stół. Ołena opierała się o niego rękami i mając takie podparcie, z łatwością przesuwała się od szafki z naczyniami do lodówki, od lodówki do kuchenki, od kuchenki do zlewu, od zlewu do drzwi, a potem znów do szafki z naczyniami.

Jej prawdziwymi wrogami nieoczekiwanie stały się progi, które wyrastały kilka centymetrów nad podłogę w drzwiach do obu pokojów. W ich mieszkaniu w Dniepropietrowsku Roman rozwiązał ten problem radykalnie i prosto: kiedy Ołenka po raz trzeci potknęła się o próg i rozbiła nos, upadając na podłogę, zwyczajnie wyrwał te progi w diabły i załatał dziury deskami, równo z resztą. To mieszkanie nie należało do nich, więc Roman nie mógł wykorzystać tego rozwiązania. Ołence nie pozostawało nic innego, jak tylko chodzić ostrożniej, mocno trzymając się ścian, czego w dobrze poznanych mieszkaniach nigdy nie robiła. Ale za każdym razem, kiedy już myślała, że przeszkoda została pokonana, próg w drzwiach znów wyrastał pod jej stopą i boleśnie zaczepiał palce. Ołena czasem nawet przewracała się i upuszczała łezkę, rozcierając stłuczone kolano. Była to wprawdzie łza nie bólu, tylko rozpaczy. Wiosną Ołenka od chodzenia po pokojach miała porządnie poobijane palce u nóg i złościła się na siebie, że nie jest w stanie zapamiętać tak podstawowych rzeczy, które człowiek w jej sytuacji zapamiętać po prostu musi.

Nie licząc wojny z przeklętymi progami, nowe mieszkanie dostarczało jej dużo nowych zapachów, dźwięków i wrażeń dotykowych, które zostawały na opuszkach palców jak drobne kropelki wody po kąpieli. Nie licząc tej wojny, Ołenka uważała je za zdecydowanie przytulne. Włączała sobie muzykę na starym odtwarzaczu, siadała przy otwartych przez

Romana oknach, jadła przygotowywane przez Romana obiady i czekała do wieczora w opuszczonym przez niego na cały dzień łóżku, słuchając wiosny, która wlewała się do mieszkania z praskich ulic. Było jej miło i dobrze od jego porannej troski, i aż ściskało ją w dołku w przeczuciu tej wieczornej. A kiedy Roman wracał, całował i pieścił stłuczone kolana i palce, zawsze razem jedli kolację, potem szli chociaż na krótki spacer i w końcu kładli się spać, spleceni jak korzenie starego, niewzruszonego drzewa w miejskim parku. Ołena nazywała to spokojem i szczęściem.

A Roman nie miał odwagi, żeby to nazwać jakkolwiek, żył podwójnym życiem i po jego starej stronie usiłował mówić jak najmniej, żeby nie zdradzić swoich przeżyć i myśli. A myśli było pod dostatkiem, któregoś dnia nawet spisał je na kartce, położył przed sobą na stole i próbował dojść z nimi do ładu. Wychodziło dziwnie: te dwie kobiety budziły w nim kompletnie różne uczucia, ale podsumowanie tych uczuć było takie samo — przywiązanie. Gdzieś w głębi jego świadomości pojawiała się już myśl, że gra w niebezpieczną grę i kontrola nad jej przebiegiem powoli wymyka mu się z rąk. Ale z właściwym sobie filozoficznym spokojem obserwował, jak stopniowo jest popychany ku konieczności dokonania wyboru — jak ku przepaści. „Ostatecznie — myślał, znów przeglądając album Kochanowskiej — kiedy, jak nie wiosną, stawać nad przepaścią?"

A może rzeczywiście cały problem był tylko we wiośnie? Zwłaszcza dla Romana, bo od dziecka była to dla niego pora, kiedy porzucał swoją starą, już wytartą i popękaną skórę, a tą młodą, wrażliwą, jeszcze miękką chłonął nowe, oszałamiające piękno otaczającego świata. Z wczesnego dzieciństwa najlepiej pamiętał właśnie wiosny — wszystkie inne pory roku były zatarte i niewyraźne, może z wyjątkiem śnieżnych zim, które w jego mniemaniu i doświadczeniu zwiastowały odnowę i dlatego mijały nie tak leniwie i obojętnie jak lato i jesień.

— To znaczy, chcesz powiedzieć, że wszystko, co ważne, naprawdę ważne, zdarzało ci się wiosną? — precyzowała Ołena, kiedy podzielił się z nią swoimi obserwacjami. — A pamiętasz coś konkretnego?

— Jasne. Na przykład kiedy miałem cztery lata, zrozumiałem, że kiedy w marcu topnieje śnieg i ziemia robi się czarna, na niebie nagle pojawia się mnóstwo ptaków.

— Ciekawe. Coś jeszcze?

— Oj, dużo. Ale każdej wiosny zdarza mi się coś takiego, co rozszerza moje horyzonty, poczynając od tego, że wiosną można już nie nosić czapki i ciężkich butów, a kończąc na tym, że w moim życiu pojawiły się dziwne rytuały. Na przykład w kwietniu robię w domu generalne porządki, potem odwracam wszystkie krzesła w mieszkaniu do góry nogami, siadam na parapecie, machając nogami nad ulicą, włączam piosenkę Janis Joplin i zapalam pierwszego i czasem ostatniego papierosa w roku. No, wiesz przecież.

— O tak, wiem — śmiała się Ołena, przytulając do Romana. — Ale my poznaliśmy się wcale nie wiosną.

— Każda reguła wymaga wyjątków — odpowiadał żartem Roman i ciągnął ją za rękę do kuchni, sadzał tam na starej radioli, która pełniła funkcję krzesła, a sam zajmował się obiadem.

Ołena prawie zawsze siedziała obok niego, kiedy gotował. Kuchnię wypełniały zapachy, dźwięki i radość. Roman mruczał pod nosem jakąś kolejną piosenkę, ale w kulminacyjnym punkcie procedury stawał się skoncentrowany i spięty, a równocześnie tak lekki, że jego kroki robiły się nieważkie i bezgłośne jak u włamywacza. Ołena wiedziała, gdzie jest, tylko dzięki brzękom naczyń i przypadkowo rzucanym zdaniom, obracała za nim głowę, jakby bała się stracić go z radaru, i co chwilę sprawdzała, czy jest obok. A Romanowi w takich chwilach wcale nie zależało na ucieczce — po prostu był dyrygentem Wielkiej Orkiestry Kuchennej, poruszał się rączo i zwinnie niczym całkowicie pochłonięty polowaniem drapieżnik, kierował wszystkim naraz i powietrze pod jego rękami zaczynało drżeć, wypełniając się apetycznymi, smakowitymi zapachami.

— Nasz setny obiad na Pradze! — zawołał nieco później, unosząc kieliszek wina, kiedy wreszcie usiedli już przy stole.

Brzęknęło szkło, zadzwoniły widelce i noże, a Ołena uniosła ku niemu głowę:

— Dlaczego „na Pradze", skoro „w Pradze"?

— Ekhm, przejęzyczenie — zaczął się wykręcać przyłapany na błędzie Roman. — Czesi często tak mówią, to inny język.

— A wiesz, Romciu, jakoś inaczej wyobrażałam sobie czeski. No, kiedy się zbieraliśmy do wyjazdu, mówiłeś, że mają piękny język, chociaż zabawny. A kiedy ich wszystkich słyszę na ulicy, to nic, tylko szelesty. Co w tym zabawnego?

— Nie zastanawiałem się nad tym — momentalnie wywinął się kłamca — ale masz rację, rzeczywiście brzmi inaczej niż na nagraniach z kursu. Ale to chyba w życiu normalne — nie wszystko wygląda tak, jak sobie człowiek wyobrazi.

— Aha — zgodziła się Ołena, szukając widelcem na talerzu pokrojonego dla niej mięsa. — Ale to i tak dziwne. Zupełnie jakby wcale nie czeski nas otaczał.

— Ależ czeski, czeski — z udawanym spokojem przekonywał ją Roman.

Potem bąknął jeszcze coś na dokładkę i w końcu zamilkł, wyrzucając sobie głupią pomyłkę — chyba po raz pierwszy tak się przejęzyczył. Nie zdążył nawet dojść do wniosku, że trzeba by najpierw myśleć, a potem mówić, kiedy z drugiego końca stołu dobiegło:

— A zostało osiemdziesiąt. Albo siedemdziesiąt dziewięć.

— Hm?

— Mówię o obiadach w Pradze. Potem nie wiadomo, co będzie — wyjaśniła.

— Ach, jasne... No, zobaczymy. Miałem szczęście, że trafiłem na Jarosława, więc mamy pieniądze tak naprawdę za nic i dość spokojne życie. Ale to przecież nie będzie trwało wiecznie, prawda?

— Prawda. Wiem. Ciągle o tym myślę.

— O czym?

— O Ukrainie. Nie chcę wracać.

Roman zamilkł, grzebiąc w sałacie. Dopiero po dłuższym milczeniu zdołał wydusić:

— Na razie o tym nie myśl. Jeszcze za wcześnie, na wszystko przyjdzie pora. Dobrze?

— Dobrze, dobrze, nie będę. — Ołena poparła odpowiedź gestem i znów zajęła się obiadem.

I znów skłamała: ani w ten dzień, ani w żaden z kilku następnych groźna, ciężka chmura myśli nie opuściła jej, nachodziła ją nawet we śnie, przyjmowała postać czarnego kłębu, nawisającego nad kompletnie opustoszałym miastem, wypalonym przez słońce tak, że nawet powietrze zdaje się żółte. Ołena uciekała ze snu z oddechem ciężkim od niezrozumiałego przerażenia, a potem znów próbowała zapomnieć, beznadziejnie, po kociemu wczepiona palcami w prześcieradło. Roman przynosił jej szklankę wody, głaskał długie włosy, całował zmęczone szare oczy, aż wreszcie ten skurcz mijał, oddech wyrównywał się, a powieki opadały pod ciężarem nowych snów.

A potem patrzył na nią śpiącą, obserwował, jak odwraca się od niego we śnie, jak nieświadomie przytula pięty do jego łydek, i uśmiechał się gorzko, w zamyśleniu. To przykre, ale wydaje się, że ostatnio ich myśli zbiegały się tylko w jednej kwestii — oboje przewidywali, że kiedyś przyjdzie moment wyboru między powrotem albo pozostaniem, i Roman czuł się z tym niewyraźnie i niepewnie. Tęsknił za swoim krajem do szaleństwa i codziennie bardziej, a w żaden sposób nie mógł tego zwalczyć. Nie czytał wiadomości, nie rozmawiał z Ukraińcami, był samotny jak powalone i zapomniane drzewo, mimo że nieustannie towarzyszyła mu albo Ołena, albo Agnieszka. Żadna z nich nie zrozumiałaby jednak jego tęsknoty i pod tym względem, jeśli wyobrazić sobie, że mogłyby się znać i jednym głosem powiedzieć coś Romanowi, brzmiałyby tak samo, nawet jeśli dwie kobiety rzadko brzmią tak samo, kiedy mówią jednocześnie. One zwyczajnie nie rozumiały, jak można tak tęsknić za Ukrainą, chociaż każda w oparciu o inny system wartości i inne poglądy — jedna dlatego, że przecież była Polką, nawet jeśli w miarę, to dostatecznie zaangażowaną politycznie, i gdzieś w głębi duszy nie miałaby nic przeciwko, żeby do Polski wróciły Kresy Wschodnie, ale nawet pomijając te dawne, ostygłe urazy polityczne, nie mogła zrozumieć, jak można z własnej woli wracać do kraju, który ma wszelkie szanse, by w nieodległej przyszłości stać się typowym państwem policyjnym; a druga dlatego, że jeszcze świeże były jej wspomnienia ostatnich kilku lat w Ukrainie, kiedy Romanowi każdego dnia coraz bardziej opadały ręce, bo bał się wiszącego w powietrzu napięcia, przygniatającego i poniżającego, ale przede wszystkim dlatego, że wciąż doskonale pamiętała, dlaczego właściwie opuścili kraj. I te dwie kobiety dobrze by się w tej kwestii zrozumiały, i przekonywałyby Romana, by został (każda — mając na myśli inne miasto: Warszawę albo Pragę), i odwoływałyby się do szerokiego spektrum argumentów, począwszy od geopolitycznych, a skończywszy na ściśle intymnych.

Ale nikt tego tematu nie poruszał, choć można go już było wyczuć w każdej rozmowie, więc Roman, całkowicie oderwany od ukraińskich realiów, nabierał pewności, że w sumie nie jest źle. Tęsknota za Ojczyzną i odcięcie od wszelkich informacji przedziwnie wpływają na człowieka.

Od czasu do czasu Roman i Ołena szli do budki telefonicznej na rogu Targowej i Ząbkowskiej i dzwonili do rodziców. Ołena początkowo dziwiła się, dlaczego nie z komórki, ale Roman znów kłamał, że upuścił ją na schodach i rozbił na kawałki, zresztą po co im komórka w kraju, w którym prawie nikogo nie znają. Ołena godziła się z tym i posłusznie czekała, aż jej mężczyzna wybierze długi numer, a potem na kilka minut przywierała do słuchawki. Rozmawiając z rodzicami, niemal śpiewała. Jak zawsze czuli się dobrze, tylko w kraju było coraz gorzej, i jedyne, co Ołena mogła robić, to cieszyć się ze swojej i Romana ucieczki. Za każdym razem próbowała mu opowiedzieć coś nowego o Ukrainie, ale Roman niezmiennie powstrzymywał ją gestem, dotykając palcem jej ust. Ołena milkła i nieopowiedziane nowiny znikały w trzęsawisku pamięci.

Roman niespełna pół roku temu wyjechał z kraju, w którym władza brutalnie i obłudnie sfałszowała wybory i od tamtej pory dyskredytowała swoją polityką samą ideę ukraińskiej państwowości; z kraju, w którym milicyjne oddziały specjalne skutecznie i bezkarnie traktują pałkami studentów i kobiety, ale nie umieją przeciwstawić się prawdziwym przestępcom; gdzie ludzie czują się poniżani i nienawidzą samego pojęcia „władza", co wcześniej czy później doprowadzi do krachu nadziei całego narodu. I proszę, wystarczyło spędzić zaledwie cztery miesiące bez codziennych ataków wiadomości, by — o dziwo — Ukraina wydawała mu się teraz bajkowym królestwem rządzonym przez złego władcę, który siedzi w swoim strasznym złotym zamku, ukrytym gdzieś daleko wśród gór, a jego życia i spokoju broni wierny tysiącletni smok — i tyle. A każda bajka, nawet najstraszniejsza, przestaje być straszna dokładnie w chwili, w której książkę zamyka się i odkłada na półkę. Ta zasada niemiło zażartowała sobie z Romana, który cztery miesiące temu histerycznie zatrzasnął swoją książkę z bajkami i teraz pamiętał tylko fragmenty. W efekcie stopniowo nabierał pewności, że straszny zamek, smok, zły król i góry rozsypią się w pył, gdy tylko ich dotknie.

Agnieszka podczas spotkania ostrożnie go wypytywała:

— Jak się masz?

— Dobrze, wszystko w porządku — burczał pod nosem.

Do pewnego momentu Roman pomijał milczeniem wszystkie jej pytania i spojrzenia, zmieniał temat, nawet przez tydzień ignorował jej niemal codzienne liściki w skrzynce pocztowej. W tym niewesołym tygodniu chodził po Pradze innymi drogami, aż wreszcie Agnieszka złapała go na króciutkiej ulicy Śnieżnej, gdzie, jakby na potwierdzenie nazwy, wciąż leżała mała wysepka śniegu, chyba ostatnia w tej części miasta. Wczepiła się w niego palcami tak mocno, że zadrapała go nawet pod koszulą, przyparła do ściany domu i wysyczała jak rozwścieczona czarownica:

— Po kiego diabła, Romanie? Po kiego diabła?

Ale na jego twarzy nie drgnął żaden mięsień. Powiedział tylko:

— Zaprowadź mnie na wino. Teraz. — I Agnieszka natychmiast pociągnęła go przez jakieś jeszcze nieznane mu podwórka, ani na moment nie puszczając jego nadgarstka i powarkując na przypadkowych przechodniów, których spotykali po drodze.

Po pół godzinie milczenia i dwóch butelkach wypitego w jakiejś starej klatce schodowej wina Roman odpowiedział na spojrzenie Kochanowskiej — wyrzucił w okno, przez które widać było wieczorne niebo nad Warszawą:

— Tęsknię za Ukrainą. Muszę tam wyskoczyć.

— I to wszystko?! — krzyknęła Agnieszka.

— Tak — rozłożył ręce. — To mało?

— Dureń z ciebie, Romanie. Zwykły, cholerny dureń — rzuciła i z tupotem zbiegła po schodach na ulicę.

Zanim zdążył za nią wybiec, po Kochanowskiej nie został nawet ślad. Kilka razy wykrzyknął jej imię, ale nie doczekał się odpowiedzi, więc ruszył przez Pragę. Czuł się tu teraz prawie jak w domu, nie błądził, rozpoznawał domy, zakłady fryzjerskie, banki i sklepy. Zdawało mu się nawet, że z łatwością wskazałby komuś drogę, gdyby tylko został o to zapytany. Uważał Pragę za wygodną i sympatyczną i było mu już naprawdę przykro, że stopniowo niszczeje ona pod naporem czasu i głupoty władz miasta. Odkąd tu mieszkał, zdążył do cna spłonąć dom, w którym mieścił się ulubiony bar Agnieszki, ten, w którym spotkali się po raz pierwszy, zawaliło się kilka innych domów w okolicach Ząbkowskiej, a podczas budowy metra zapadła się pod ziemię część jednej z ulic. Jednak mimo że Praga powoli, ale nieuchronnie odchodziła w niebyt, Roman osiadł tu na długo, nawet jeśli za trzy miesiące mógł opuścić ją na zawsze. Zdawało mu się to, rzecz jasna, cokolwiek symboliczne, bo i wcześniejszy Roman, ten sprzed ostatniego katolickiego Bożego Narodzenia, też odchodził w niebyt.

Zmianom ulegał jego charakter i światopogląd, poza granicami Ojczyzny stał się bardziej szorstki i obojętny wobec kwestii ogólnych, ale za to niezwykle troskliwy wobec dwóch bliskich osób, które były tu z nim przez cały czas, a także wobec miejsca, które uratowało go w chwili kryzysu, ofiarując spokój i radość. Roman odwdzięczał się Pradze, jak mógł: powiesił kilka karmników dla ptaków na skwerze imienia jakiegoś polskiego żołnierza, który razem z Agnieszką pewnego wzruszającego i przyjemnego dnia wspólnie przemianowali na skwer imienia Kocich Nosów; w podwórzu na Ząbkowskiej, gdzie mieszkał z Ołeną, posadził młody kasztanowiec, a koło wejścia ciągle dokarmiał bezdomne koty, dzięki czemu te nieruchome miniaturowe sfinksy układały się przed bramą i czekały na jego powrót z niekończących się praskich spacerów. Sąsiedzi zaczęli mówić mu „dzień dobry", młode sprzedawczynie ze spożywczego za rogiem pytały, co słychać, a on za każdym razem wymyślał coś tak niesamowitego, że żółtodziobe dziewczęta wzdychały i zapraszały go po pracy na kawę, żeby opowiedział dokładniej. „To możliwe, to całkiem możliwe" — mruczał Roman, zabierał torby z zakupami i znikał na kilka kolejnych dni.

Przeszedł się, trochę wytrzeźwiał i wrócił na Ząbkowską. Uniósł głowę ku ich oknom — światło nie paliło się, chociaż wiedział, że Ołena jest w domu. „Ależ to wszystko do bani, Boże mój" — pomyślał. W odpowiedzi gdzieś w oddali rozległy się kościelne dzwony i Roman sarkastycznie uśmiechnął się w reakcji na nieoczekiwany przypływ religijności.

Z trudem pokonał trzy piętra, po raz pierwszy od ośmiu lat czując do Ołeny niechęć, która przyszła nie wiadomo skąd i nie wiadomo było, jak sobie teraz z nią poradzić. W skrzynce leżał liścik od Agnieszki: „Dobry wieczór jeszcze raz. Czekaj na mnie jutro o dziesiątej". Roman chrząknął, wszedł do mieszkania, rozebrał się i szybko zasnął, nie mówiąc Ołenie ani słowa.

Następnego wieczora, dokładnie o dziesiątej, zobaczył z okna, jak przed bramę zajeżdża opel Agnieszki — w tej samej chwili całą Ząbkowską wypełniły przenikliwe dźwięki klaksonu.

— Dobra, lecę, to Jarosław — powiedział Roman do Ołeny, wstając z krzesła.

— W porządku... Zjadłeś chociaż, Romciu?

— Tak, tak, zjadłem.

— Kiedy wrócisz? — spytała.

— Nie mam pojęcia, Jarosław nic nie mówił. Dobra, mała, trzymaj się. — Pocałował ją, wybiegł z bramy na ulicę i jak dziecko wskoczył w otwarte drzwiczki samochodu.

Agnieszka od razu docisnęła gaz, opel zapiszczał oponami i skoczył przed siebie.

— No i dokąd jedziemy? — zainteresował się Roman.

— Do Lwowa — odpowiedziała skoncentrowana Agnieszka. — Co ty na to?

— Super. — Roman zapiął pas i otworzył okno, po czym wyciągnął z kieszeni Agnieszki paczkę papierosów i zapalił z rozkoszą. — Rockandrollowo, co? Stary samochód, prędkość, droga, przygody, jeszcze jakąś muzykę włączymy, prawda?

— Prawda, włączymy, tylko nie przeszkadzaj mi w prowadzeniu. Pal, ile chcesz, słuchaj muzyki, ale mnie nie rozpraszaj, bo cię wyrzucę, słowo honoru. — Agnieszka wydostała się z miasta na jakąś szosę i przyspieszyła. — I jeszcze jedno, nawet nie myśl o tym, żeby mnie podrywać.

— To ja cię kiedykolwiek podrywałem? — zdziwił się Roman.

— No, przemyśl to sobie. — Agnieszka chytrze się uśmiechnęła i zamilkła, skupiona na drodze.

Roman pogrzebał w etui na płyty, znalazł Aerosmith i rozsiadł się na swoim fotelu, puszczając dym w sufit i czując zbliżanie się Ojczyzny.

— Nie zaśniesz w drodze? — pytał Agnieszkę. — Może ja poprowadzę, kiedy ty już się zmęczysz?

— Nie, w porządku, przespałam cały dzień. Ale ty wyglądasz na zmęczonego. Odpocznij.

— Dobrze, dziękuję.

— A co powiedziałeś Ołenie?

— Powiedziałem, że Jarosław potrzebuje większej pomocy i nie wiem, kiedy wrócę.

— Kto to jest Jarosław? — Agnieszka obróciła ku niemu głowę.

— Ty. Mówię, że chodzę pomagać takiemu Jarosławowi, za pieniądze. To długa historia.

— Sumienie cię nie gryzie?

— Niespecjalnie, już trzy miesiące tak żyję. No, tym razem pewnie dłużej mnie nie będzie, ale to niczego nie zmienia. A ciebie sumienie nie gryzie? — spytał Roman.

— A co mi tam — odcięła się Kochanowska. — Śpij już, oczy same ci się zamykają.

Rzeczywiście, chciało mu się spać, więc kwadrans później już drzemał, obudził się tylko na granicy i znów momentalnie zasnął, kiedy wrócił na ciepłe siedzenie opla na ukraińskiej ziemi.

Z drzemki wyrwał go gwałtowny ruch i podskok — Agnieszka niespodziewanie zahamowała.

— Wstawaj, tylko cicho bądź. Jesteśmy we Lwowie, ale zanim miasto się obudzi, miną jeszcze ze cztery godziny. Ściślej mówiąc, spora część Lwowa dopiero niedawno zasnęła. — Agnieszka spojrzała na zegarek. — No tak, jeszcze nie ma piątej, szybko dojechaliśmy!

Oczarowany jak dziecko Roman wysiadł z samochodu i natychmiast wpił wzrok w monumentalną budowlę lwowskiej Opery. Wokół niej hałasowały kwietniowe ptaki, obserwujące ze swoich dachów, jak ze wschodu strzelają słoneczne promienie, które na razie przelatywały jednak tylko nad miastem, jak kule nad głowami tłumu, i przypadkowo trafiały wyłącznie w najwyższe wieże, a czasem rykoszetem odbijały się od okien na górnych piętrach. Agnieszka, kierowana jakimiś własnymi powodami, przywiozła Romana akurat w to miejsce Lwowa, które mniej więcej znał, czym wzruszyła go niemal do łez.

— Coś tam tak zamarł?! — rozległo się gdzieś z boku. — Sparaliżowało cię czy co? Idziemy!

Zamiast odpowiedzi Roman jak strzała skoczył ku Kochanowskiej i objął ją z taką wdzięcznością i taką siłą, że — jak sądziła — lada moment trzasną jej żebra i cała ta czułość i przywiązanie, które ostatnio coraz silniej czuła wobec Romana, ale wciąż skutecznie utrzymywała w klatce własnego ciała, wypłyną przez pęknięcia, zatopią Lwów w diabły i nawet jeśli oni dwoje pozostaną przy życiu, to będą musieli wracać do Warszawy łodziami, opowiadając wszystkim po drodze o straszliwej katastrofie, o Lwowie, który zginął od jej miłości.

Roman rozluźnił objęcia dopiero po kilku minutach, przeszło jej nawet przez myśl, że to nie były objęcia, tylko skurcz, który samoczynnie minął.

— No nieźle, chłopcze — rzuciła mu zdziwiona Kochanowska, rozcierając zdrętwiałe ramiona. — Chodźmy już.

— Dokąd? — zdziwił się Roman, widząc, że Agnieszka pewnym krokiem zmierza ku jednej z bram.

— Do mieszkania. Musimy się przecież umyć i tak dalej.

— I tak dalej? No dobra. Ale... we Lwowie też masz mieszkanie? Czy wynajęłaś?

— Nie, mój drogi — zaśmiała się Agnieszka. — Znacznie lepiej. Kilka lat temu mieszkałam we Lwowie przez pół roku na literackim stypendium, w tym domu, tam, na trzecim piętrze. — Pokazała palcem gdzieś w górę.

— Aha, i co?

— I nic. Od tamtej pory zostały mi zapasowe klucze i jeśli w mieszkaniu nikogo teraz nie ma, to wejdziemy, odpoczniemy kilka godzin, a potem pójdziemy oglądać tę twoją Ukrainę, za którą tak strasznie tęsknisz. Tęskniłeś — poprawiła się.

— A jeśli ktoś tam jest?

— Ano, zaraz sprawdzimy — powiedziała Kochanowska. — Po to ludzie wymyślili dzwonki. Zaraz zadzwonimy, a potem będziemy się martwić, jakby co.

— A jeśli ktoś tam jest? To nic, że jest dopiero piąta?

— Przeprosimy i sobie pójdziemy.

— A jeśli ten ktoś śpi głęboko i się nie obudzi? — nie ustępował Roman.

— Tam jest taki dzwonek, że postawi na nogi umarłego. Słuchaj, przynudzasz. — Agnieszka żartobliwie szturchnęła Romana tak, że ten wylądował plecami na ścianie korytarza.

— Nie przynudzam, po prostu ostatnio nie lubię utrudniać sobie życia.

— Oj, daj spokój. — Agnieszka zatrzymała się przed czarnymi metalowymi drzwiami. — To co, dzwonimy? — spytała.

Roman przytaknął i Kochanowska nacisnęła guzik. Nie kłamała — ten dźwięk postawiłby na nogi nawet martwych. Uciekły gdzieś pod dach przestraszone gołębie, bo zdawało się, że sam Big Ben przebił jak włócznia wszystkie podesty klatki schodowej od parteru po ostatnie piętro i nieziemskim głosem ryknął w świeże kwietniowe powietrze. Roman był napięty jak naciągnięta struna, w każdej chwili gotów do ucieczki, ale po drugiej stronie drzwi panowała martwa cisza, tylko gdzieś w dole cienko zajazgotał jakiś piesek.

— Proszę, a ty się martwiłeś — rzuciła Agnieszka. — Widzisz, wszystko w porządku. Nawet im przez myśl nie przeszło, żeby tu zamek wymienić.

W ciszy i mroku obrócił się klucz i z mieszkania wylało się na nich słabe światło. Agnieszka jak mysz wślizgnęła się do przedpokoju, gwałtownie pociągnęła za sobą Romana, w biegu pocałowawszy go pod uchem, zamknęła drzwi i sprawnie, jak cały oddział specnazu, przemierzyła pokoje bezgłośnym krokiem.

— Droga wolna! — krzyknęła gdzieś z dalszego pokoju i Roman, który wciąż stał przy drzwiach, ruszył za jej głosem w głąb mieszkania.

Mieszkanie było duże i wyraźnie zamieszkane. W kuchni, tuż przy wejściu, były całe stosy zeszłorocznych gazet, w popielniczce — kilka niedopałków, a na łóżku w dużym pokoju leżało starannie poskładane męskie ubranie.

— Ktoś tu mieszka — skonstatował Roman.

— Wszystko jedno. Zaraz szybko wskoczymy pod prysznic i sobie pójdziemy. Możesz zapalić — zaproponowała Romanowi, wskazując otwarte okno, a sama poszła do łazienki.

Z okna widać było Operę owiniętą szarawą, mglistą kołdrą porannej mgły. Latarnie na placu zdążyły już zgasnąć w ciągu tych kilku minut, które zajęło im wejście po schodach, i teraz ulica wyglądała mistycznie — z wbitymi niemal w bruk, schematycznie naszkicowanymi, poczerniałymi od upływu czasu szkieletami drzew i z pączkami ptaków na gałęziach. Jeśli pominąć samochód Kochanowskiej, zaparkowany wprost pod domem, i wszechobecne reklamy, ślady czasu teraźniejszego były w ogóle niedostrzegalne, a Romanowi wydawało się, że przeciąg porwał go w przeszłość. Wiatr rzeczywiście był silny i natarczywy — wdzierał się w otwarte okno i znów wylatywał na zewnątrz, wyciągając za sobą chmury dymu tytoniowego i sprawiając, że Roman stawał się lekki jak piórko, gotów ulecieć z mieszkania hen, do kamiennego serca tego miasta.

Agnieszka cicho śpiewała pod prysznicem, woda uderzała falami o brzegi żeliwnej wanny i Roman, niespodziewanie dla samego siebie, głęboko odetchnął przeddeszczowym powietrzem, przymknął oczy i w tym bulgotaniu wody w odpływie, w przyjemnym, choć niewprawnie śpiewającym głosie Agnieszki nagle usłyszał fale zabitej przez czas Pełtwi, która płynęła tuż obok, z pięćdziesiąt metrów od niego, na kilka wysokości człowieka ukryta pod brukiem. Jak każdy ciekawski turysta, znał historię spławnej niegdyś rzeki, która teraz stanowiła część systemu miejskiej kanalizacji, i zawsze przejmowało go to palącym żalem. Pełtew szumiała mu teraz wymownie i tęsknie, tuż przy nim, i od tego żałosnego śpiewu zaparło mu dech w piersiach. Zastygł tak, owiany wiatrem i szczyptą popiołu, niestrząśniętego w porę z papierosa i uniesionego w powietrze siłą przeciągu.

— Hej, wszystko w porządku? — Agnieszka wyprowadziła go z transu dopiero szturchnięciem w ramię.

Roman przeniósł na nią wzrok — stała tuż przed nim, urocza, z mokrymi włosami, resztki wody spływały cienkimi, łaskoczącymi strumyczkami na jej nagie stopy, co sprawiało, że dreptała drobno po starym parkiecie.

— Jak myślisz, jak czuje się Pełtew?

— Pełtew? — powtórzyła zaskoczona Agnieszka. — Myślę, że kiepsko. Dlaczego pytasz?

— No, znasz tę historię, prawda? O tym, jak Lwów swoją jedyną jako taką rzekę zepchnął do kanalizacji. Nie potrafię tego zrozumieć.

— Pewnie, że znam. Sto lat temu Pełtew byłoby widać z tego okna. — Wskazała ręką. — Ja też tego nie rozumiem, chociaż sądzę, że były jakieś obiektywne powody. Ale jestem pewna, że Pełtew ma teraz ciężko, czuje się pod Lwowem paskudnie, jak każda kobieta, która żyje z pięknym, narcystycznym mężczyzną. Wynosi z niego na swoich falach wszystkie wątpliwości, depresje, całe jego gówno, składając w ofierze własne piękno, a w ostatecznym efekcie i życie.

— Ale porównanie — świsnął Roman.

— Nie wiem, to tylko hipoteza. Kiepska jestem w tych sprawach, Romanie. Może czuje się całkiem nieźle. Idź, wskakuj pod prysznic. — Agnieszka wcisnęła mu do ręki wielki puszysty ręcznik i dosłownie wepchnęła go do starusieńkiej łazienki.

Kiedy w jakiś kwadrans później opuścił tę lokalną filię królestwa Neptuna w lwowskim mieszkaniu, doprowadziwszy się do porządku po podróży, i wszedł do kuchni, od razu wpadł po uszy w zapachy: Kochanowska szykowała śniadanie z jajek i kiełbasy znalezionych w lodówce gospodarza.

— Nie chcę nic słyszeć — uprzedziła wszelkie protesty Romana. — Już od dawna marzę, żeby kiedyś zrobić ci śniadanie, więc mi nie przeszkadzaj, dobrze?

— Nie boisz się, że ktoś nas przyłapie? — Roman przysiadł koło niej na niskim taborecie z miękkim obiciem.

— Jeszcze raz ci mówię — wszystko mi jedno. Pewnie, że tu ktoś mieszka, ale myślę, że nic się nie stanie. Siadaj, smacznego. — Postawiła na stole patelnię, zgrabnie podzieliła jajecznicę i przełożyła na talerze.

— Naprawdę smaczne — mruknął z zadowoleniem Roman. — Dobrze gotujesz.

— Dziękuję, wiem — przytaknęła Agnieszka.

— Co za pewność siebie! Skąd wiesz, że teraz nie kłamię?

— Choćby stąd, że już pochłonąłeś swoją połowę śniadania, mój drogi, chociaż... — Spojrzała na zegar ścienny. — Nie minęły jeszcze nawet trzy minuty.

— Dobrze, dobrze, przyznaję. Naprawdę smaczne. — Roman wstał od stołu i zaczął chodzić po kuchni, oglądając różne drobiazgi, naczynia, wąchając przyprawy w specjalnej szufladce i kawę w papierowej torebce.

— Co mnie naprawdę dziwi, to fakt, że zachowujesz się tutaj jak gospodyni — ciągnął dalej po krótkiej chwili milczenia. — Zachowujesz się tu jak w domu, w głowie mi się to nie mieści. Obcy kraj, obce miasto, a ty masz klucz do wielkiego mieszkania w centrum i pchamy się tu bez pytania, mimo że mieszkanie wcale nie stoi teraz puste, ślepy by to zauważył!

— Polak do Lwowa nie przyjeżdża w gości, tylko do domu. Tyle że ty tego nie rozumiesz — burknęła Kochanowska, nie podnosząc głowy znad talerza.

— Hej, uważaj — zaprotestował Roman, gwałtownie obracając się ku niej. — Lwów jest ukraiński!

— Nic podobnego. Lwów jest polski. Po prostu pozostaje pod rządami Ukraińców. Nie wiem, czy chwilowo, ale tak właśnie jest.

— Niby z jakiej paki polski?

— Choćby z takiej, że mamy do niego więcej praw. Szanujemy go, kochamy, dbamy o niego wbrew wam, Ukraińcom!

— Myśl, co mówisz! — Romana oburzały jej słowa, w takich dyskusjach zawsze czuł się niepewnie i szybko wpadał w histeryczny ton.

— Myślę, uwierz mi. Nigdy niczego nie robię nieuważnie. Podam ci kilka prostych przykładów: spędziłam w tym mieszkaniu pół roku i przez ten czas uzyskałam pełne, podkreślam, pełne informacje o każdej osobie, która tu mieszkała od chwili zbudowania domu do mojego przyjazdu. Dla

Polaka to cecha narodowego charakteru, bo rozmawiałam ze stypendystami, którzy mieszkali tu przede mną, i zajmowaliśmy się tym razem, chodzi mi o pamięć historyczną, która nie jest następnym pokoleniom obojętna. Spośród Ukraińców zająłby się tym co najwyżej jakiś pokręcony miłośnik historii albo ktoś w tym rodzaju! Przeciętnemu Ukraińcowi jest wszystko jedno, kto przed nim mieszkał w tych starych lwowskich mieszkaniach, ma to w nosie, a nawet się tego boi, tylko dlatego, że Ukraińców wśród tych imion, wypływających z głębin czasu, jest garstka, więc im głębiej by kopał, tym bardziej by udowadniał, że Ukraińcy nie mają praw do tego miasta, że to wszystko jest kiepskim żartem polityków! Powiem ci więcej. — Agnieszka rozpędziła się jak wiedźma, nie dając Romanowi wtrącić ani słowa. — W tym mieście jest mnóstwo polskich śladów, wystarczy zdrapać ze ścian marny tynk ukraińskiej teraźniejszości, a zobaczysz, jak z fasad domów wychodzi do nas cała polskość, jaką tylko możesz sobie wyobrazić: od fasonów odzieży do miejscowych polskich dialektów, od polskich szyldów do polskiej krwi przelanej za to miasto.

— Ukraińskiej krwi też dużo przelano — zaprotestował Roman. — A w dodatku nigdy nie widziałem żadnych śladów Polski na przykład na lwowskich murach.

W odpowiedzi Kochanowska zerwała się z miejsca, porzucając na stole niedojedzoną jajecznicę, tak jakby coś ją użądliło, i zawirowała po kuchni, mrucząc pod nosem. Roman, jak przestraszone zwierzę, śledził jej trasę, myśląc o tym, że tak przejętej i przekonującej nie widział jej jeszcze ani razu. Agnieszka w końcu zatrzymała się przy masywnym biurku w dużym pokoju, najwyraźniej sobie o czymś przypomniawszy.

— A teraz patrz! — zwycięsko krzyknęła na cały głos, od czego gdzieś na dole znów zajazgotał przestraszony piesek, a za sąsiednią ścianą rozległ się jakiś niezadowolony głos. — Polskie ślady we Lwowie są wszędzie, wystarczy zerwać te wasze krzywo przyklejone tapety!

Z tymi słowami wskoczyła na stół, przez kilka sekund obmacywała ścianę, wreszcie drapnęła paznokciem i gwałtownie pociągnęła ku sobie pas tapety. Rozległ się trzask i Agnieszka wybuchnęła radosnym śmiechem, stojąc na stole i trzymając w rękach duży, długi kawał papieru, jeszcze przed chwilą przyklejony do ściany. Za jej lewym ramieniem Roman dostrzegł jakieś litery, a im dalej Kochanowska zrywała ze ściany tapetę, tym więcej wyłaniało się ich z niebytu, stopniowo układając się w słowa, a potem w zdania.

Znanym jej już i swojskim pismem wypisany był na ścianie krótki wiersz:

Spójrz w górę, tam pusto.
Podniebne ptaki krążą mi nad głową.
Na podniebieniu czuję smak ich wolności.
Rozpływa się w ustach,
dociera do krwiobiegu,
po całym ciele się roznosi,
do bólu aż.

— No i co ty na to? — Kochanowska, oddychając ciężko, zeskoczyła ze stołu i wskazała uwolniony od papierowego pancerza, nagi kawałek ściany, na którym widniało kilka wersów po polsku. — To mój wiersz, ślady mojego pobytu tutaj sprzed kilku lat, które obecny gospodarz byle jak i nieskutecznie usiłował zamaskować. I podobnych śladów w tym mieście jest całe morze!

— Chcesz powiedzieć, że Lwów jest polski dlatego, że nabazgrałaś tu coś na ścianach? — zapytał Roman z ironicznym uśmiechem.

Agnieszka już otwierała usta, żeby wbić Romanowi jakąś potężną szpilę, ale w drzwiach niespodziewanie szczęknął zamek i oboje na moment zamarli, w przestrachu patrząc na siebie, a potem Agnieszka jak wicher przemknęła przez pokój, wpychając do plecaka swój skromny dobytek, i skoczyła gdzieś w kąt naprzeciwko otwartego na Operę okna. Roman szybko ją dogonił koło starych drzwi, służących kiedyś najwyraźniej jako wejście dla służby, które bez skutku usiłowała otworzyć, chociaż były zamknięte tylko na jedną, zardzewiałą i słabowicie wyglądającą klamkę.

— *Bladź, bladź, bladź* — powtarzała jak mantrę, a ręce jej się trzęsły i uderzały o drzwi, raniąc skórę.

W mieszkaniu tymczasem rozległy się kroki, które najpierw pewnie weszły do kuchni, a potem, bardzo ostrożnie, zajrzały do łazienki i toalety. Roman nie mógł już wytrzymać tego grzebania przy zamku, wyłamał kopniakiem i tak ledwo żywe drzwi i razem z Agnieszką pobiegli po starych schodach w dół. W tym samym momencie kroki dotarły do dużego pokoju.

— Facet, nawet nie próbuj nas gonić, mamy broń! — wrzasnął Roman w poprzekreślaną drewnianymi, pachnącymi wilgocią schodkami nieskończoność nad sobą. — A ty klęłaś po ukraińsku, po ukraińsku! *Sława Ukrajini*, Kochanowska!

To ostatnie zdanie krzyczał już do zbitej z tropu Agnieszki, kiedy wybiegli na podwórze i szybko jak koty śmignęli w jakieś otwarte drzwi. Zatrzymali się dopiero w bocznej uliczce, której Roman zupełnie nie znał. A gdzieś tam, pod samym niebem, w starym mieszkaniu z widokiem na Operę, samotny starszy pan w zamyśleniu stał nad porzuconym przez dwójkę zagadkowych gości śniadaniem.

W powietrzu wisiał deszcz, drobny, ale gęsty, na ulice wypełzły pierwsze pojazdy komunikacji miejskiej, huśtając w swoich wnętrzach zaspanych ludzi. Pasażerowie patrzyli na nich przez mokre szyby — każdy z własnej, osobistej twierdzy nie do końca wywietrzałych snów — i odwracali głowy. Roman i Agnieszka przyjaźnie machali do nich rękami, a na parapecie koło nich stał duży, dwuosobowy kubek kawy z automatu. Kawa parowała, ale coraz słabiej; przypominali parę wesołych, beztroskich badaczy przy stożku cichnącego wulkanu.

— Bardzo lwowska pogoda — zauważyła Kochanowska, z zadowoleniem podstawiając twarz pod krople deszczu.

— Nie wiem, pierwszy raz taką widzę. Byłem we Lwowie trzy czy cztery razy i zawsze świeciło słońce.

— Przyjmij, że miałeś pecha — uśmiechnęła się Agnieszka, lekko dotykając jego ręki.

— Pecha? — zdziwił się Roman.

— O tym, jak bardzo pasują do siebie Lwów i deszcz, są całe legendy, książki i piosenki. Nawet Garik Kriczewski ma piosenkę o lwowskim deszczu.

— Ha, ty wiesz nawet o Kriczewskim! — roześmiał się Roman. — Kochanowska, jesteś niesamowita, mówiłem ci już?!

— Mówiłeś, mówiłeś. — Agnieszka też się zaśmiała, odrzucając z twarzy pasmo włosów.

— No i dobrze. To co dziś będziemy robić?

— Nie wiem, mamy przed sobą cały dzień. Wszystkie knajpki i restauracje otworzą się dopiero za kilka godzin, więc na razie proponuję zwykły spacer.

— Zgoda.

— Mówiłeś o Pełtwi, dziwnie się z tym czuję. Proponuję uczcić jej dawną jeśli nie wielkość, to urodę deszczowym piknikiem na jej brzegu. Co ty na to?

— Dopiero co jedliśmy śniadanie... ale tak w ogóle — świetny pomysł!

— No i dobrze, idziemy!

I pociągnęła go za sobą przez zaułki jak psa na smyczy. Świetnie orientowała się w tych wszystkich przedziwnie posplatanych ulicach, a Roman ślepo szedł za nią, nie mając chwili, by zapamiętać drogę. Wreszcie wąska uliczka nagle rozstąpiła się na boki i wyszli na duży trójkątny plac, na środku którego wspinał się ku niebu pomnik Adama Mickiewicza.

— A, no tak, jasne. Gdzie indziej mogłabyś mnie przyprowadzić we Lwowie na piknik? — uśmiechnął się Roman.

W odpowiedzi szturchnęła go w bok i ruszyli w stronę schodków. Było tam mokro i nieprzytulnie, ale Agnieszka wyciągnęła z plecaka kawałek jakiegoś materiału, rozścieliła go na stopniach i zapraszając Romana, by usiadł koło niej, wyjęła znany mu już termos. W wilgotnym powietrzu zapachniało herbatą z cytryną, a z niebios sfrunęły do nich dwa przemoknięte do ostatniego piórka gołębie.

— O, tu — wskazała na plac — jakieś sto pięćdziesiąt lat temu była w tym miejscu wysepka na Pełtwi.

— Jak dobrze, że ty to wszystko wiesz i pamiętasz. — Roman pociągnął łyk herbaty. — Wierzę, że w taki sposób wszystko można uchronić przed ostatecznym zniknięciem. No, to znaczy, jeśli będzie się o tej Pełtwi pamiętać, to ona będzie istnieć, a jeśli nie zostanie nikt, kto by o niej pamiętał, to rzeka po prostu zniknie, w każdym sensie. Całkowity niebyt.

— No tak, już dawno się o tym przekonałam.

I siedzieli ramię przy ramieniu pod zmiennym lwowskim deszczem, który to uspokajał się, to znów przybierał na sile, atakował ich zimno i zaciekle, i tak sobie rozmawiali nad ciałem wciąż żywej rzeki. Mgła, jak teatralna kurtyna, przesłoniła im współczesne miasto, zniszczone czyrakami reklam i nowobogackich remontów, i za jej murem pojawił się nagle zupełnie inny Lwów, przezroczysty i drżący niczym duch. Słychać było poranny chlupot fal, tu i ówdzie przemykały łódki, młodzi wioślarze uniesieniem kapelusza pozdrawiali panny na drewnianych mostkach, zegar na ratuszu wybił ósmą, a w ślad za nim rozległ się płaczliwy głos surmy. Staromodnie odziani ludzie wypełnili ulice, wszędzie słychać było codzienny gwar ich głosów i stukot kół powozów na świeżo ułożonym bruku. Roman i Agnieszka siedzieli w centrum tego wszechświata jak zaczarowani, spleceni rękami, przytuleni, trzymając ten świat przeszłości na swoich zmęczonych ramionach.

Coś, co ma tak wątły i niepewny fundament jak mężczyzna i kobieta, którzy z jakichś powodów nie mówią sobie o swoich uczuciach, zastępując to gestami, dotykiem i aluzjami, rozpada się bardzo szybko; i to miasto duch rozsypało się natychmiast, jak tylko Kochanowska rozsunęła kurtkę Romana, pochyliła się ku niemu i położyła mu głowę na kolanach. Dzień dzisiejszy powrócił i mimo całej swojej zwyczajności zdawał się tym dwojgu niezwykle apetyczny. Roman w milczeniu głaskał jej mokre włosy, a Agnieszka, wygodnie ułożywszy głowę na jego udach, coś podśpiewywała z uśmiechem.

— No widzisz, Romanie, przeczekaliśmy deszcz. — Ręką wskazała niebo, gdzie wprost nad dachami, w szarej, szczelnej zasłonie chmur, pojawiły się pomarańczowo-żółte szczeliny, w które już ze wszystkich sił uderzały promienie słońca.

— Widzę — przytaknął. — I dobrze.

Pogoda zmieniła się tak szybko, jak umie to robić tylko we Lwowie. Ich ubrania nie zdążyły jeszcze wyschnąć, z włosów Kochanowskiej nie wywietrzał jeszcze nieoczekiwany zapach morskich fal, a bruk był już suchy i nawet ciepły w dotyku, i w godzinę później o deszczu przypominały już co najwyżej liście na drzewach, bardziej zielone niż zawsze, i ludzie, którzy wyszli z domu wcześnie rano — wszyscy mieli przy sobie parasole. Kochanowska zrobiła się we Lwowie rozgadana i lekka.

— Wiesz, czasem czuję się jak prorok, przynajmniej jeśli chodzi o drobne sprawy — opowiadała Romanowi, kiedy zajrzeli do pierwszej napotkanej otwartej knajpki — czasem wydaje mi się, że tym, co piszę, wywołuję jakieś sytuacje, zdarzenia i tak dalej.

— Pisałaś o deszczu? — zapytał Roman.

— Tak, a ściślej — o deszczu, pod którym moje postaci spacerowały po Lwowie.

— Nie wydaje ci się, że to trochę zbyt sentymentalne?

— Ależ skąd, to przecież powieść o miłości, więc chyba wszystko w porządku.

Zapłacili rachunek, wyszli i ruszyli w miejskie labirynty. Kochanowska prowadziła go przez swoje ulubione miejsca, o każdym miała pod ręką sporą porcję historyjek, prawdziwych i zmyślonych, szczodrze okraszonych wydarzeniami z jej własnego pobytu we Lwowie, a na ławce w dawnym Ogrodzie Jezuickim wydało jej się, że tych opowiastek jest za mało, i kilka wymyśliła z marszu, byle tylko Roman cały czas jej słuchał i nie śmiał wzroku od niej oderwać, byle tylko nie wypaść z jego pola widzenia nawet na sekundę, nawet na moment. On szybko to zrozumiał i starannie podtrzymywał jej zapał, tym bardziej że Lwów już widział, a Kochanowskiej we Lwowie — jeszcze nie.

— Przywiozłaś mnie tutaj, żeby mi pokazać nie miasto, tylko siebie w tym mieście, mam cię!

Teatralnie wykrzyknął to zdanie na którymś z placów, który przecinali na ukos, i Agnieszka łagodnie przytuliła się do jego ramienia.

— Tak, rozszyfrowałeś mnie, nawet nie wiem, co teraz zrobić!

— Kontynuuj. — Splótł swoje palce z jej palcami.

Kochanowską znów przebiegł od tego prąd i nagle zapragnęła być posłuszna i łagodna.

— Dokąd chcesz teraz pójść?

— Chodźmy na Łyczaków. Lubię ten cmentarz. Tym bardziej, że robi się upał, a tam cienia jest pod dostatkiem.

— Dobrze, chodźmy.

Kochanowska na moment stanęła na środku ulicy, zastanowiła się, a potem ostro, jak stanowczy żołnierz, zrobiła zwrot na pięcie i poprowadziła Romana w przeciwnym kierunku. Im dalej od centrum, tym rzadziej spotykali turystów, a przez makijaż rozrywkowego miasta przebijała twarz prawdziwego Lwowa — zamyślona, ociężała i niepokojąco piękna.

Na Cmentarzu Łyczakowskim było cicho i pusto, tylko pojedynczy turyści spacerowali po alejkach, fotografując stare groby i podchodząc do nadgryzionych przez czas tabliczek, by odczytać imiona i daty. Nad cmentarzem wisiało wysokie, bezchmurne niebo, powietrze było przesiąknięte wielowiekowym spokojem i bezruchem — armia zmarłych, mimo wszystkich kataklizmów, które wstrząsały Lwowem od czasów założenia cmentarza aż po dziś dzień, naprawdę skutecznie broniła swego małego skrawka ziemi, chyba jedynego, którego nie dotknęły radykalne modernizacje i zmiany planów przestrzennych.

Szli cmentarzem, rozmawiając półgłosem, niczym dzieciaki, które o poranku próbują dostać się do szafki ze słodyczami w sypialni rodziców. Świeża zieleń lśniła w słońcu jak łuska i niektóre drzewa przypominały wielkie szmaragdowe ryby, które z rozpędu wgryzły się pionowo w muł, mącąc ogonami błękit otaczającej je wody.

Nieoczekiwanie stanęli nad zboczem, z którego na sam dół zbiegało kilkadziesiąt rzędów jednakowych krzyży. Roman zorientował się, że nigdy wcześniej nie był w tej części cmentarza, i z ukosa, pytająco, spojrzał na Agnieszkę: „Co to takiego?".

— Ukraiński cmentarz wojskowy — odpowiedziała na jego milczące pytanie. — Upamiętnia Ukraińców poległych podczas walk o Lwów w 1918 roku.

— Z kim walczyli?

— Z Polakami — wycedziła przez zęby Kochanowska. — Myślałam, że wiesz o tej wojnie. Dziwne, że nie.

— Uwierz mi, do końca grudnia zeszłego roku stosunki ukraińsko-polskie nie interesowały mnie zupełnie. Ładnie tu, przyjemnie — mówił dalej.

Agnieszka została na górze, Roman zszedł ku krzyżom. Chodząc między nimi, złapał się na tym, że jego wyobraźnia, solidnie rozbudzona dzięki znajomości z Kochanowską, wyławia skądś głosy żołnierzy ukraińskiej armii, wyłapuje ich dźwięczne pieśni i hasła; zamknąwszy oczy, można było na sekundę przenieść się w tłum na jednym z lwowskich placów, gdzie prawie sto lat temu ogłoszono zgodę na rozpoczęcie walk o miasto. Roman nabrał pełne płuca tej atmosfery zwycięstwa i uporu, a kiedy zrobił wydech i otworzył oczy, zobaczył przed sobą tylko mały plac, na którym znaleźli wieczny spokój żołnierze, zaledwie chwilę temu odczuwani przez niego jako żywi.

— Czasem trudno mi to zrozumieć — powiedział Kochanowskiej, kiedy do niej wrócił. — Tacy ludzie w ogóle nie powinni umierać, tymczasem wybierają taki los, że śmierć znajduje ich szybciej niż kogokolwiek innego.

— Jacy „tacy ludzie"? — nie zrozumiała.

— No, odważni, oddani sprawie.

— Wszyscy umierają, Romanie. Myślę, że ci żołnierze ucztują sobie w jakiejś ukraińskiej Walhalli, śpiewają i patrzą na nas.

— Swoją drogą, właśnie słyszałem ich pieśni. Serio.

— Wiem. — Agnieszka patrzyła na niego poważnie i spokojnie. — Tam, w dole — wskazała ręką — dobrze słychać ich głosy, wszyscy to wiedzą.

— A ja myślałem, że mi się klepki poluzowały.

Mała grupka turystów przeszła koło nich z kwiatami i Roman z zaskoczeniem usłyszał, że rozmawiają po polsku.

— O, patrz, twoi rodacy tam poszli. — Skinął za nimi głową.

— Tak, słyszałam. Widać, że nie byłeś w tej części, skoro nie wiesz, dokąd idą.

— Nie, to pierwszy raz. A co tam jest? — Wskazał plecy oddalających się od nich polskich turystów.

— Chodźmy.

Agnieszka wzięła go za rękę i poprowadziła ścieżką. Już kilkadziesiąt metrów dalej doszli do drugiej grupy krzyży — równej, liczniejszej, śnieżnobiałej w promieniach kwietniowego słońca. Przed nimi stała tak samo śnieżnobiała konstrukcja z kolumnami i łukami, do której, niczym do sceny, z obu stron prowadziły schody. To miejsce natychmiast zaparło Romanowi dech w piersiach swoim dostojeństwem, kolana się pod nim ugięły i aż się zachwiał.

— Polski cmentarz wojskowy? — domyślił się.

Agnieszka twierdząco skinęła głową i w milczeniu poprowadziła go za rękę ku najbliższemu z krzyży. Dotknęła go, przesunęła palcami, szepnęła coś pod nosem i cicho, ale poważnie i wyraźnie wymawiając każdą głoskę, powiedziała:

— Cmentarz Orląt Lwowskich. Cmentarz poległych za Ojczyznę.

— Dlaczego Orląt?

— Tak zostali nazwani. Orzeł jest naszym godłem, a to jest cmentarz młodych Polaków ochotników, czyli Orląt, którzy walczyli o Lwów i Galicję Wschodnią z wojskiem ukraińskim w listopadzie 1918 roku, a później także z armią bolszewicką. Z jednej strony zazdroszczę im, a z drugiej ogromnie mi ich żal.

— Wyjaśnisz? — poprosił Roman.

Do gardła podchodził mu podstępny skurcz, a palce rąk nerwowo się splatały.

— Tu nie ma czego wyjaśniać. — Kochanowska obróciła ku niemu głowę. — Zazdroszczę, bo ci chłopcy umarli jako bohaterowie, za swoją ziemię ojczystą, a dla Polaków „umrzeć za Ojczyznę” to nie są puste słowa. W każdym razie tak kiedyś było — dodała gorzko po kilku sekundach zastanowienia. — Poza tym nie widzieli koszmarów, które przyszło Polsce przeżyć w dwudziestym wieku. A żal dlatego, że ten skrawek ziemi — pokazała teren cmentarza wojskowego — to chyba jedyny fragment tego miasta, który został tu po tamtej Ojczyźnie, za którą umarli. Ci chłopcy leżą teraz w obcej ziemi, chociaż pochowano ich w ojczystej, to niesprawiedliwość i tragedia, rozumiesz?! — Ostatnie słowa Kochanowskiej przeszły w krzyk, ale szybko wzięła się w garść.

Roman mógł tylko milczeć. Agnieszka odwróciła się do niego plecami i spuściła głowę. Rozległo się szuranie zapałki i w niebo uniósł się siwy dym tytoniowy. Roman objął ją od tyłu i jak wierny pies, bez słowa oparł czoło na jej ramieniu. Obróciła głowę w jego stronę, ich policzki zetknęły się i poczuł na skórze ślady polskiego żalu za tym miejscem.

— Wybacz mi — powiedziała Agnieszka — ale też spróbuj zrozumieć. To jest nasze miasto, Polacy zasługują na nie całe, a nie tylko na kilkaset metrów kwadratowych starego, chociaż bardzo pięknego cmentarza. Rozumiesz?

— Lwów jest ukraiński — już z mniejszą niż rano pewnością odpowiedział Roman.

— Nie, nie! To zły żart i nieporozumienie. Mieszkacie tu jak lokatorzy z kwaterunku, to pewnie dotyczy całego kraju, ale mnie zależy tylko na Lwowie i dlatego o nim mówię. Nieważne, jak będziemy patrzeć na to miasto — jak na dzieło sztuki, wielki zespół architektoniczny, dziedzictwo świetnej przeszłości — zasługuje na nie ten, kto będzie o nie dbał i chronił przed niszczeniem. Na podstawie tych dwóch kwater, które odwiedziliśmy przez ostanie pół godziny, można wyciągnąć bardzo poważne, a równocześnie oczywiste wnioski, rozumiesz? I Ukraińcy, i Polacy przelewali krew za to miasto, ale spójrz: w porównaniu z Orlętami wasz cmentarz odwiedza wyraźnie mniej ludzi, chociaż Orlęta są nie dość, że daleko, to jeszcze w ogóle w innym państwie, do tego nasza kwatera jest wzorowo utrzymana, a na waszej widziałam już ślady zaniedbań. To znaczy, że w waszej pamięci narodowej jest znacznie mniej miejsca dla tego wielkiego zrywu Ukraińców niż w polskiej dla zrywu Polaków. Może nie? No, mów! — Kochanowska nerwowo szarpała go za rękę, żądając odpowiedzi.

— Mogę ci na to odpowiedzieć tyle: fakt, że macie więcej pieniędzy na utrzymanie kwater wojskowych w obcym państwie, nie oznacza, że miasto jest wasze. A jeśli chodzi o pamięć, mamy teraz tyle problemów, że w istocie brakuje sił na przeszłość i przyszłość, bo prawie nie wystarcza ich nawet na dzień dzisiejszy. Najwyraźniej my — Ukraińcy — staliśmy się narodem jętek jednodniówek. Nikt, zasypiając, nie wie, czy się obudzi, a w przypadku szczęśliwego przebudzenia — nigdy nie ma pewności, czy dożyje wieczora. Zgódź się, Kochanowska, że w takich warunkach trudno nie tylko zadbać o coś, co nie dotyczy bezpośrednio własnego życia i przyzwoitego wyglądu zewnętrznego, ale nawet o tym myśleć.

— A może wasz problem polega na tym, że nie szukacie odpowiedzi w przeszłości? Zawsze mi się zdawało, że Ukraińcy są jak dzieci, w każdym okresie historycznym. Macie fascynujące i świeże spojrzenie na rzeczywistość, ale niewiarygodnie krótką pamięć. Jesteście jak dzieci. Łatwiej wam z punktu wpaść w histerię, żeby coś wymusić, niż pracować, uczyć się i rzeczowo argumentować, tocząc spory. Bo nie odrobiliście lekcji z przeszłości, nie szukacie tam doświadczenia, tylko jakichś barwnych, zewnętrznych ozdób, którymi usiłujecie uzasadnić swoją wielkość i wyjątkowość. Każde zwycięstwo przynosi człowiekowi kroplę mądrości, każda porażka — całe morze! Wam zależy tylko na waszych zwycięstwach, których skądinąd nie ma tak znów wiele, w tej kwestii postaraliśmy się i my, i Rosjanie, przyznaję. Ale to przecież wszystko pozłotka, która łatwo schodzi — jak tapety w tamtym mieszkaniu, wiesz? A pod nimi nagle odsłania się pustka, bo wy, ku mojemu wielkiemu żalowi, nie umiecie czerpać nauki z przeszłości, a nie umiecie dlatego, że za grosz nie macie dla niej szacunku! Ludzie, którzy nie szanują własnej historii, zawsze zdają mi się żebrakami!

— Oho — zdołał tylko powiedzieć Roman.

Każde słowo Kochanowskiej sprawiało mu ból. W głębi duszy rozumiał, że Agnieszka mówi rzeczy dawno przemyślane i po tysiąckroć przeanalizowane, że mówi otwarcie jak do najbliższego przyjaciela, mówi, nie oszczędzając jego uczuć, tnąc zdecydowanym ruchem, jak chirurg przecina wrzód, bo wie, że to powinno pomóc. Kochanowska mówiła z przejęciem, przekonująco, aż się zasłuchał.

— Agnieszko, nie wiedziałem, że tak ci zależy na Ukraińcach.

— Odkąd się znamy — jeszcze bardziej.

— Jestem żebrakiem, Agnieszko — nagle nie wytrzymał Roman i pociągnął ja na tamto wzgórze, z którego, jak ze sceny czy piedestału, odsłaniał się piękny widok na cmentarz młodych Polaków.

Agnieszka posłusznie wspięła się za nim, stanęli oparci o barierki i patrzyli na równe rzędy krzyży, na kilkoro Polaków w różnym wieku, którzy chodzili między grobami i kładli kwiaty wybranym bohaterom. Romanowi nagle zrobiło się gorąco, przez jego ciało przebiegł dreszcz. Oparł się ciężko o poręcz, a z jego ust wyrwał się jęk cierpienia.

— Romanie, co się stało? — stanowczo spytała Kochanowska, kładąc mu rękę na ramieniu.

I pod ciężarem jej miękkiej, zakochanej dłoni świat ostatecznie zachwiał się dla Romana. Zapragnął paść przed nią na kolana, chciał uwolnić wreszcie gorzkie łzy beznadziei. Ale stał dalej, choć krzywo i niepewnie. Kochanowska patrzyła na niego z obawą.

— Wybaczcie nam, wybaczcie... — szeptał, dławiąc się słowami, które wyrywały się z niego strumieniem i niszczyły wszystko na swojej drodze. — Agnieszko, jak oni mogli umrzeć za to miasto? Te ulice naprawdę kosztują tyle ludzkich żyć?! W głowie mi się nie mieści, że wam tak zależy na Lwowie, a my traktujemy go z takim niedbalstwem. Jest mi przykro za każdą kroplę polskiej krwi przelanej za to miasto, za każdy zaniedbany dom, za każdą cegłę wybitą po to, żeby urządzić kolejny toporny bar czy butik, za wszystkie zatarte i zniszczone polskie nazwiska na murach. Naprawdę przykro.

Roman nie umiał już przestać i w końcu jego głos stał się zupełnie niezrozumiały i dziecięcy. Ujął w dłonie ręce Agnieszki i pocałował je wstrzemięźliwie, ale z oddaniem. Kochanowska najpierw bezradnie rozglądała się na wszystkie strony, ale potem pokonały ją łzy, płacz prawdziwego, silnego kobiecego wzruszenia. Przywarła do Romana całym ciałem, objęła go jak dziecko, które biegnąc, potknęło się i stłukło kolano. A on patrzył przed siebie, szepcząc niespójnie i z rozpaczą.

— Romczyku, mój drogi, już dobrze. Proszę, uspokój się, głupot ci nagadałam, Lwów jest ukraiński. No, słyszysz?! — Z krzykiem chwyciła go za ramiona i patrzyła mu prosto w twarz. — Lwów jest ukraiński, kocie mój, już dobrze, chłopczyku mały.

Ale Roman w odpowiedzi uniósł ręce do twarzy w obronnym geście. Z drzew wystrzeliły czarne gawrony, a Polacy przy grobach, niczym wystraszone koty, wyglądali zza krzyży w ich stronę, usiłując zrozumieć, co za licho tak krzyczy na cmentarzu.

Agnieszka Kochanowska nieraz uspokajała męskie histerie i rozpacze i dobrze wiedziała, że warto z tego zrobić grę, że mężczyźni to duże dzieci i zabawka-niespodzianka może odwrócić uwagę przeciętnego mężczyzny nawet w obliczu nadejścia Sądu Ostatecznego. Pogrzebała w kieszeniach kurtki. Nie znalazła tam nic oprócz irysów, ale nagle przypomniała sobie o czymś i błysnęła jej genialna idea.

Pocałowała go w policzek, ujęła jego głowę w dłonie i patrząc mu prosto w oczy, powiedziała poważnie:

— Romciu, wyprostuj się i patrz na mnie.

Usłuchał, chociaż nogi wciąż go zawodziły i stały niepewnie, więc nieco się chwiał. Kochanowska pogłaskała jego policzek, stanęła naprzeciw i po chwili poszukiwań wyciągnęła z kieszonki na piersi zwykły, prosty klucz. Potem jej twarz przybrała najbardziej patetyczny wyraz, jaki tylko Agnieszka zdołała sobie wyobrazić, i klęknąwszy na jedno kolano, podała klucz Romanowi.

— Weź ten klucz, bracie Ukraińcu.

— Co to za klucz? — spytał Roman, zaskoczony przedstawieniem, ale też wyraźnie spokojniejszy.

— To klucz do miasta Lwowa. W imieniu Narodu Polskiego przekazuję ci go na wieczystą własność, pod warunkiem dbałości i szacunku dla tego wspaniałego miasta, jego przeszłości, teraźniejszości i przyszłości. Czy przyjmujesz ten dar?

Oczy Romana zrobiły się ogromne i wilgotne, jak u pięciolatka, ostrożnie wziął klucz z drobnej rączki i zacisnął go w pięści, potem podniósł Kochanowską z kolan, pocałował w rękę i mocno przytulił.

— Tak, przyjmuję, oczywiście, że przyjmuję, dziękuję ci! — szepnął jej na ucho.

Agnieszka uśmiechnęła się radośnie, a on poczuł jej uśmiech na skórze szyi.

— A co to za klucz? — spytał nagle.

— Od tamtego mieszkania, w którym byliśmy rano. Wybacz, nie mam innego lwowskiego klucza.

— Ten też dobry — odpowiedział Roman i nagle zaśmiał się cicho, ale szczerze po raz pierwszy po swoim załamaniu.

Z gzymsu spokojnie obserwował ich czarny cmentarny kot, który wygrzewał się na słońcu. Świat wrócił na zwykłe tory.

Ostatecznie Roman uspokoił się jednak dopiero pod wieczór, kiedy po kolejnych kilku godzinach spaceru po Cmentarzu Łyczakowskim Agnieszka wreszcie zdołała go stamtąd wyciągnąć i tramwajem wrócili do centrum, do samego jądra miasta, pulsującego tłumem turystów.

Kochanowska zaprowadziła Romana na kawę na ulicę Ormiańską i teraz siedzieli przy stoliku przed starą hipisowską kawiarnią, spokojnie rozmawiając w samym sercu karnawału, w który każdego wieczora przemieniały się uliczki centrum Lwowa.

— Jak ci się podoba? — spytała Kochanowska.

— Nie wiem. Dokładniej, jestem w szoku. Pewnie potem uporządkuję wrażenia i powiem ci, co czułem.

— Mam nadzieję, że nic złego.

— Nie, raczej dużo nowego.

— Szkoda, że jestem za kółkiem, nie mogę pić. Chętnie bym się z tobą napiła.

— Na Pradze się napijemy, Kochanowska, w domu. Ja też tego potrzebuję.

— Wzrusza mnie to twoje „w domu".

— Lubię cię wzruszać, to przyjemne zajęcie — uśmiechnął się do niej Roman.

Patrzyli na siebie spokojnie i z wdzięcznością.

— A ciekawe, czy tęskniłeś za Pragą? — spytała Agnieszka.

— Hm, a wiesz, że trochę. Chcę już wrócić, tam mam spokój — będzie w sam raz, żeby pozbierać myśli.

— A za Ołeną? — znów spytała, nie odrywając wzroku od jego twarzy.

— Wiem, że to głupio zabrzmi, ale do chwili, kiedy mnie o to spytałaś, nie pomyślałem o niej ani razu — odpowiedział Roman i sam się zdziwił.

I od razu po pierwszej myśli o Ołenie coś załaskotało go w piersiach, spokój znikł, jakby go nigdy nie było. Speszony Roman kilkoma łykami dopił kawę i pytająco zerknął na Agnieszkę.

— Dobrze, dobrze, jedziemy — westchnęła — tylko trzeba odnieść filiżanki.

Obrócili głowy ku kawiarni i dopiero wtedy zauważyli, że przy rozmowie czas minął szybko — drzwi były już zamknięte i tylko w środku paliło się żółte światło, a w jego promieniach dwie kobiety sprzątały pomieszczenie. Kochanowska szybko zapanowała nad sytuacją:

— Idziemy, Romanie, szybciej. — Po czym chwyciła obie filiżanki i szybko odeszła od stolika.

Roman pobiegł za nią, oglądając się przez ramię.

— Kochanowska, ty złodziejko! Trzeba to oddać!

— Idź do diabła — krzyczała już zza rogu — będziemy mieć na pamiątkę!

I rzeczywiście, następnego ranka, po powrocie do mieszkania na Ząbkowskiej, Roman przede wszystkim zaparzył sobie mocną kawę i pił ją z filiżanki zwiniętej w Wirmence. Wspomnienia tamtego dnia spowijały go gęstą słodyczą tak, jak dym płonącego lasu spowija rozleniwione sierpniowe jeziora.

Od chwili, w której wyszedł przez drzwi na Ząbkowskiej, do chwili, w której znów przez nie przeszedł po powrocie ze Lwowa, minęło nieco ponad trzydzieści godzin. Ołenie ten czas ciągnął się, męczył ją i wyczerpywał, Agnieszce skondensował do pół godziny, a Romanowi wydał się całym życiem, wystrzelonym w niego skądś z boku jak kula. Teraz to życie utkwiło w nim, a rana sprawiała ogromny ból.

8. Zanurzenie

Pod nieobecność Agnieszki Piłsudski doszczętnie zrujnował jej mieszkanie. Kiedy zmęczona półtoradniową podróżą Kochanowska otworzyła drzwi, w pierwszej chwili miała wrażenie, że ktoś zrobił u niej przeszukanie, którego naprawdę się obawiała, zanim nie zmuszono jej do pracy nad książką o miłości. Ale na samym środku tego wywróconego do góry nogami mikrowszechświata siedział Piłsudski, a siedział z taką miną, która nie pozostawiała żadnych wątpliwości: podarte książki, brudnopisy, zasłony, kanapa, kilka potłuczonych doniczek — to wszystko było dziełem jego pazurów. Agnieszka ciężko usiadła koło niego, objęła kolana rękami i stwierdziła:

— Mały, ależ z ciebie bydlę.

Piłsudski w odpowiedzi odwrócił się do niej ogonem i po przekątnej przemaszerował przez pokój, by usiąść pyskiem do wiszącego na ścianie obrazu, najwyraźniej zastanawiając się, czy i jego by nie poszarpać. Obraz przedstawiał fragment wieczornego miasta — nikt nie wiedział jakiego — niektórym ze znajomych Agnieszki przypominało Wilno, inni mówili o Budapeszcie. Jedno nie budziło wątpliwości: miasto było przedstawione pięknie, niemal baśniowo, dlatego Agnieszka, mimo że był to prezent od ekskochanka, którego wolałaby nie wspominać, powiesiła obraz w widocznym miejscu.

Piłsudski warknął i przygotował się do skoku, ale jego pani w porę groźnie krzyknęła, w ślad za kotem przeszła przez pokój, zdjęła obraz ze ściany i schowała go za szafą. Potem, rozrzucając bosymi stopami kawałki podartego papieru, przeszła do kuchni, zapaliła gaz i pospiesznie zaparzyła herbatę. Wróciła do kota, nalała mu pełny kubeczek, postawiła przed nim na podłodze i pogłaskała ciepły, giętki grzbiet swojego najlepszego przyjaciela. Piłsudski początkowo opierał się i próbował uciec, potem trochę złagodniał, w końcu odwrócił się pyskiem do Agnieszki i zabrał do swojej herbatki.

— Wiesz, masz rację. Po raz pierwszy, przyznaję, pierwszy, odkąd się znamy, twoja zazdrość jest aż tak uzasadniona. Tak więc, kocisko, ani słowa ci nie powiem na temat tego, co tu nawyprawiałeś. Po pierwsze, jestem potwornie zmęczona, a po drugie, koteczku, dawno niczego takiego nie czułam, więc jeszcze cię zazdrość pożżera, uwierz mi. I podziękuj swojemu kociemu bogowi, że piszę powieść na laptopie, a nie na papierze, bobym cię przerobiła na czapkę, rozumiesz, ty mały potworze?

Piłsudski siorbał swoją herbatę, nie podnosząc wzroku na panią, tak samo jak przygnębieni mężczyźni piją whisky przy barze. Skruszona Agnieszka westchnęła, podrapała na koniec kota za uchem, rozebrała się szybko i padła na łóżko, wyłączając się niemal natychmiast po dotknięciu głowy poduszką. Przed zaśnięciem zdążyła złapać się na myśli, że Piłsudski, ze swoją kocią intuicją, maksymalnie zbliżył wygląd jej mieszkania do stanu, w jakim znajdowały się jej myśli — totalnego rozgardiaszu i anarchii, dzięki czemu Agnieszka Kochanowska ze swoimi uczuciami, wrażeniami i nastrojami pasowała teraz do tego mieszkania tak organicznie, jak chyba nigdy wcześniej.

I dopiero kiedy mocno zasnęła, Piłsudski dopił herbatę, a potem długo chodził dookoła przybitej zmęczeniem do łóżka Agnieszki, jakby wahał się, czy jej wybaczyć, czy nie. Ale w końcu zamruczał cicho, dopchał do ciepłego, miękkiego brzucha swojej pani, zwinął w kłębek i też zapadł w drzemkę, podłączony do niej, ściągając w swoje bezdenne zasobniki zrozumienia, czułości i oddania jej czarne jak ropa wyczerpanie. „Ostatecznie — przemknęło przez kocie myśli — ona nie ma nikogo oprócz mnie".

Kiedy Roman i Agnieszka odsypiali podróż, nad Pragę nadciągnęła prawdziwa burza. Po kilku błyskawicach niebo pękło z groźnym trzaskiem, rozstąpiło się jak niezagojona rana i z górnego świata spadł na ulice cały ocean. Przestraszona Ołena po omacku zamknęła okno i została przy nim, wsłuchując się w potop.

Niebiańskie wody całym swoim ciałem, giętkim i świętym, kładły się na jeszcze niedawno rozpalone pasma blaszanych parapetów pod oknami, mościły się na gzymsach i tuliły do ścian kamienic. A te nasiąkały wilgocią jak gąbki, wsysały w siebie całą karnawałową radość kwietniowej burzy, robiły się ciemniejsze i cięższe, osiadając pod własną lekkością tak wyraźnie, że mieszkańcy, zastygli w głębinach swoich mieszkań, w pozbawionych prądu, bezgłośnych jaskiniach, wyraźnie czuli, jak ich domy oddychają i tańczą z lekkim poskrzypywaniem.

Ołena też poczuła, jak drewniana podłoga pod jej bosymi stopami przechyla się i tańczy, więc sama, ani trochę nieprzestraszona, zadreptała w miejscu, oparta o parapet mocno i pewnie, obiema rękami. Ktoś z wielkich ludzi mówił, że smutkowi najlepiej dać upust przez taniec albo rąbanie drew, bo kiedy wszystkie mięśnie ciała są czymś zajęte, mózg zwyczajnie nie ma czasu skupiać się na myślach i może się odprężyć. Dlatego Ołena teraz garściami wyrzucała z głowy całe girlandy głupich myśli, które ostatnio ją męczyły: o powrocie do Ukrainy, do którego nie można dopuścić, o tym, że Roman już zbyt często zostawia ją samą w tym wielkim mieszkaniu i — co najgorsze — o tym, że niektóre książki i rzeczy w dużym pokoju mają w sobie nutkę tego zapachu, który Roman zawsze przynosi ze sobą, kiedy wraca od Jarosława. I wszystko byłoby w porządku, przecież całkiem możliwe, że Jarosław kiedyś tu mieszkał przez dłuższy czas, więc zostało dużo jego śladów, niedostrzegalnych dla człowieka z normalnymi narządami zmysłów, gdyby nie to, że zapach był jednoznacznie kobiecy. Właśnie dlatego zawsze, kiedy Roman wracał, nastrój Ołeny, i bez tego niespokojny, psuł się do reszty.

Żałowała teraz nie tego, że nie widzi, tylko spraw zupełnie niezwykłych, na przykład — że nie umie czytać w cudzych myślach. Ale tam, cudzych — wystarczyłby abonament na myśli w głowie jednego Romana, żeby się albo uspokoić, albo wreszcie upewnić w swoich podejrzeniach, porzucić wątpliwości i obawy i przestać omijać pewne tematy, które wisiały nad ich stosunkami od samego przyjazdu, a teraz wysuwały się na pierwszy plan. „Ile nam tu jeszcze zostało?" — pytała Ołena samą siebie, licząc na palcach. „No, dwa miesiące z ogonkiem. Dobra, dwa i pół — poprawiała się — potem trzeba będzie chociaż na chwilę wrócić do Ukrainy. Jeśli nawet kogoś ma tu w Pradze, to ich związek przynajmniej na chwilę zostanie przerwany, a ja to wykorzystam. Jak? Przekonam go do wyjazdu w inne miejsce. Dokądkolwiek — do Niemiec, do Polski, do Hiszpanii, a najlepiej na Islandię. Bo to najdalszy kraniec Europy, z tego, co słyszałam. Tam zawsze będzie ze mną, będzie mnie ogrzewać i troszczyć się o mnie. A o tamtej drugiej, jeśli ona naprawdę istnieje, zapomni. Ja jestem bliższa i ważniejsza".

Ołena świadomie szykowała się do przełknięcia potencjalnej zdrady, wiedząc, że nic gorszego nie może się między nimi stać, więc jeśli będzie na to przygotowana, wszystkie inne złe wieści przyjmie ze śmiechem. „Ostatecznie on nikogo oprócz mnie nie ma, cokolwiek się stanie — przeżyję, byle tylko ostatecznie został ze mną" — z tą myślą oderwała dłonie od wilgotnego parapetu, opryskanego kroplami, które wdarły się do pokoju przez stare okno, i po omacku ruszyła do łóżka, gdzie bezgłośnie spał wyczerpany Roman. Po cichutku wślizgnęła się do niego pod kołdrę, dopasowała do wygięć jego ciała i zamarła, chwytając fale niespokojnego, mocnego snu.

Praga usypiała wszystkich. Burza trwała aż do wieczora i gdyby ulewa nie przepędziła ludzi z ulic do domów i knajpek, nie zalała kotliny wzburzoną wodą, to ktoś musiałby zauważyć, że świat wokół jest jak wymarły. W żadnym oknie nie drgnęła firanka, nie zapaliło się światło, kiedy miasto ogarnęły ciemności — wszyscy albo spali, albo pili w piwnicach barów, pełni apokaliptycznych przeczuć.

Kochanowska po powrocie ze Lwowa przespała prawie dobę, co znów rozregulowało jej delikatny zegar biologiczny. Po tygodniu czy dwóch Agnieszka przemieniła się w blady, zmęczony cień, na widok którego Romanowi niezmiennie wyrywało się:

— Kochanowska, co ci jest? Wyglądasz jak duch.

Dotykał jej wychudłych rąk i ściskał nadgarstki, od czego Agnieszka, całkiem już wycieńczona, gotowa była upaść. Któregoś razu w końcu powiedziała mu:

— Znów męczy mnie bezsenność, tak jak wtedy, kiedy się poznaliśmy.

— Często tak masz?

— Okresowo — wyjaśniła — ważne, niezwykłe wydarzenia wybijają mnie z rytmu i pozbawiają snu.

— I co? Znów termos z herbatą, w której rozpuszczasz tabletki, tak?

— O nie, Romanie. Wymyśliłam nowy sposób, bezpieczny dla innych ludzi, a poza tym tak bliski duszy prawdziwego pisarza, że bardziej się nie da! — Agnieszka zaśmiała się i na jej bladych policzkach zakwitł rumieniec, którego Roman już od dłuższego czasu nie widział.

— Opowiesz?

— Lepiej pokażę — odpowiedziała. — Może kiedyś zajrzysz do mnie w gości? — poprosiła.

— Myślisz, że już pora? — uśmiechnął się Roman.

— Tak, już dawno. I tak mi trudno teraz być na dworze, naprawdę, boję się, że zasnę i wpadnę pod samochód albo do jakiejś studzienki. — Agnieszka przytuliła się do niego i dotykając ustami koniuszka jego ucha, szeptała dalej: — Chodźmy od razu, nie wytrzymam na ulicy, chodźmy, proszę, ułożysz mnie do snu, chcę spać.

Jej głos przechodził w cichutki skowyt szczeniaka i Roman ani się obejrzał, jak Kochanowska ciągnęła go przez Pragę do siebie do domu, nawet na moment nie puszczając jego ręki, nie zatrzymując się i nie oglądając. Roman wlókł się za nią jak pies na łańcuchu, ledwie nadążając za tempem, które narzuciła od pierwszego kroku.

— Coś mi się nie wydaje, żebyś chciała spać! — krzyczał do niej, ale Kochanowska tylko w marszu obracała się ku niemu i spoglądała zmęczonymi, poczerwieniałymi z niewyspania oczami.

Jej dom pojawił się niespodziewanie, wyrósł zza rogu. Roman domyślił się, że to tu, widząc już znajomego jasnego opla zaparkowanego na chodniku. Nagle przypomniał sobie, że od razu po przyjeździe do Warszawy, podczas pierwszego spaceru po Pradze, chodził tędy i też natknął się na ten samochód.

— To Namysłowska — rzuciła Agnieszka.

— Wiem, już tu byłem. I twój samochód też widziałem, od dawna podejrzewałem, że tu mieszkasz.

— Och, ty! I nie wpadłeś? — Aż stanęła.

— No, jak widzisz. — Roman patrzył na nią spokojnie, z uśmiechem. — Dalej, prowadź.

Agnieszka mieszkała na parterze. Nie weszli do jej mieszkania tak, jak wszyscy normalni ludzie — przez klatkę schodową i drzwi wejściowe, o nie. Kochanowska zmusiła go do przejścia przez obrośnięty winoroślą plot, potem szybko i zręcznie skoczyła sama i znaleźli się w małym ogródku, aż szmaragdowym od zieleni, z brukowaną ścieżką, która koło stolika z dwoma krzesłami prowadziła w głąb, ku zwykłym drzwiom.

— Miałaś gościa? — Roman pokazał na dwa puste śnieżnobiałe kubeczki stojące na stole. — Posprzątałabyś przynajmniej czy coś, zanim mnie przyprowadzisz. — W jego głosie zabrzmiała nutka zazdrości, którą Kochanowska od razu wyłapała.

— A nie, to my z Piłsudskim piliśmy herbatę — wyjaśniła zmęczonym głosem.

— Józef Piłsudski? — Roman aż gwizdnął. — Kochana, albo nie wiesz, co mówisz, albo zajmujesz się spirytyzmem! Chodź, położę cię spać.

— Piłsudski to mój kot.

— Nie wiedziałem, że masz kota.

— O, wielu rzeczy o mnie nie wiesz, mimo że tyle czasu spędzamy razem. — Stanęła na palcach, żartobliwie pocałowała go w tył głowy i naciskając na ramię, usadowiła na krześle. — Poczekaj, zrobię dla nas kawę. Posiedź tu.

Nie czekając na odpowiedź, zgrabnie zabrała ze stołu puste naczynia i poszła do drzwi, a potem bez jednego brzęknięcia zniknęła we wnętrzu mieszkania.

„Pasuje do niej ten ogródek — myślał Roman, rozsiadając się na krześle i wbijając wzrok w wysokie niebo nad nim — tu się pewnie dobrze pracuje". Ale ta myśl nie zdążyła się w jego głowie rozwinąć ani w krótki akapit, ani nawet w zdanie wielokrotnie złożone, bo przez otwarte drzwi jak wąż prześlizgnął się Piłsudski, przebiegł po ścieżce i usiadł naprzeciw Romana, zupełnie jakby go badał.

— No cześć. Dopiero się dowiedziałem o twoim istnieniu i jak wynika z moich doświadczeń w kontaktach z rodziną kotowatych, jestem pewien, że zdecydowanie ci się nie podobam. Mam na imię Roman i twoja pani czuje do mnie miętę, więc przyjmijmy to za aksjomat i postarajmy się traktować siebie nawzajem ze zrozumieniem. — Roman pochylił się nieco do przodu, oparł łokcie na kolanach i tłumaczył kotu dalej: — Nikt nikomu nie będzie robił krzywdy, sikał na buty i darł ubrań, ale też nikt nikogo nie będzie miętosił i głaskał bez obopólnej zgody, słowem, obowiązuje wzajemny szacunek. Zgoda?

Piłsudski patrzył na niego lodowato i bezlitośnie, jak zdeklarowany rzezimieszek na potencjalną ofiarę. Całym sobą dawał Romanowi do zrozumienia, kto i czego jest tutaj naprawdę wart, a wyrazem pyska przypominał kryminalny autorytet średniej rangi, który przyjechał uregulować drobny konflikt na bazarze, mimo że to w ogóle nie jego poziom, a zajmuje się tym tylko po to, żeby nikt nie miał wątpliwości, kto tu rządzi. Kot jeszcze raz chłodno zerknął na nowego znajomego, a potem, bez jakiejkolwiek reakcji na przemówienie, ostro się odwrócił i niespiesznie odmaszerował do domu.

— Hm, jeszcze i to ziółko. — Roman uśmiechnął się do siebie. — Chyba mam nowego wroga.

Puszysty ogon Piłsudskiego ledwie zdążył zniknąć w szparze drzwi, a już z gracją anioła wypłynęła stamtąd Kochanowska z tacą w rękach. „Do licha, a może ona jest perewertniem?!" — Romana wręcz użądliła głupia, ale tak raptowna i kusząca myśl. „Jeśli dziś nie zobaczę ich obojga równocześnie, będzie mnie prześladować myśl, że Kochanowska to koci perewerteń".

— Co tam, kochanie? — Agnieszka uśmiechała się łagodnie i z troską. — Proszę, kawa z irysami. Jak chcesz, dosyp cukru, mnie i tak jest słodko.

— Dziękuję, dziękuję. Ależ ten twój kot... niezwykły taki, oczyskami w głąb duszy mi zajrzał.

— Już wyszedł sprawdzić, kogo przyprowadziłam?! — zaśmiała się Kochanowska. — Zazdrosny, że aż strach. Prawdziwy Otello.

— Chyba mu się nie spodobałem.

— Nienawidzi każdego, kto się do mnie zbliża — wyjaśniła Agnieszka.

— Aż tak?

— Aż tak. Mam nadzieję, że dla ciebie zrobi wyjątek.

— Zobaczymy. A możesz go zawołać? Chcę zobaczyć, jak razem wyglądacie. — Roman uciekł się do wybiegu, żeby odpędzić natrętną i głupią myśl o perewertniu.

— Nie, teraz nie przyjdzie, walczy ze swoją zazdrością — powiedziała Agnieszka, a Roman nie zrozumiał z jej tonu, czy żartuje, czy mówi serio.

I w tym momencie, jakby na potwierdzenie jej słów, z mieszkania dobiegł dźwięk tłuczonych naczyń. Roman zerwał się na równe nogi, ale Kochanowska patrzyła na niego spokojnie i wzrokiem zapraszała, by z powrotem usiadł, nie przejmując się takimi drobiazgami.

— To on coś teraz rozwalił, prawda? — spytał Roman.

— Aha, mówiłam przecież, że walczy z zazdrością. To nic, specjalnie kupuję tanie naczynia, na wszelki wypadek.

— Jasne.

Upewniony dzięki temu, że Kochanowska to Kochanowska, a kot Piłsudski to kot, Roman się uspokoił. Rozmowa popłynęła równo i niewymuszenie.

— Wiesz, jednego nie mogę zrozumieć — pytał Roman, patrząc na ulicę przez zielone zarośla — ta Namysłowska to same nowe bloki. Dlaczego nie zostałaś w tamtym mieszkaniu, starym? Tam i okolica ciekawsza, i samo mieszkanie, jeśli dobrze rozumiem, znacznie większe. Mnie się tam bardziej podoba.

— Właśnie dlatego, to znaczy z powodu wielkości i stanu mieszkania. Ten dom tutaj nie runie znienacka i nie spłonie z byle powodu, a na Ząbkowskiej jest to całkiem możliwe, sam widziałeś — jesteś tu zaledwie cztery miesiące, a na Pradze już kilka starych domów przeniosło się do lepszego świata. Do tego mam za dużo wspomnień związanych z tamtym mieszkaniem, nie chcę się o nie co chwilę potykać. A poza tym, Romanie, kiedy się mieszka samemu w dużym mieszkaniu, to znacznie ostrzej odczuwa się swoją samotność. Nic mi po nim, naprawdę. Tutaj jest mi przytulnie i wygodnie, na Ząbkowską wpadam w razie potrzeby i używam tamtego mieszkania, kiedy tylko mam ochotę.

— Aha... a ten ogródek... nie boisz się? Tu łatwo wejść, nie boisz się, że cię okradną czy zgwałcą na przykład?

— Och. — Agnieszka teatralnie uniosła wzrok. — Gdzież ci przestępcy, gdzie?! Dlaczego nigdy nic mi się takiego nie przytrafiło!?

— Wszystko jasne — roześmiał się Roman, dopił kawę i odstawił filiżankę. — To co, pokażesz mi w końcu tę swoją czysto pisarską metodę walki z bezsennością? — spytał. — Bo to już trudno twarzą nazwać, Agnieszko, sama maska zmęczenia.

Kochanowska dopaliła papierosa i zaprowadziła Romana do środka, wystawiając równocześnie Piłsudskiego do ogródka mimo jego wściekłych protestów.

— Lepiej, żeby został teraz na dworze — wyjaśniła.

— Dobrze, dobrze, co mam robić?

— Nic. Usiądź na chwilę na kanapie, zawołam cię.

Wcisnął się w kąt, oglądając pokój, jeszcze nie do końca uwolniony od skutków działalności Piłsudskiego, a Agnieszka biegała z jakimiś zawiniątkami i torebkami, jakby się pakowała. Zaciekawiony Roman obserwował te zabiegi, aż wreszcie domowa trąba powietrzna ucichła i zniknęła gdzieś w głębi przedpokoju. W końcu rozległ się przytłumiony przez ściany głos Kochanowskiej. Ruszył za nim, jeszcze kiepsko orientując się w małym, ale obcym mieszkaniu, omijając odłamki potłuczonych przez Piłsudskiego talerzy, usypane wszędzie niekształtne stosy irysów i trzymając się ścian, nagrzanych od kwietniowego powietrza.

— Gdzie jesteś? — zawołał Agnieszkę.

— Tutaj!! — Głos dobiegał z drzwi na samym końcu korytarza.

— Zaraz, jesteś w łazience?! — Ta myśl uderzyła go tuż przed drzwiami.

— Tak, w łazience. Pstryknij wyłącznikiem, na prawo od drzwi, i wchodź.

— A jeśli jesteś naga?

— Jestem, wchodź, ja nie gryzę.

— Nie byłbym taki pewien — mruknął Roman, zgasił światło, popchnął drzwi i wszedł.

W łazience paliło się kilka świeczek, a w chwili, w której przekroczył próg, skłonna do teatralnych gestów Agnieszka włączyła muzykę. Ciszę łagodnie rozdarli na strzępy dobrze znani Romanowi Rolling Stonesi, wprawdzie ledwie słyszalni zza przelęknionych oddechów dwojga ludzi. Kochanowska leżała w głębokiej, pustej wannie, świeczki były ustawione tak, żeby światło sięgało jedynie jej twarzy, obojczyków, przedramion i piersi, a poniżej żeber tańczyły już cienie. Jej brzuch, niczym owinięty w czarną kołdrę, tonął w ciemnościach.

Kochanowska patrzyła na niego zachłannie i pytająco.

— I co ty na to? — powiedziała, oblizując wyschnięte wargi.

— Nic piękniejszego w życiu nie widziałem, serio.

— Dziękuję, Romciu. Usiądź koło mnie, na brzegu.

Póki posłusznie Roman pokonywał tych kilka kroków, Agnieszka zdążyła odkręcić kran i nad wanną momentalnie rozeszła się para — woda była gorąca.

— Naprawdę tak zaśniesz? — zapytał Roman, zwyczajnie nie wiedząc, co teraz powiedzieć.

— Nie, to tylko preludium. Teraz wykonam kolejno różne czynności, a wtedy z pewnością zmorzy mnie sen. Taki rytuał, obrzęd, rozumiesz? Lubię różne rytuały.

— Przywoływanie snu? — zastanawiał się na głos. — Czuję się jak uczestnik jakiegoś obrzędu, to fakt. Tylko nie rozumiem, co w tym pisarskiego.

Roman położył rękę na jej ramieniu i zsunął ją w dół, do obojczyka, od czego Kochanowska prawie się zachłysnęła. Woda już łaskotała jej zmęczone od chodzenia na piechotę łydki i kocie wygięcie pleców, przyjemnie pluskała i dotykała jej czule, na razie nieco delikatniej niż Roman, i Agnieszka miała wrażenie, że zaraz umrze, rozdarta między tych dwoje kochanków. Nagle sięgnęła ręką gdzieś w bok i wyciągnęła z mroku butelkę.

— Co to jest? — spytał Roman.

— Szampan — wyjaśniła. — Dobrze schłodzony szampan. Część rytuału. Nieodłączna.

— Czy ty za każdym razem wypijasz butelkę szampana, żeby zasnąć? W alkoholizm wpadniesz!

— Jeśli nie będę spać, zwariuję o wiele szybciej. Poza tym lubię być pijana przy tobie, więc wypiję teraz trochę więcej niż zwykle. Patrz i milcz — poradziła mu.

A Romanowi i tak wszystkie słowa urywały się w gardle, rozsypywały w proch, utykały na zębach, rozdziobane na fonemy przez ptaki pożądania i zachwytu. Głaskał jej delikatną skórę i czuł, że to wszystko naprawdę ma coś wspólnego z pisarstwem, natchnieniem, twórczością i szaleństwem, i im sprężyściej pod opuszkami jego palców pęczniały od rozkoszy jej piersi, tym dobitniej to rozumiał. Gorąca woda pieściła już jej boki, Agnieszka cicho jęczała i kuliła się, a gdyby nie silne ręce Romana, to uleciałaby ze szczęścia pod sam sufit.

— Tak, tak — szeptała, pijąc wielkimi łykami z butelki. — Wszystko polega na tym, żeby całkowicie się otworzyć, umieć odrzucić wszelkie zastrzeżenia, płaszcz codzienności, umieć zaufać i pokazać siebie bez ozdób i całej reszty. Być godną pożądania, spragnioną i prawdziwą, pokazać siebie niezależnie od wszystkiego na świecie, kiedy materia, którą jesteś, mówi sama za siebie. Pisanie książki, Romanie, jest podobne do brania kąpieli. — Jej oddech prawie zatrzymywał się z powodu bliskości Romana, a może nawet nie tyle bliskości, ile połączenia z nim, splecenia i wzajemnego przenikania, które prowadziły ją do krańcowego osłabienia, bliskiego szamańskiej ekstazie. — Wpatrujesz się w pustą i zimną ceramiczną trumnę fabuły, usadawiasz się tam jak najwygodniej ze wszystkimi swoimi nałogami — kochankiem, papierosami, alkoholem, narkotykami i czym tam jeszcze — i odkręcasz kran. I od chwili, w której woda tekstu zaczyna wypełniać to przygotowane zawczasu naczynie, zgodnie z prawami natury ty sam zaczynasz ważyć w tej wodzie coraz mniej, jesteś wypychany z fabuły i zamiast autobiograficznych szczegółów pojawiają się tam tylko odłamki twojego życia, zniekształcone na potrzeby wątku. Właśnie dlatego żadna książka, Romciu, po ukończeniu nie wygląda tak, jak została pomyślana na początku — bo autor staje się nieważki i ulotny, jest wypierany przez tekst z pierwotnego zamysłu, w tym szkielecie pozostają tylko jednostki o największym ciężarze właściwym. Może dlatego mamy stosunkowo mało poważnych pisarzy?

— Nie wiem — odpowiedział na jej monolog zdezorientowany Roman. — Nie wiem, co odpowiedzieć, chyba to, że przebywanie tu z tobą w takich warunkach — skinął ku wodzie, która już zalewała jego palce, tańczące na piersiach Agnieszki, skinął ku prawie pustej butelce szampana i świecom — nawet mnie może skłonić do napisania czegoś. To pobudza i daje natchnienie, jestem w siódmym niebie, to wprost niesamowite uczucie.

— Podejrzewam, że to erekcja — zaśmiała się, prężąc w stronę Romana.

Nagle jej nietrzeźwy już śmiech znalazł się pod wodą i Agnieszka, bezradnie wypuściwszy z ręki butelkę, która natychmiast rozbiła się z brzękiem o podłogę, ciężko opadła w gorące morze swojej kąpieli. Roman przestraszył się, ale szybko zareagował, chwycił ją za włosy i wyciągnął głowę z wody.

— Boże, prawie umarłam, zanim mnie tak złapałeś — zawołała, kiedy wykasłała z płuc przezroczystą wodę.

— Tak, Agnieszko, wystarczy. Już się upiłaś, pora do łóżka. — Roman bez wielkiego trudu wziął ją na ręce, od czego na podłogę chlupnął cały wodospad.

Kochanowska wytarła się z jego pomocą miękkim, świeżym ręcznikiem i już pięć minut później zasypiała, okryta kołdrą, z mokrą jeszcze głową leżącą na udach Romana.

— Tak właśnie bywa. Właśnie tak kończy się książka — mruczała przez nadciągający sen — autor zachłystuje się i w pewnej chwili tekst wyrzuca go z fal, jak rybę na piasek, gdzie, nieprzyzwyczajony, traci oddech z braku stworzonego przez siebie świata.

— A potem?

— Potem? Potem mija jakiś czas i znów pojawia się potrzeba kąpieli, i tyle.

— Tak po prostu?

— Tak po prostu.

Po tej frazie Kochanowska zapadła wreszcie w wyczekiwany, wypieszczony, słodki i wymęczony sen, ściskając ciepłą, czułą dłoń Romana. Dopiero teraz, kiedy ucichła woda w kranie, zamilkli Stonesi, a od Agnieszki zamiast pijanych monologów dolatywało tylko ledwo zauważalne posapywanie, Roman usłyszał Piłsudskiego, który szaleńczo drapał w drzwi.

9. Pęknięcie

Wiosna okazała się nad podziw gorąca i pospieszna. Agnieszka pisała w swojej powieści o całych domach, które już od połowy maja o tej szalonej porze, kiedy słońce pali najmocniej, topiły się na brzegach jak ser nad ogniem, o stalowych ofasowaniach, na których ekstremalni prażanie mogli smażyć jajka, i o tynku na ścianach, który miękł w upale i ulegał deformacjom pod własnym ciężarem.

Wymyślona przez nią historia dobiegała końca i nic nie można było na to poradzić. Wydawnictwo dzwoniło z przypomnieniami o terminie, poganiał i Roman, bo koniecznie chciał wiedzieć, jak to się wszystko skończy. Trzeba było pisać zakończenie.

Tamtego razu, kiedy Agnieszka zademonstrowała swoją arystokratyczną metodę walki z bezsennością, Roman nie wyszedł, póki się nie obudziła. Prawie do zmierzchu siedział na podartej kanapie, z jej głową ułożoną na jego udach jak na poduszce. Od jego dotknięć mokre kobiece włosy pachniały szczęściem i niechętnie schły. Wpuszczony z ogródka Piłsudski tak samo nieodłącznie leżał w pobliżu, nie odrywając od Romana zazdrosnego wzroku.

Kiedy Agnieszka otworzyła oczy po kilkugodzinnym śnie, znacznie krótszym, niż można się było spodziewać, na jej twarzy pojawił się niepewny uśmiech: Roman był przy niej. Jeszcze niezupełnie wyrwana z łańcuchów odprężenia i spokoju, mruknęła coś rozczulającego i zaprosiła go na kolację.

— Nie, nie dziś, Kochanowska. Pójdę już. Ale miałbym prośbę: daj mi do przeczytania swoją książkę, tę, którą teraz piszesz.

— Już? — zdziwiła się Agnieszka. — Może poczekasz, aż będzie wydana?

— Chciałbym teraz, skończyłaś przecież?

— Nie, nie całkiem. Został ostatni rozdział, finał.

— No i świetnie — przytaknął Roman — przeczytam wszystko oprócz najważniejszego. A ten ostatni — już w gotowej książce. Zgoda?

— Och, mój drogi, nawet sobie nie wyobrażasz, jak bardzo trzeba kogoś kochać, żeby pozwolić mu czytać własną nieukończoną książkę. Zaraz ci wydrukuję. — Kochanowska, śmiesznie trzeszcząc stawami, wstała z jego kolan, żeby podejść do komputera.

Z uśmiechem zignorował początek jej wypowiedzi i póki Agnieszka grzebała w dokumencie, najwyraźniej ustawiając czcionki i coś tam poprawiając, póki drukarka wyśpiewywała swoje symfonie przed zaspaną panią domu, Roman zaparzył dla nich kawę i nakarmił Piłsudskiego. Kot posłusznie, bez cienia sprzeciwu, jadł ze swojej miseczki.

— Jestem w szoku — zawołała do niego Kochanowska — zaufał ci, pierwszy raz się zdarzyło!

Kiedy filiżanki były puste, drukarka wypluła ostatnią kartkę. Kochanowska starannie zebrała wszystkie, wyrównała brzegi i z żartobliwym uśmiechem powiedziała do Romana:

— No, zmykaj. Masz, co chciałeś.

— Dobra, tylko nie strzelaj — podchwycił jej ton i tyłem wycofał się ku drzwiom od ogródka, podnosząc do góry ręce z wydrukiem.

Ale Kochanowska nagle skoczyła ku niemu, w kilku krokach pokonała dzielącą ich przestrzeń i przywarła do Romana całym ciałem.

— Dziękuję, że troszkę ze mną pobyłeś, mój drogi. Nie kocham cię i nie będę za tobą tęsknić.

— Po co mi to mówisz? — spojrzał na nią ze zdziwieniem.

— No, bo wiesz... — zmieszała się Agnieszka — pamiętasz, mówiłam ci kiedyś, dawno temu, sto lat temu, że miłość prawie zawsze trzyma się na kłamstwie — od drobnego kłamstewka do kłamstwa, że miłość wciąż trwa, pamiętasz?

— Tak, pamiętam.

— Więc lepiej, żebym kłamała właśnie tak niż jakkolwiek inaczej, prawda?

— Ja też ani trochę cię nie kocham, Kochanowska. Pa! — Pocałował ją w policzek, wyszedł do ogródka i z łatwością przeskoczył zarośnięty winem płot, by zniknąć na początku Namysłowskiej.

— Na razie, na razie! — krzyczała w ślad za nim uszczęśliwiona Agnieszka. — Widziałeś, widziałeś?! — mówiła już do kota, który leniwie rozciągnął się przy wyjściu z pokoju, kiedy tylko Roman go opuścił. — No i jak?

Kochanowska tańczyła po mieszkaniu jak listek porwany w powietrze siłą przeciągu, a Piłsudski patrzył na nią z pomieszanymi uczuciami ironii i radości — jak starsi ludzie patrzą na zakochane dzieci.

Czytanie nowej książki Agnieszki Kochanowskiej okazało się dla Romana poważnym sprawdzianem — nieostre, niezdecydowane próby przeczytania polskiego tekstu wyparła paląca konieczność. Czytało mu się ją nie zawsze łatwo, mimo że język znał już dość dobrze, bez trudu rozumiał swoją polską przyjaciółkę i mówił zupełnie poprawnie, choć Kochanowska powtarzała mu, że nigdy nie zdoła pozbyć się swojego miękkiego ukraińskiego akcentu. Napotykał jednak w tej nieukończonej powieści tyle własnych cech, urywków z ich rozmów, miejsc, w których razem bywali, że książka przestawała być tylko zwykłą książką, a rozumienie tekstu pociągało za sobą większą odpowiedzialność, co rzecz jasna utrudniało proces czytania, raz po raz ogłuszając Romana jakimiś intymnymi szczegółami czy rozważaniami albo wręcz nieoczekiwanymi decyzjami Kochanowskiej, które nie pasowały do jego wizji rozwoju fabuły.

Książka okazała się dziennikiem jego pobytu w Warszawie, a dokładniej — na Pradze, bo przecież ani razu przez te długie, choć szybko mijające miesiące nie przeciął ciemnej wstęgi Wisły ku Staremu Miastu. I mimo że wcześniej świadomie nastawiał się, że wszystko będzie właśnie tak, bo po to przecież prowokowała go do otwartości, po to prowadziła z nim długie rozmowy, za to mu płaciła — żeby sprzedał jej całą swoją przeszłość, a wraz z nią całego siebie, z wnętrznościami — to i tak książka nim wstrząsała. Nieważne, jak wytrwale tłumaczył sobie, że jest gotów na każde słowo, które przeczyta, i tak niektóre zdania, fragmenty, a nawet pojedyncze słowa rozdzierały mu piersi, jak otwieracz rozkrawa puszkę. Kochanowska dokładnie wychwytywała zmiany jego postrzegania świata po wyjeździe z Ukrainy, zaznaczała — jak gdyby kolorowym markerem — kluczowe momenty i podkreślała szczególnie ważne myśli. Przez tych kilka tygodni, które poświęcił na czytanie książki, Roman nieustannie czuł się przed nią obnażony, bezbronny i kruchy, ale Kochanowska zachowywała się nad podziw delikatnie — nigdy nie uraziła jego najsubtelniejszych uczuć.

Równocześnie ta nieukończona książka okazała się pomnikiem ich dwojga. Pomnikiem ich uczuć i zainteresowania, świadectwem tego, jak mocno mogą spleść się dwa bliskie sobie narody, jeśli będą mówić do siebie nawzajem, wysłuchiwać się i szanować. Ale jeśli odrzucić patos, była po prostu odbiciem tego, jak przypadek, nieprzewidywalny zbieg okoliczności, wpływa na życie przeciętnego człowieka.

— Romciu, wszystko zależy od przypadku. Cokolwiek zaplanujesz, nigdy nie wiesz, co stanie się za chwilę. Dlatego ja tam wolę w ogóle niczego nie planować. — Agnieszka prowadziła go przez niemal letnią już Pragę, i to takim zygzakiem, że Roman chwilami tracił orientację, gdzie właściwie są.

— Ale jak żyć bez planów? Jak wszystko budować?

— Wcale nie budować! Sensu w tym nie ma za grosz! Proszę, wymyśliłeś, że opuścisz Ukrainę, szukałeś miasta, do którego chciałbyś pojechać, szukałeś najlepszych kupców na swoje mieszkanie, załatwiałeś sprawy w pracy, a przede wszystkim — tłumaczyłeś to wszystko znajomym i rodzicom, szukałeś wsparcia Ołeny, a koniec końców o twoim losie zadecydowało kilku drobnych złodziejaszków i obca kobieta. Przy czym, chciałabym podkreślić, pierwsi postawili cię w takiej sytuacji, że drugiej, czyli mnie, wcale się nie opierałeś.

— Byłem zdesperowany.

— To bez znaczenia. Mówimy o tym, że tworzenie planów nie ma sensu.

— Wygrałaś. Planowanie to absurd.

— A poza tym, szczerze mówiąc, zdumiała mnie łatwość, z jaką przyjąłeś moją propozycję. Spodziewałam się jednak jakiegoś oporu.

— A co mi wtedy zostało, Agnieszko? — Roman ze wstydem rozłożył ręce. — Znalazłem się bez pieniędzy w obcym kraju i byłem w związku z tym, swoją drogą, w porządnym szoku.

— Jasne, że tak. Ale patrz, zaproponowałam ci pomoc finansową, a tobie nawet do głowy nie przyszło, że można mnie poprosić o pożyczkę, żeby jednak zrealizować swój plan, dojechać do Pragi i urządzić się tam na początek. Nie, od razu dałeś się wciągnąć w intrygę. Oszukałeś swoją ukochaną, której, tak podejrzewam, już wcale wtedy nie kochałeś. Zamieniłeś Pragę czeską na warszawską, na pierwszy rzut oka znacznie mniej barwną, a w zamian dostałeś moje przywiązanie i dość beztroskie życie przez całe pół roku.

— Tak, rzeczywiście dość beztroskie.

— No właśnie, a ja nawet nie usiłuję cię uwieść, chociaż już dawno powinno było do tego dojść.

— A to niby czemu? — udał zdziwienie Roman.

— Widzisz... — Polka zmrużyła oczy. — Miałam kiedyś interesującego kochanka. Matematyka. Jako mężczyzna niespecjalny, ale nadrabiał tym, że nieustannie podrzucał mi takie tematy do przemyśleń, od których wirowało mi w głowie i traciłam nad sobą kontrolę na sam dźwięk jego głosu.

— I co, mam teraz słuchać o twoich kochankach? — oburzył się Roman.

— Ależ skąd, nie zrozumiałeś. Nie po to przecież mówię, żeby ci dokuczyć. Tak mi się skojarzyło.

— No dobra — niechętnie zgodził się Roman i poprosił o papierosa, żeby się uspokoić.

— No, był matematykiem... swoją drogą, to po nim mam ten nawyk, z którego się nabijasz — rozrysowywać miłość na wykresach. I pewnego dnia ten spokojny chłopiec z niezmiennym od lat rozkładem dnia zwyczajnie przepadł. Wyobrażasz sobie?

— Mhm.

— Postawiliśmy na nogi całą policję w mieście, objechaliśmy wszystkie kostnice. Ale w końcu znaleźliśmy go całego i zdrowego. Cztery dni przesiedział w parku przy wylocie z miasta.

— Co on tam robił?

— Opracowywał „wzór uwodzenia", jak sam go nazwał.

— Ej, ludzie naprawdę bywają aż tak popaprani?!

— Ale poczekaj, Romciu! To było genialne! — Kochanowska z zachwytem opowiadała tę historię, ożywiając ją w swojej pamięci. — Istota wzoru polegała na tym, że każdy człowiek ma w sobie dany przez naturę poziom aktywności seksualnej, czyli to, co nosi nazwę libido. Wyróżnił wtedy, najogólniej mówiąc, pięć typów seksualności, z oznaczeniami od jednego do pięciu, żeby było łatwiej liczyć. Do tego uwzględniał opór wobec skierowanej na daną osobę aktywności seksualnej. To znaczy: jeśli ktoś pod tym względem jest maksymalnie aktywny, to stawia minimalny opór. I odwrotnie. Też wartość od jednego do pięciu. Nadążasz?

— No, staram się — uczciwie przyznał Roman.

— Aha. Jest więc seksualność i jest opór, dane przez naturę. Potem określił, też dla równego rachunku, pięć etapów uwodzenia drugiej osoby. Od pocałunku — do pełnej, bezwarunkowej kontroli nad jej ciałem i myślami.

— To już ciekawsze.

— Mało powiedziane. A jeszcze, wyobraź sobie, sprawdzał w tabelach, ile energii człowiek zużywa na różne aktywności. No, chodzenie, bieganie, spanie, czytanie, słuchanie muzyki i tak dalej.

— Po co?

— A to było najlepsze. Po odrzuceniu emocji podszedł do procesu uwodzenia drugiej osoby z całkowicie formalnego punktu widzenia. I zaproponował, żeby w oparciu o zadane przez naturę charakterystyki aktywności seksualnej wyliczać, ile energii albo czasu wymaga doprowadzenie danej osoby do danego stadium uwiedzenia.

— Ale co, ty poważnie traktowałaś te brednie?! — zdziwił się Roman.

— Dlaczego „brednie"? Teoretycznie, bez uwzględnienia szumów, wychodziły dość ciekawe liczby. Na przykład, znając seksualność własną i partnera, można było wyliczyć, ile czasu trzeba zużyć na wykonanie pewnego zestawu działań i osiągnięcie danego etapu uwiedzenia.

— Chory był. Na głowę.

— Skąd, sprawdzaliśmy, w teorii wszystko wychodziło prawidłowo.

— Sprawdzaliście?!

— No tak, w imię nauki i sztuki.

— Cyrk na kółkach.

— Ale to jeszcze nie koniec! Braliśmy jeszcze zadany czas i wyliczaliśmy energię, to znaczy: co właściwie trzeba robić, żeby kogoś uwieść.

— I co, do dziś pamiętasz ten wzór?

— Ha! Pewnie! — nieznoszącym sprzeciwu tonem oznajmiła Kochanowska.

— Zdradzisz mi?

— Nie-e. To będzie moja tajemnica.

Roman szedł, z namysłem obracając w głowie całą tę historię. Wyglądała strasznie głupio, ale coś w tym jednak budziło jeśli nie zaufanie, to ogromne zaciekawienie.

— No tak, a po co mi to wszystko opowiedziałaś, bo nie rozumiem?

— Bez powodu. Po prostu chcę cię, Romanie, poinformować, co wynika z tego wzoru: przy użyciu energii, którą zużyłam na ciebie przez cały czas naszej znajomości, z łatwością uwiodłabym trzech impotentów.

— Serio?

— Absolutnie. I to nie po jednym razie.

— Dziwnie się czuję. Nie sądziłem, że taki jestem oporny.

Roman w milczeniu pomaszerował dalej, trzymając Kochanowską za rękę. Przed oczami, jak na filmie, przewinęły się ostatnie miesiące, jaskrawe i ciepłe, i w tej samej chwili boleśnie ukłuło go zrozumienie, że z dozwolonych przez wizę sześciu miesięcy został tylko jeden. „Strasznie mało — pomyślał Roman — nieznośnie mało".

— Kochanowska, jutro już lato. — W jego głosie brzmiały niedomówienia i niepokój.

— Wiem, Romku — poważnie spojrzała na niego Agnieszka — ja też ciągle o tym myślę. Ale to nic, wrócicie tu, kiedy wam się uda, to nic strasznego. Ja poczekam.

Roman w odpowiedzi tylko chrząknął. Tym razem Agnieszka przyprowadziła go do siebie na herbatę, ale podczas przygotowywania napoju upiła się winem i — rozdzierana na strzępy pożądaniem i niecierpliwością — napluła w końcu na wszelkie zasady przyzwoitości, wzory swoich szalonych kochanków, ogląd sytuacji i całą resztę, i przewróciła Romana na kanapę, usiłując go zgwałcić. Ale jej pijane, nieposłuszne palce nie poradziły sobie już z trzecim guzikiem przy jego koszuli i Roman momentalnie zdołał się opanować, jak wąż wyślizgnął spod niej, pocałował ją w usta i potykając się o rozciągniętego Piłsudskiego, wybiegł do ogródka, by jak zwykle przeskoczyć przez zielone ogrodzenie i opuścić to mieszkanie niczym drobny złodziejaszek. Na piersiach boleśnie czuł długie, cienkie i głębokie ślady paznokci Agnieszki.

— No co za skurwysyn! — krzyczała w ślad za nim Kochanowska, po raz pierwszy w życiu rzucając talerzami o podłogę.

Porcelanowe i ceramiczne odłamki zaścielały parkiet i niczym szrapnele przecinały rozpalone powietrze w pokoju. Przerażony Piłsudski wcisnął się w kąt i pobłyskiwał stamtąd odblaskowymi oczyskami. Agnieszka osiągnęła taki poziom szaleństwa, jaki jest dostępny tylko zakochanej, pijanej kobiecie, której sam ukochany nie pozwala dotknąć upragnionego ciała. Czuła aż podskórne swędzenie, zrywała z siebie ubranie, ale z każdą sekundą jej własne dotknięcia rozgrzewały ją coraz mocniej. Noc minęła słodko, bez nadziei i snu, wśród rozpalonych prześcieradeł, które, jak piasek pustyni, nie zdążały ostygnąć w ciągu krótkich, bezsłonecznych godzin. Każde jej dotknięcie stawało się dotknięciem Romana, bo gdzieś w zagłębieniach jej linii papilarnych pozostały jego ślady, a czasem zdawało się, że ich odciski w ogóle zrosły się w coś nowego, wspólnego i nieznanego w dotyku, co było jeszcze słodsze i delikatniejsze.

Kochanowska uspokoiła się dopiero gdzieś nad ranem, wyczerpana namiętnością i bezsilnością, rozciągnęła się na łóżku w pół wydechu, zastygła na moment, wygięta ku porannemu, wilgotnemu niebu jak któryś z mostów nad Wisłą, a potem opadła w szeleszczące łóżko pod ciężarem swojej miłości. I dopiero wtedy, kiedy jej oddech wyrównał się i uspokoił, w nogi łóżka wskoczył zdezorientowany kot, w każdej chwili gotów zarówno uciec w dowolnym kierunku, jak i w razie potrzeby ułożyć się aż na samym dole brzucha lub sercu po to tylko, by wyciągać stamtąd zwątpienie.

Pozostała dwójka bohaterów także tej nocy nie zmrużyła oczu. Kiedy Roman opuścił swoją miłą, roztrzęsioną Polkę, prawie biegiem puścił się ku Ząbkowskiej, strasząc gołębie i gapiów, bełkocząc pobladłymi ustami czy to modlitwy, czy to przekleństwa, a tak naprawdę — krągłe, przytulne imię Ołeny. Wbrew własnym nawykom nie otworzył drzwi kluczem, tylko walił w nie i gorączkowo dzwonił, i tak wczepił się w guziczek i klamkę, że postawił na nogi kilkoro starszych mieszkańców kamienicy. Stara pani Beata z naprzeciwka wprost przyrosła do szpary w swoich drzwiach, spodziewając się, że Roman zaraz wyrwie ten dzwonek, a może i całe drzwi razem z futryną, a pan Jacek z piętra niżej zastygł nad swoją wieczorną wódeczką przed snem, myśląc, że znów wrócił tamten duch, który terroryzował cały dom w ciężkich powojennych czasach i niegdyś wywrócił do góry nogami jego własne, dziecięce jeszcze, postrzeganie świata.

Roman podniósł na klatce schodowej taki raban, że Ołena przestraszyła się nie na żarty. I kiedy wreszcie, bezbronna i przerażona, zdołała na oślep pootwierać wszystkie zamki i zasuwki, Roman skoczył na nią jak zwierzę, przewrócił na rozgrzaną podłogę od razu przy drzwiach, zdzierał z niej ubranie jak skórę i parzył pocałunkami ukochane niegdyś usta, boki i uda. Pani Beata westchnęła, oderwała się od szpary w drzwiach i poszła szukać swoich leków na serce. Zaraz potem ciężko opadła na podarty fotel przy uchylonym oknie i zasnęła.

Roman nie odstępował Ołeny całą noc, pieścił ją długo, jak przypływ wylizuje cichy nocny brzeg, wdzierał się w nią z niszczącą, bezbożną siłą, jak tsunami w ucichłe, opustoszałe ulice japońskich miast portowych.

I dopiero o świcie, kiedy Ołenie ostatecznie zabrakło tchu, a serce utkwiło jej w gardle, odcinając dopływ tlenu, Roman ustąpił. Fala niemocy i wycieńczenia zagarnęła ich w kuchni: Ołena pojękiwała cicho, rozciągnięta na stole, z bezsilnie zwieszonymi zeń nogami i rękami, i usiłowała ustami złapać powietrze; Roman siedział na podłodze koło stołu, gładząc jej rozgrzane łydki, przytulony policzkiem do jednej z pięt. Tamtej nocy Praga wydawała się tak słodka i zachłanna jak nigdy wcześniej. Kompletnie wyzuci z sił, wycieńczeni, przelali w namiętność całe napięcie, które ostatnio narosło. Otaczało ich teraz naelektryzowane powietrze — zaczynało się lato, a z nim sezon burz. Ołena, niezdolna nawet zejść ze stołu, zasypiała z rękami pod głową i kolorowe plecione bransoletki wplątywały się w jej włosy. Po tym, jak Roman tak zaciekle nacierał na nią, upewniła się co do niewidocznej obecności w tym wszystkim innej kobiety, namiętnej, ekstatycznej i naelektryzowanej, bo tylko taka mogła zasiać w nim rozszalałe do tego stopnia napięcie.

Następnego wieczora Ołenka zaczęła od dawna wiszącą nad nimi rozmowę, której teraz już nie dało się uniknąć.

— I co dalej, Romciu? Ile mamy pieniędzy, jakie plany? — Wsparła brodę na dłoni i obróciła twarz ku niemu.

Roman zamilkł jak po ciosie w splot słoneczny i dopiero kiedy złapał oddech, zdołał powiedzieć, niemal sycząc:

— Pieniędzy mamy dość, żeby kupić małe mieszkanie albo domek gdzieś poza miastem. Na przykład nad Morzem Czarnym.

— Co?! — prawie krzyknęła Ołena. — Zgłupiałeś w tych Czechach?! Chcesz wracać?

— Tak, chcę — przytaknął i obszedł stół, żeby znaleźć się za jej plecami. — Europa nie dla mnie, mała. Jestem tu obcy. Wybacz, tobie naprawdę trudno to zrozumieć, tobie wszędzie jest tak samo. Twój nastrój zmienia się tylko w związku ze zmianami mojego nastroju, mówiąc najogólniej.

— Prawda, ale można się tu zaczepić! Mamy możliwość, żeby żyć z dala od Ukrainy ze wszystkimi jej problemami.

— Nie chcę się zaczepiać. Rozumiesz?

— Nie, nie rozumiem.

— No pewnie, a gdzieżby! — Roman zerwał się z miejsca i ruszył przez pokój, machając rękami jak rozzłoszczony kruk. — Przecież nie możesz tęsknić za niczym oprócz mojej obecności, więc nie zdołasz mnie zrozumieć. Wracamy — pochylił się tuż do jej ramion i warknął prosto do ucha.

Ołena zjeżyła się, skurczyła do małego, zimnego punkcika, ale już po kilku sekundach wybuchła niczym supernowa. Padła przed Romanem na kolana i szeptała, obejmując go za uda:

— Romczyku, mój drogi, kochany! Po co się tak męczyć? Zdołaliśmy wyrwać się z tego przeklętego kraju, a ty znów chcesz dobrowolnie tam wracać! No, przypomnij sobie, dlaczego wyjechaliśmy, pamiętasz?

— Pewnie, że pamiętam — odpowiedział Roman.

— Byłeś przygnębiony, zamęczony tymi absurdami dookoła. Myślisz, że przez pół roku coś się tam poprawiło? Fakt, że tyle czasu byłeś poza tym piekłem, nie oznacza, że diabły stały się lepsze. Po co ci to wszystko, mamy takie możliwości!

— Jakie znowu możliwości? Robić dla obcego i co pół roku jeździć do domu po nową wizę? I tak całe życie?

— A czemu nie?! Nic nas nie trzyma, wybieraj dowolne miasta, dowolne miejsca. Chcesz — będziemy mieszkać w górach, chcesz — w mieście albo nad morzem.

— W domu też mamy morze, Ołeno. A do tego wszystko tam jest zrozumiałe, swojskie i bliskie, mimo że okaleczone i dziwaczne. Zżera mnie ta przeklęta emigrancka nostalgia i w przeciwieństwie do niezliczonej liczby ludzi nie jestem w stanie z nią walczyć.

— Czemu boisz się nowego życia, Romanie? — spytała poważnie Ołena.

— Nie boję się. Więcej, ja go pragnę. Ale tu, w Europie, zrozumiałem, że nie chcę nowego życia zbudowanego na cudzych fundamentach.

— Nie rozumiem cię, mój drogi — prawie płakała zdezorientowana Ołena.

— Nikt od ciebie tego nie wymaga. Po prostu uwierz mi, wspieraj mnie i szykuj się do powrotu.

Na tym scena się urwała — Roman wyszedł do kuchni, łagodnie odkleiwszy od siebie Ołenę, która z głową pochyloną nad krzesłem była w stanie bliskim histerii. Było mu ciężko na sercu, bo nigdy nie obrażał swojej dziewczyny ani nawet nie negował jej zachcianek, choćby zupełnie nielogicznych. Zawsze łatwiej mu było ustąpić albo zmilczeć i zrobić po swojemu niż wchodzić w otwarty konflikt, i oboje doskonale o tym wiedzieli, ale mimo to próbowali wzajemnie się przekonać.

Ostatnie warszawskie tygodnie przypominały piekło. Agnieszka całymi dniami sterczała pod ich oknem, nie zwracając uwagi na wściekły upał ani potężne burze, aż w końcu jej ręce i szyja opaliły się tak, jakby była na urlopie, a głos ochrypł i nabrał tonów zmęczenia. Po tamtej nieudanej próbie zaciągnięcia Romana do łóżka ani razu nie udało im się normalnie porozmawiać, mimo że Agnieszka prawie zamieszkała pod bramą na Ząbkowskiej. Odchodziła tylko do domu, przespać się i nakarmić Piłsudskiego, i do wydawnictwa, pilnować prac nad książką, bo chciała, żeby Roman doczytał tę historię, zanim wyjedzie. Agnieszka przechwytywała Romana, kiedy szedł do sklepu, ale to nie były rozmowy, a raczej przerzucanie się słowami, wzajemny ostrzał z niedopowiedzeń i niedoaluzji, po którym oboje mieli bóle głowy.

Ołena naciskała na Romana coraz mocniej, żądając, żeby odstąpił od pomysłu wracania do Ukrainy. Trudno powiedzieć, dlaczego to właśnie jej tak na tym zależało, może naprawdę martwiła się o niego, ale fakt jest faktem — przez cały czerwiec testowała na nim wszystkie metody szantażu, które tylko mogła wymyślić. Groziła, że popełni samobójstwo na samym przejściu granicznym, że przestanie z Romanem rozmawiać, że przestanie się z nim kochać. Nic poważniejszego nie miała w zanadrzu, więc Roman, nie widząc w jej żądaniach logiki, coraz mocniej przekonywał się do swojej racji. A ona szukała nowych metod wywarcia na niego wpływu, ale nie wyczuwała przy tym, jak blisko podeszła do granicy, za którą nić miłości urywa się ostatecznie. Jak każda niepełnosprawna osoba, z którą przez całe życie się cackają i której wszystkim jest żal, miała świadomość własnego upośledzenia, ale podskórnie uważała je za argument w walce o jak największy komfort. I nieważne, że taka walka jest nie *fair* — Ołenę znacznie bardziej interesował jej wynik.

Wystarczyło więc, że Roman zaczął opowiadać, co naprawdę czuje na obczyźnie, jak tęskni za swoim przegniłym na wylot, ale ojczystym krajem, by przechodziła do krzyku i łez i nie chciała słuchać żadnych argumentów, nawet najbardziej przekonujących, pewna, że w końcu jej ukochany Romczyk nie wytrzyma i po odsiedzeniu w Ukrainie jakiegoś tygodnia znów pojadą do Europy, w której o wiele łatwiej było jej oddychać. I rzeczywiście, po każdej awanturze czuła, że jego opór słabnie, że prawie się łamie i że następna histeria dokończy dzieła. Gdyby w tym trójkącie pojawił się ktoś rozsądny i normalny i gdyby zapytał, co ona wyprawia i czy nie widzi, że Roman oddala się od niej po każdym takim koncercie, niewzruszenie odpowiedziałaby: „Nie". Egoizm oślepił ją do reszty.

A Roman był zwyczajnie zmęczony. Na początku tego pasma niepokojów bardzo się przejmował, odpowiadał na jej histerie, chciał wszystko załagodzić i żyć spokojnie i szczęśliwie, ale kiedy zrozumiał, że Ołena nie chce go słuchać, zwyczajnie przestał z nią rozmawiać. Ostatnie dni w Warszawie mijały mu w niemal całkowitym milczeniu i niewzruszonej pewności, że wróci do Ukrainy. Ołena odbierała to milczenie jako dobry znak, a dla niego był to jedyny sposób życia z nią, który dawał szansę, żeby nie zwariować.

Praga zamarła w przeczuciu finału.

10. Powrót

„Wszystko na świecie porusza się po kręgu, niczym zamknięte w pętlę tramwajowych szyn, i nikt nie jest zdolny przerwać tego ruchu. Nie można zrobić nic więcej ponad to: rzucić się — na własne życzenie albo w wyniku zbiegu okoliczności — pod rozpędzone życie i wyjść spod niego oczyszczonym i bezgłowym, jak bohater Bułhakowa.

Minęło równe pół roku bez jednego dnia od ich pierwszego spotkania, a świat, zdawać by się mogło, radykalnie odmieniony znów skierował Romana i Agnieszkę w okolice Jezuickiej, a ściślej — zastał ich na samym jej początku, w letniej kawiarni na Rynku, w starej części Warszawy.

Był późny ranek, jeszcze dość świeży po burzowym tygodniu, ale zanosiło się na upał i gołębie na dachach gruchały już z niezadowoleniem, szukając sobie wygodnych miejsc w cieniu kominów. Poprzedniego wieczora Agnieszce udało się wreszcie zabrać z wydawnictwa sygnalny egzemplarz nowej książki i teraz, uprzedziwszy Romana emocjonalnym, radosnym liścikiem, wyciągnęła go z samego rana do Śródmieścia, w którym nie byli razem od pół roku. Kochanowska, ogarnięta świątecznym nastrojem, zamówiła dla nich szampana i kawę, co Roman skwitował tylko krótkim »hm«.

Tuliła się do niego jak dziecko, ostrożnie głaskała jego ręce, trzymające świeżą książkę, z której nie wywietrzał jeszcze zapach farby drukarskiej. On z kolei wodził palcem po okładce, na której przedstawiono jedną z ulic ich Pragi, i próbował zgadnąć, jak się skończy. Kochanowska prowadziła fabułę tak, że bez ostatniego rozdziału, na który nie chciał czekać i którego później już mu nie dała, trudno było przewidzieć finał powieści.

— *Dziesięć słów o Ojczyźnie*? — spytał Agnieszkę, kolejny raz odczytując tytuł na okładce. — Dziwny tytuł, prawda? Dlaczego tak?

— Nawet nie umiem dobrze wyjaśnić. — Kochanowska pstryknęła mentolową kapsułką w papierosie i radośnie wypuściła dym. — Wyszło dziesięć rozdziałów powieści, a każdy starałam się zrobić tak, żeby do jego treści można było dobrać jakieś jedno słowo kluczowe, tag, rozumiesz?

— No tak, zasadę rozumiem. I co, udało się?

— Tego nigdy nie wiadomo. Pisarz myśli inaczej niż czytelnik, widzi więcej podwodnych nurtów w tekście, od początku czuje wszystkie zależności, nawet jeśli nie do końca je rozumie, i dlatego zawsze ma na to, co w efekcie wyszło, zupełnie inne spojrzenie niż ten, kto będzie to czytał.

— Czyli wybrałaś dziesięć słów, które mają coś charakteryzować, ale wszystko jest tak subiektywne, że te słowa kluczowe mogą się wydawać naturalne tylko tobie samej?

— Tak, coś w tym rodzaju.

— A nie boisz się, że krytyka i czytelnicy zmiażdżą książkę za taki trik, który dla nikogo oprócz ciebie nie będzie zrozumiały?

— Nie, nie boję się. Zgodnie z moją teorią pisarz pisze przede wszystkim — i głównie — dla siebie. I jeśli o mnie chodzi, zadanie wykonałam. A mówić można dużo. Romanie, jak by nie patrzeć — westchnęła Kochanowska — jeśli ta książka dotrze do szerokiej publiczności, to nie zdołam uniknąć pytań o to, w jakim stopniu jest autobiograficzna, a w tekstach krytycznych i artykułach będzie poruszana najdurniejsza kwestia wszystkich czasów i narodów: a cóż autor chciał powiedzieć przez dany obraz, zwrot, zdanie, sytuację?

— No tak, jak zwykle — zaśmiał się Roman.

— No właśnie. I dlatego z góry odcinam się od tych wszystkich pytań, bo sama wiem, co pisałam, niespecjalnie zastanawiając się nad czymkolwiek oprócz fabuły, interpunkcji i ortografii. A że ci wszyscy archeolodzy znajdą w tekście masę aluzji, paralel, a nawet proroctw i patetycznych sformułowań — to już ich problem. Że znajdą tu odpowiedzi na jakieś bolesne pytania czy tam prowokacje i wezwania do podjęcia niewygodnych tematów — to kwestia wyłącznie ich kompleksów i poczucia własnej wartości. Że jakieś kwestie wydadzą im się nielogiczne i niezrozumiałe — to kwestia ich postrzegania świata, bo ja niczego nie wymyślałam, tylko zwyczajnie opisałam nasze pół roku na Pradze, mój miły.

I łagodnie dotknęła jego ciepłej ręki. Napięcie i niedomówienia ostatnich tygodni znikły gdzieś bez śladu, wróciła ich zwykła czułość. Roman zmusił Agnieszkę do wpisania dedykacji i schował książkę do plecaka z obietnicą, że dziś wieczorem skończy czytać, a jutro, ostatniego dnia w Polsce, opowie o swoich wrażeniach.

Siedzieli w samym sercu Warszawy, cisi i łagodni, jak wszyscy zakochani przed rozstaniem, które potrwa nie wiadomo jak długo. Szampan już prawie się skończył, kawa dawno wystygła, ale nawet jej nie dotykali, znacznie więcej ciepła czerpiąc z wzajemnych dotknięć.

Nagle, niczym chmura, przepłynął nad nimi czyjś cień, prześlizgnął się po ich szczęśliwych twarzach; kiedy Roman oderwał się od ust Agnieszki i przeniósł wzrok na drugi koniec stołu, prawie zemdlał. Siedziała przed nimi zadowolona

Ołena. Ubrana była prosto i wygodnie, wyglądała świeżo, a przede wszystkim — jej oczy widziały. Roman był w szoku, niezdolny nie tylko wyjaśnić, ale nawet zrozumieć, co się stało. Łapiąc ustami powietrze, gapił się na nią bezgłośnie. Agnieszka w ogóle zastygła niczym posąg, a skóra na jej rękach momentalnie zrobiła się zimna i szorstka.

— Czołem, gołąbeczki — ironicznie rzuciła do nich Ołena. — Jak się macie? Gruchacie sobie?

— Ołeno! Ołeno, jak to?! — Roman zerwał się na równe nogi i patrzył na nią z przestrachem, a plastikowe krzesło runęło gdzieś w bok.

— Siadaj, mój wariacie kochany. Jest efekt, co?

W głosie Ołeny zabrzmiały rozkazujące nuty, jej gesty wreszcie nabrały pewności i zdecydowania. Patrzyła na zbitych z tropu Romana i Agnieszkę, pochwyconych na gorącym uczynku, i chciało jej się śmiać, kiedy wzrok trafiał na przestraszone fizjonomie tej parki.

— No co, Romciu. Porozmawiajmy. Palicie, tak? Daj mi też jednego — zwróciła się do osłupiałej Agnieszki, która posłusznie wyciągnęła do niej zapalniczkę i papierosa.

Strzelił kamień, syknął gaz i Ołena zaciągnęła się głęboko, ale od razu zaczęła kasłać i rzuciła papierosa na stół.

— Nie, do diabła, to nie dla mnie. Tak więc, słuchajcie państwo, ty też słuchaj, wiem, że rozumiesz po ukraińsku — familiarnie zwróciła się do Kochanowskiej. — Nie wiem, jakie jest medyczne wyjaśnienie, ale odzyskałam wzrok, Romanie. Zaczęło się to gdzieś na początku wiosny. Najpierw po prostu znikła ciemność i pojawiła się mgła — szara, gęsta — a potem mgła też zaczęła rzednąć i teraz widzę mniej więcej dobrze, chociaż podejrzewam, że mój stan będzie się poprawiać.

— A dlaczego nic mi nie mówiłaś? — odezwał się Roman.

— Ależ, mój drogi, byłeś zajęty tą łachudrą — sarkastycznie skinęła ku ucichłej Agnieszce — gdzie ci było do moich oczu. Ale nie, nie łachudra, ładna jest, Romciu, nigdy jej z tak bliska nie widziałam, a teraz trochę cię rozumiem.

Żartobliwie wstała i złożyła Kochanowskiej odmierzony, niski teatralny ukłon, na co tamta tylko wydała zdławiony jęk.

— Idźmy dalej — ciągnęła Ołena — tak więc mnie zaczęło rozjaśniać się w oczach, a ty, Romciu, zacząłeś prawie codziennie wychodzić, więc ja też wychodziłam na spacery koło domu. I czegóż się dowiedziałam już w pierwszych tygodniach? Że Jarosław jest kobietą, Praga, do której miałeś mnie zawieźć, to złudzenie, bo mieszkamy nie w Czechach, tylko w Polsce, czyli nawet nie miałam pojęcia, gdzie jestem, a my oboje już od kilku miesięcy żyjemy w jednym wielkim kłamstwie!

— Wszystko mogę wyjaśnić — nieśmiało odezwał się Roman.

— Zamknij się! — znienacka warknęła na niego Ołena. — Bydlaku, miałeś na to pół roku i milczałeś, zanim ktoś cię nosem nie wepchnął w całe to gówno! Teraz twoje tłumaczenia są już guzik warte!

Ołena przeszła w krzyk i zza sąsiedniego stolika z przestrachem spoglądano na młodą ukraińską wiedźmę. Agnieszka pod stołem mocno chwyciła Romana za rękę.

— Dobrze, zgoda. Nie ma dla mnie usprawiedliwienia. — Roman ponuro patrzył na Ołenę. — Ale coś trzeba teraz zrobić.

— Tak, trzeba. I ja nawet wiem co. Przez ostatnie dwa miesiące, gołąbeczki, sporo za wami chodziłam, bo często zostawałam sama w domu. Tak więc, Romanie, i ty, Polko, nie wiem, jak się nazywasz...

— Agnieszka — wydusiła Kochanowska.

— A pies drapał, Boże... Ale dobrze. Tak więc, Romanie i Agnieszko, zrobimy tak: nic do was nie mam, nie potrzebuję was. Jednego tak w ogóle, drugiego w wyniku tego, co nawyprawiał. Masz dwa mieszkania — zwróciła się do Agnieszki — oddasz mi któreś, lepiej to, w którym mieszkaliśmy z Romanem, przyzwyczaiłam się do niego. Dalej, dacie mi pieniądze na normalne życie, zanim znajdę sobie jakąś pracę albo w ogóle zdecyduję, co chcę dalej robić.

— To wszystko? — spytała Agnieszka.

— Nie, nie wszystko. Masz coś takiego, bez czego będzie ci ciężko? Coś, co masz od dawna, co cię ratowało i leczyło?

— Nie wiem, co najwyżej Piłsudski — powiedziała niepewnie Kochanowska.

— Kto to taki?

— Kot — wtrącił się Roman, ale Ołenka powstrzymała go gestem.

— Milcz, ciebie nikt nie pytał — rzuciła w jego stronę. — Kot, doskonale. Tak więc, Agnieszko, proponuję wam po dobroci: dasz mi mieszkanie, pieniądze i kota. Ja oddam ci Romana. I ta historia pozostanie między nami. Jeśli nie — wierz mi, znajdę sposób, żeby wam narobić problemów. Poważnych, takich, że Romanowi wcale słodko nie będzie. A tobie przy okazji. Jedno zgłoszenie na milicję może radykalnie zmienić jego życie. Nawet jeśli nic nie zrobił, u nas trzeba to jeszcze udowodnić. Zrozumiano? I co ty na to?

— Zgoda — bez wahania odpowiedziała Kochanowska i na twarzy Ołeny pojawił się drapieżny uśmiech zadowolenia.

— A dalej co? — nie wytrzymał Roman. — Co dalej?

— Dalej? My dwoje jedziemy do Ukrainy, przy pierwszej okazji ja wracam tu, do mojego mieszkania i kota — odpowiedziała Ołena, zwycięsko patrząc na Agnieszkę. — A ty rób, co chcesz. Ale podejrzewam, że sumienie zmusi cię, żebyś przyjechał do tej damy, która właśnie wymieniła cię na zwierzątko domowe. Powiem ci więcej: zostaniesz z nią, ona cię kocha, to widać. Możesz być z siebie dumny, Romanie.

Takie z ciebie kłamliwe bydlę, a taką kobietę zdobyłeś. No dobra, jeszcze pogadamy, na razie, gołąbeczki.

Tu Ołena wstała z gracją i maszerując wzdłuż jednego z boków kwadratowego Rynku, wkrótce znikła im z oczu. Życie wywinęło niespodziewanego kozła i po tym karkołomnym salcie wszyscy troje poczuli się nad wyraz dobrze.

Lato, prawdziwe lato, przyszło do Warszawy. Roman i Agnieszka szli wąską uliczką, trzymając się za ręce i słuchając niezrównanie pasującej do lata Janis Joplin z jednej pary słuchawek. Ołena stała na moście Śląsko-Dąbrowskim i patrzyła na zielone wody Wisły z nieskończonym błękitem nieba nad nimi. Każde z tej trójki nareszcie czuło się wolne".

Roman zamknął przeczytaną książkę, odłożył ją na bok i pytająco spojrzał na Agnieszkę.

— I co powiesz, Romanie? — spytała Kochanowska, niespokojnie przebierając korale na szyi. Jej głos był z lekka ochrypły, robił wrażenie, jakby lada moment miał zaniknąć ze zdenerwowania.

— O ile pamiętam, w książce miały zostać wykorzystane inne imiona — syknął Roman — i to jest pierwsze, co rzuciło mi się w oczy. W brudnopisie wszyscy nazywali się zgodnie z umową — Magda, Ołeh i Natałka. A w książce wszyscy mają nasze imiona. Agnieszko, dlaczego?

— Tak naprawdę jestem bardzo zabobonna... i wierzę, że użycie prawdziwych imion razem z tym finałem, jaki im wszystkim wymyśliłam, pomoże wcielić go w życie.

— A, skoro tak, to mniej więcej jasne. Ale ty naprawdę masz kompletnego fioła na punkcie teatralności, bez dwóch zdań.

Roman rozejrzał się i zobaczył, że z samego rana umówiła się z nim w tym właśnie miejscu, o którym właśnie przeczytał w powieści — letniej kawiarni na początku Jezuickiej. Mając wrażenie *déjà vu*, Roman wypił łyk szampana i spojrzał z ukosa na Agnieszkę, która siedziała blada i wyraźnie strapiona.

— Podobał ci się finał, Romciu? — spytała nagle.

— Jak na powieść o miłości — moim zdaniem znakomity. Totalny *happy end*. Nieuleczalna choroba znika samoczynnie, ofiara kłamstwa i podłości okazuje się wielkoduszna i zdolna do wybaczenia, chociaż na dość merkantylnych warunkach, a miłość zwycięża. Ślicznie i pięknie, Agnieszko.

— A jak myślisz... — Polka podniosła na niego wzrok. — Czy da się choćby częściowo odtworzyć to zakończenie w prawdziwym życiu?

— Nie sądzę. — Twarz Romana przybrała poważny wyraz. — Po pierwsze, Ołena wciąż jest ślepa — wskazał ręką przeciwległy kąt kawiarni, gdzie siedziała jego dziewczyna, grzebiąc małą łyżeczką w lodach — po drugie, pociąg odjedzie za kilka godzin — pokazał brzeżki biletów sterczących z kieszeni jego koszuli i podróżną torbę przy nogach — czyli czasu na cud zostało niewiele.

— Tak, niestety — zgodziła się Agnieszka. — A kiedy planujecie tu wrócić?

Roman, ze złożonymi przed sobą rękami, patrzył na nią, wciąż jeszcze wahając się w sprawie decyzji, która dojrzewała w nim już od dawna i którą podjął dopiero wczoraj wieczorem.

— Nie wrócimy — powiedział, a jej wnętrze zalała lodowata fala. — Zostaniemy w Ukrainie.

— Jak to? Dlaczego? — Boleśnie przygryzła wargę, a jej oczy błysnęły wilgocią.

— Wybacz, Agnieszko. Nie mogę bez Ukrainy. Muszę wrócić. Tu było wspaniale, ale dom jest tam. Rozumiesz?

— Nie, nie rozumiem! Ukraina jest w strasznym stanie, tam się coraz gorzej dzieje, dlaczego nie chcesz stamtąd wyjechać?

— Kochanowska, moja Ojczyzna należy do takich, które najsilniej przyciągają i najmocniej inspirują właśnie w takim stanie — żałosnym i prawie beznadziejnym. Wracam.

— A co z nami? Z tobą i mną? Wszystko było takie piękne, takie prawdziwe! — niemal płakała, chwytając Romana za ręce, jakby tonęła.

— Nie ma żadnych „nas" — z ciężkim sercem odpowiedział Roman — przypomnij sobie naszą pierwszą rozmowę, przypomnij. Jest pracodawca, jest wykonawca, jest seria wywiadów, już zakończona. Oto wynik. — Wskazał książkę, która leżała na stole i pobłyskiwała w słońcu okładką. — Dobrze z tobą było, ale się skończyło. Wybacz, ale taka jest prawda.

— Jak tak możesz? — Agnieszka nie rozumiała. — Jak możesz tak się zachowywać?! Lepiej byś skłamał, powiedział, że wrócisz, niechby to wszystko docierało do mnie stopniowo...

— Tak, miłość trzyma się na kłamstwie, Kochanowska? Nie kocham cię i nie będę za tobą tęsknił, ani trochę — rzucił jej ciepło.

Agnieszce utknęła w gardle ciężka gula. Pochyliła się do jego rąk i zaczęła je całować. Roman z wielkim trudem udawał chłód, ponad wszystko na świecie wolałby teraz pocieszać tę piękną kobietę. Trzeba było kończyć scenę, inaczej mogła śmiało rozciągnąć się na całe życie.

— Ja też cię nie kocham, ani odrobinę — czy to do siebie, czy to do niego szeptała Kochanowska.

— A poza tym mam obowiązki wobec Oleny. Czasem obowiązki są ważniejsze niż cokolwiek innego, prawda, Agnieszko? Będę z nią, chociaż niekiedy zdaje mi się, że wystarczy jeden drobny impuls, żeby mnie od niej oderwać. Ona nie chce wracać, dość paskudnie mnie szantażuje i moja cierpliwość może w dowolnej chwili zwyczajnie się skończyć. Ale muszę z nią być tak długo, jak długo będę jej potrzebny. Dobrze... na nas pora. — Wstał zdecydowanie, po raz ostatni przytulił ją i pocałował mokre od łez oczy. — Trzymaj się, moja miła. Podejrzewam, że będę o tobie często czytać i słyszeć.

Roman wziął ze stołu książkę, ostrożnie odłożył na blat klucz na dużym kółku, zarzucił torbę na ramię i omijając lekkie stoliki i krzesła, podszedł do Ołeny. Potem oboje wyszli z Rynku. Roman troskliwie podtrzymywał ją za łokieć i coś opowiadał, ale Ołenka odpowiadała krótko i niepewnie. Agnieszka też nagle wstała od stolika i ruszyła za nimi. Z odległości jakichś piętnastu–dwudziestu metrów dobrze widziała, co było dalej.

Szli Świętojańską, byli już przed wejściem do tego kościoła, na którego wieże zapatrzył się wtedy w grudniu, kiedy przewrócił Agnieszkę, gdy nagle jedyny stojący na tej ulicy samochód warknął silnikiem, ruszył z miejsca i zaczął ich doganiać. Niewidoma, pomimo głośnej i zapalczywej kłótni z Romanem, usłyszała łoskot i kiedy auto było tuż za nimi, nagle wyrwała się Romanowi z rąk i jak ptak skoczyła pod koła. Przez pisk hamulców i głuche uderzenie słychać było przerażone krzyki. Agnieszce dreszcz przebiegł po wrażliwej skórze, aż przywarła do muru którejś kamienicy, ale już po sekundzie zrozumiała, że Ołenie nic się nie stało. Może kierowca w porę zareagował, może pomógł bruk, na którym nie bardzo da się rozpędzić, ale Roman postawił Ołenę na nogi i okazało się, że nie ma na niej nawet zadrapania.

Kierowca wzruszył ramionami i pojechał w swoją stronę, a Roman, potrząsając Ołeną za ramiona, coś do niej krzyczał. Aż w końcu podniosła na niego swoje niewidzące oczy i powiedziała coś, od czego nagle zamilkł i zwiotczał niczym marionetka w rękach niewprawnego lalkarza. Wszystko, co razem przeżyli, mignęło między nimi jak błyskawica i Roman, postarzały w oczach, machnął ręką, ustawił swoją ślepą przyjaciółkę przy wejściu do kościoła, wyjął z kieszeni jeden z biletów i włożył Ołenie w rękę. Spojrzał na nią po raz ostatni i odszedł, niosąc torbę podróżną i nie zwracając uwagi na jej żałosne już wołania, z których nagle wyparowały do ostatka wszelkie kapryśne nuty. Zniknął w kolejnej grupie turystów, którzy zalali wąską uliczkę. Agnieszka bez sił opadła wprost na bruk, odetchnęła i zapłakała.

Lato, ostateczne lato, przyszło do Warszawy. Każde z tej trójki czuło się na swój sposób wolne, ale rozbite.

Outro

Ktoś powiedział, że życie jest jak pudełko czekoladek. Nigdy nie wiadomo, jakie trafi się nadzienie. Kochanowska spróbowała najsłodszego cukierka, jaki przyniosło jej życie, i zapłakała z goryczy i niesprawiedliwości. I gdyby napisana książka nie przyniosła jej prawdziwego uznania i nie zrównoważyła dzięki temu porażki w życiu osobistym, Agnieszka nie przeżyłaby tego lata — a przeżyć je było warto.

Ślady wszystkich trzech postaci tego trójkąta zacierają się jeszcze przed jesienią.

Ołena zniknęła na zawsze już w tydzień później. Widziano, jak troskliwe zakonnice odprowadzały ją do pociągu, z zaangażowaniem tłumacząc coś konduktorowi, i jak bezgłośnie, w przygnębieniu, pokonuje swoją drogę do domu, wciąż z nadzieją, że Roman jedzie w tym samym wagonie i zaraz wróci, obejmie ją jak zawsze i znów ciężar zniknie. Ale zapobiegliwy Roman dawno zamienił się na bilety z kimś z drugiego końca pociągu i zmusił się, by całą drogę przespać. Obudziły go tylko na krótko ostre krzyki kontroli granicznej. W swoim rodzinnym mieście rozeszli się w różne strony i ich linie życia nigdy więcej się nie przecięły, w żadnym ze znanych kartezjańskich układów współrzędnych.

Agnieszka Kochanowska także wkrótce zniknęła. Rozpłynęła się jak cukier w wodzie. W każdym razie powiadają, że po raz ostatni była widziana na granicy ukraińskiej — szczęśliwa i zarumieniona. Wymachiwała jakąś kartką i usiłowała opowiadać zmęczonym pogranicznikom o zapomnianym przez Boga i ludzi miasteczku na wybrzeżu Morza Czarnego, rybackich łódkach i żółtym, gorącym piasku, który przesypuje się między palcami. W końcu celnikom udało się jej pozbyć, ale zdążyli pozyskać mnóstwo do niczego im niepotrzebnych informacji o niejakim Romanie. Kiedy Agnieszka wreszcie dała im spokój, wsiadła do swojego opla, gdzie fotel pasażera spokojnie i z powagą zajmował Piłsudski, i ruszyła na wschód, jeszcze długo zbierali z podłogi punktu kontrolnego rozsypane przez nią irysy.

I choć porzuciła swoją Pragę, kilkoro najbliższych przyjaciół, kochanków, znajomych i miłośników do dziś pamięta o Kochanowskiej. Każdy, kto trafiwszy na początek ulicy Namysłowskiej, przypadkowo zajrzy do ogródka przy bloku, zobaczy prosty, ale wzruszający pomnik wśród zieleni za płotem: młoda kobieta czyta przy stoliku książkę, a koło jej nóg siedzi wielkie, nastroszone kocisko.

Ta historia skończyła się właśnie tak, chociaż mogła w ogóle nie mieć końca. Roman z Kochanowską spokojnie żyją nad morzem, Piłsudski całe dnie spędza na plaży, wpatrując się w fale i srebrzyste grzbiety ryb, które jak strzały przemykają pod wodą. Doskonale zadomowił się w tym małym miasteczku i nikt by nie powiedział, że jest emigrantem, gdyby do dziś nie zdradzało go z punktu mruczenie rdzennego warszawiaka: warrr, warrr, warrr.

Spis treści

Intro ——— 5
1. Ratunek ——— 7
2. Złudzenie ——— 31
3. Nawyk ——— 47
4. Namiętność ——— 77
5. Rozczarowanie ——— 89
6. Lekkość ——— 119
7. Smutek ——— 133
8. Zanurzenie ——— 169
9. Pęknięcie ——— 183
10. Powrót ——— 199
Outro ——— 211

NOWOŚCI WYDAWNICZE

NOWOŚCI WYDAWNICZE